High Stakes
by Erin McCarthy

眠らない街で恋をして

エリン・マッカーシー
岡本三余［訳］

ライムブックス

HIGH STAKES
by Erin McCarthy

眠らない街で恋をして

主要登場人物

アレクシス（アレックス）・バルディッチ……地方検事補
イーサン・キャリック……………カジノホテル〈アヴァ〉のオーナー。ヴァンパイア国の大統領
ブリタニー・アン・バルディッチ……………アレクシスの妹
シーマス・フォックス……………イーサンの選挙対策マネージャー
ロベルト・ドナテッリ……………イーサンの対立候補者
リンゴ・コロンビア……………殺し屋
ケルシー……………〈アヴァ〉の受付係
コービン・ジャン・ミッシェル・アトゥリエ…追放されたヴァンパイア

プロローグ

白い歯はヴァンパイアの命だ。

少なくとも黒死病が蔓延《まんえん》するよりも前に生を受けたイーサン・キャリックにとって、白い歯は宝だった。当時は、大人になるまで歯が残っているだけでも偉業に等しかったのだ。九〇〇年以上前に人間としての生涯を終え、ヴァンパイアに転生して以降、歯も肉体も勝手に再生を繰り返すので、厳密に言えば歯周病に怯《おび》える必要などない。イーサンはただ、プロに手入れしてもらったあとのつるつる感や、専用研磨剤のさわやかなミントの香りが好きだった。

女性歯科医が軽快な足取りで診察室に入ってくる。イーサンは彼女に笑いかけた。「それで、ぼくの余命は？」

歯科医は声をあげて笑った。艶《つや》のある黒髪が弾む。「今のところ大丈夫。X線写真を撮らせてもらえたら確実なんだけど。肉眼だけで虫歯を見つけるのは難しいのよ」

だが、X線写真ではヴァンパイアの牙《きば》まで見つかってしまう。「すまないが、放射線恐怖症なんだ。X線写真なんて撮られたら、パニックを起こして椅子から転げ落ちてしまうよ」

イーサンは魅力的な笑みを浮かべ、ぎしぎしときしむ硬い診察椅子の上で体を伸ばした。

歯科医が首をかしげてほほえみ返す。「わたしをからかっているのね？」

そのとおりだ。おまけに口説きたいと思っている。歯科医は快活で、知的で、それでいて女らしく、純粋で疑うことを知らない。まさにイーサンが求めているタイプだ。

歯科医の思考をちらりとのぞいてみたところ、虹《にじ》や子犬、赤ん坊のほっぺたや綿菓子などが見えた。戦士のように猛々《たけだけ》しい現代女性にげんなりしていたイーサンにとっては新鮮な喜びだ。

そう、ドクター・ブリタニー・バルディッチは理想的な女性だった。選挙対策マネージャーは難癖をつけるだろうし、彼女の家族や生い立ちに好ましくない点が見つかってすべてが振り出しに戻る可能性もある。しかし、イーサンは楽観視していた。

「椅子から転げ落ちるというのは冗談だけど、X線写真は本当に遠慮するよ。さあ、じらさないで教えてくれ。半年以内にまたこの拷問部屋を訪れなきゃならないのか？　それとも、晴れて虫歯ゼロの会の一員になれるのかい？」イーサンは壁に貼《は》られたポラロイド写真を指さした。すきっ歯で誇らしげに笑う子供たちが写っている。

ブリタニーが洗面台に寄りかかって腕組みをした。ゆったりした白衣の上から体のラインを推しはかるのは難しい。けれどもシャンプーの香りを漂わせ、腰を振って歩く姿に、イーサンの期待は高まった。

「虫歯はなかったわ」

「やっぱり！　うちの母親に聞かせてやりたいよ。甘いものばかり食べて歯を磨かないでいると今に歯がなくなるって、小さいころからうるさく言われていたんだ」イーサンは診察椅子の上で体を起こし、金属製のクリップでとめられた胸当てをむしり取った。「これはぼくのじゃなかったね？」

ブリタニーはゴム手袋をはめた手で胸当てを受け取り、ごみ箱に放《ほう》り込んだ。「あなたっておかしな人ね」

どうせなら〝魅力的な人〟と言ってほしいが、取っかかりとしてはおかしな人でもいいだろう。イーサンは誘惑するときの参考にするために、さっきよりも丹念に彼女の思考を探った。

そのとき、あることを発見した。それはブリタニーの心の奥深く、油断すると見逃してしまいそうなところに埋まっていた。

イーサンの顔から笑みが消える。眼光が鋭くなり、筋肉に緊張が走った。脳が急激に処理速度を増す。

これはおもしろいことになりそうだ。

のんびりしている場合ではなくなった。

「今夜、ぼくと食事をしないか」それは質問ではなかった。イーサンには彼女の返事がわかっていた。〝ええ〟と言うように誘導しているからだ。

ブリタニーが怪訝《けげん》な顔で彼を見つめた。「ええ、もちろんいいわ。今夜、あなたと食事をするのね」

「一泊する用意をしておいで」

ベッドに誘うつもりではない。そういう下心はなかった。ただ、発見したばかりの事実についてシーマスと話し合うあいだ、自らが経営するホテル〈アヴァ〉に泊まらせて監視しておきたかった。

ブリタニーはうつろな目でゆっくりとうなずいた。「オーケー。一泊する用意をしていくわ」

イーサンは椅子から立ち上がり、ブリタニーが手にしている自分のカルテを取って小脇《こわき》に挟んだ。にっこりして、彼女のあたたかな手を握りしめる。「すばらしい」

1

「このカジノのオーナーと話がしたいの」アレクシス・バルディッチは警備員に地方検事補のバッジを突きつけた。本当は目の前の男を押しのけて妹の名を叫びたい。だが、そんなことをしても、望んでいる効果は得られないだろう。

警備員は無表情のまま、四〇センチ上方からアレクシスを見下ろした。「ミスター・キャリックは多忙のため、面会は不可能です」

それは本当だ。ミスター・キャリックのスケジュールは三カ月先まで埋まっている。だからこそ、地方検事補のバッジの出番なのだ。今この瞬間、ミスター・キャリックは寿司《すし》にかぶりついているかもしれないし、株主総会でくだらない演説をぶっているかもしれないし、トイレでジョン・グリシャムの最新作を読んでいるかもしれない。けれども、そんなのはアレクシスの知ったことではなかった。今すぐ彼と話をしなければならない。

「よく聞きなさい」うどの大木を見上げると、彼女の首筋が悲鳴をあげた。「面会させないなら、誘拐容疑で逮捕状を取ってくるわよ」これだから地方検事補はやめられない。権力はすばらしい。とくに愛らしくも世間知らずの妹、ブリタニーを救うために行使するとあれば。

警備員が黒く太い眉を上げた。無言できびすを返し、すぐ先の受付に座っている女性に歩み寄ってなにごとか話しかける。ふたりが顔を寄せて話しているあいだ、アレクシスはいらいらとかかとを踏み鳴らしてエントランスホールを見渡した。

警備員も受付係の女性も背が高く、黒髪に透き通るような象牙《ぞうげ》色の肌をしている。とりわけゴージャスな受付係ときたら、品のよいオフィスビルにぴったりの装飾品といった雰囲気だ。アレクシスのいらだちは倍増した。しゃれた黒のパンツスーツと赤い口紅の似合う長身の女なんて大嫌い。わたしに欠けているものすべてを備えているのだから。

薄気味悪いことに、警備員と受付係はゴシックメタルのコンサートから抜け出してきた双子のような服装をしていた。黒と白を基調としたスマートで現代的なロビーに完全に溶け込んでいる。この空間はそこで働く人も含めて、スカンク並みの配色と愛嬌《あいきょう》しかないらしい。

妹の無事を祈りつつも、アレクシスはこんな面倒を引き起こしたブリタニーを呪《のろ》わずにいられなかった。いかにもあの子らしい。このまま放っておいても迷惑をかけられることはないだろうが、唯一の肉親が金持ちで風変わりなカジノオーナーの欲望のはけ口になっていると思うと、我慢がならなかった。

そんなことはとうてい許さない。

アレクシスはついに受付を素通りして奥へ突進した。

「あの、どちらへ?」受付係が慌てて呼びとめる。

「あなたのボスのところよ」そんなこともわからないわけ?　背後に警備員の重い足音を聞

いて歩調を速める。

オーナーの部屋は廊下の先にあるはずだ。一階の受付係によると、二二階はまるまるオーナー専用スペースということだった。「ちょっと待って！」ゴシックメタルコンビが叫びながら迫ってくる。アレクシスは成金のナルシストが好みそうな重厚なドアを探して走った。

両開きのドアが目に入る。きっとここだわ！　取っ手をつかんで右にまわすと同時に、警備員が彼女に追いついた。無骨な手が肩に置かれたと思った瞬間、アレクシスの体はバケツからまかれた水のごとく宙に放り出され、不吉な音とともに床に激突した。手足がびりびりとしびれ、筋肉がきしみ、顔がカーペットで押しつぶされる。

「痛いじゃないの！」もう最低！　骨折したにちがいない。鼻も含めて。彼女は鼻に手をやった。涙で視界がかすむ。ただでさえ問題が山積みなのに、鼻の形成手術にも耐えなければならないの？

「申し訳ありません、ミスター・キャリック。とめようとしたのですが……」うどの大木が言った。

「レディに謝罪するんだ、ジェイムズ。立たせてさしあげなさい。転ばせるつもりはなかったんだろう？」

転んだのではない。投げ飛ばされたのだ。ちょっと背中を押されたくらいでどうして一メートル以上も吹っ飛んだのかはわからないけど……。ミスター・キャリックの声を聞き、折れているはずの背骨を伝ってアレクシスに震えが走った。さすがやり手と言われるだけあって、人に指示することに慣れた、自信と教養に満ちた穏やかな声だ。

それが癪《しゃく》に障った。

「ミスター・ジェイムズ、わたしの体にふれないで」アレクシスは古い壁紙をはがすように、床から顔を上げた。

脚が視界に入る。ひと組やふた組ではない。一〇組ほどの、上品なスラックスやストッキングに包まれた脚。ジーンズに覆われた反骨精神旺盛《おうせい》な脚もある。

どうやらミスター・キャリックはディナー・パーティーの真っ最中だったらしい。そんなところへ押しかけてしまったとは、なんとも決まりが悪い。いいえ、ちょっと待って、わたしが遠慮する必要はないわ。

アレクシスのストッキングに包まれたふくらはぎに無骨な手がふれる。アレクシスは反射的にうしろに蹴《け》りを入れた。靴底が硬い平面をとらえる。ビンゴ！　ジェイムズの胸だ。彼女は苦痛にうめく大男を満足げに眺めた。地獄の苦しみを味わえばいいんだわ。

「言ったはずよ。わたしにふれないでって」

「わたしはただ……裾《すそ》を……」ジェイムズがトルティーヤを折りたたむように両手を動かした。

アレクシスは自分のスカートを見た。裾がめくれ上がって、ショーツがのぞいている。だからスカートは嫌いだ。動きにくいったらない。そのくせ、スカートをはいていないと同性愛者だと思われる。

ジェイムズは自殺願望があるらしく、再び彼女のスカートを直そうとした。アレクシスはその手をぴしゃりと払った。

「さわらないでったら！」彼女は四つんばいになった。

「ミスター・キャリック、わたしは――」

「手を出すな、ジェイムズ。彼女はおまえの親切を必要としていないみたいだ」

ミスター・キャリックの声にからかうような響きを感じて、アレクシスの怒りはまたもや燃え上がった。彼女は立ち上がり、ジャケットとスカートを整えてからパーティーの客に向き直った。「そもそもこの人がわたしを突き飛ばしたのよ！」

受付係やジェイムズ越しに、アレクシスは気に食わない声の主を捜した。正確に言えばここにいる全員が気に食わないが、なかでも嘲笑《ちょうしょう》を含んだミスター・キャリックの声は格別だった。アレクシス・バルディッチとその妹をばかにするなんて許さない。少なくとも、面と向かっては！

腹立たしい男にひと泡吹かせてやりたい。アレクシスの視線はジーンズをはいた中年男を素通りし、カクテルドレスに身を包んだ黒髪の女性に一瞬向かい、部屋の中心に立っている、グレーのスラックスのポケットに片手を突っ込んだ男の上でとまった。なによ、いい男じゃない！

妹がつまらない男と駆け落ちするはずもないけれど、それにしてもイーサン・キャリックは男前だった。長身、ブロンド、ブルーの瞳。服のセンスもいい。筋肉質ではあるが、脳みそまでが筋肉でできたタイプとはちがう。この男から妹を引き離すのは予想していたより難しそうだ。

　しかし、どんな困難が待ち受けているとしても、ミスター・キャリックのスラックスがその脚をどれほど長く見せていようとも、アレクシスにあきらめるつもりはなかった。「あなたがキャリック？」

「イーサン・キャリックだ。そちらは？」イーサンがにこやかに前へ進み出た。

　一瞬、穏やかで親しげな口調に引き込まれそうになったものの、アレクシスはすぐに態勢を立て直した。職業柄、相手の反応に合わせてギアシフトするのは得意だ。彼女は背筋を伸ばして右手を差し出した。「地方検事補のアレクシス・バルディッチよ。少し話がしたいの」

ついでに急所を引き裂いてやるわ！

　顔でもあそこでも、とにかくなんでもいいから引き裂かないと気がすまない。

　イーサンはアレクシスの前で立ちどまり、差し出された手を取ってゆっくりと力を込めた。

「今すぐに？」

「ええ」握られた手はまだ上下に揺れている。アレクシスが引き抜こうとしても無駄だった。相手が放そうとしないからだ。いったいなんなの？　再び彼女が手を引くと、イーサンはにっこりした。ボッティチェリが描いたブロンドの天使のごとき、穢《けが》れなきほほえみだ。「どこか人目を避けて話せる場所はないの？」

　しばし間があって、握手は唐突に終わった。支えを失ったアレクシスの腕が重力に従ってがくんと下に落ちる。「もちろんあるよ、ミズ・バルディッチ」イーサンは一〇人前後の客を振り返った。「申し訳ないが、ちょっと失礼する」

それから彼女のほうを向いて、先に行くよう手ぶりで示した。「廊下のすぐ先にオフィスがある。コーヒーか、水か、ワインでもどうだい？」

「結構よ」アレクシスはバッグのストラップを肩にかけ直した。相手の落ち着きようが鼻につく。金曜の夕方六時に地方検事補がレセプション・ルームに現れたというのに、みじんも動揺していない。普通ならもっと警戒するだろうに、この男ときたらなんの不安もなさそうだ。

「もしかして、ブリタニー・バルディッチを知っているのかな？」イーサンは気軽な調子で質問した。「歯科医の」

まあ、ブリタニーのことを先に持ち出してくるなんて……ひと筋縄ではいかない証拠だ。イーサンの対応はどこまでも丁寧でそつがなかった。先制攻撃を受けて防御にまわることを余儀なくされたアレクシスは、いっそういらだちを強めた。

「ブリタニーは妹よ」彼女は足をとめて振り向いた。怒りが理性を押し流しそうになる。

「妹がどこにいるか知りたいの」

イーサンが眉を上げる。「お姉さん？　本当に？　ちっとも似ていないな。それぞれに美しいが……。今この瞬間、ブリタニーがどこにいるか断言はできないけれど、たぶん自分の部屋にいるんじゃないかな？　ぼくはちょうど友人を招いてディナー・パーティーをしているところで、彼女も参加すると言っていたから」

わたしがあなたを殺したらそうはならないけど。「妹の部屋はどこ？」アレクシスは怒鳴りたいのをこらえた。妹が歯科医でよかった。思いきり歯を食いしばったせいで、詰め物が取れそうだ。

「二三二〇号室のスイートルームだ。この階から専用エレベーターで行ける。なにか問題でも？　ご家族にご不幸があったとか？　ぼくが力になるよ」

「だったらそこをどいて！」今やアレクシスは激怒していた。まぶたがぴくぴく痙攣《けいれん》し、手はこぶしに握られ、脚は震えている。妹は歯科医の仕事を放り出して、ラスヴェガスのカジノホテル――しかもそのホテルは巨大なバイブレーターみたいな外観をしている――へ旅立った。さらに音信不通のまま三週間が経過したというのに、この男ときたらテレビのインタビューでも受けているかのような余裕のある態度だ。

妹は誘拐されて洗脳されたにちがいない。目の前の男こそ悪夢の元凶だわ。

「目をどうかしたのかな？」

「なんでもないわ。専用エレベーターとやらに案内して」アレクシスはイーサンを押しのけてエントランスホールへ引き返そうとした。ところがイーサンはびくともせず、アレクシスのほうがラケットに当たったボールのようにはじかれてしまった。「そこをどいてくれない？」彼女は汚いものにでもふれたかのようにジャケットを払った。「お客さまには謝っておいて。妹はディナー・パーティーになんか出ないから」

「それはどうしてかな？」

完璧《かんぺき》な容姿にかすかなイギリスなまりが嫌みだった。こういうタイプならよく知っている。罪深き都市《シン・シティー》の申し子だ。〝ラスヴェガスへようこそ。ハンサムでリッチなイギリス男の手にかかれば、あなたもスターに……いいえ、ショーツを脱いだが最後、おなかの大きなウエイトレスに変身できます〟ってわけね。

「わかりきっているとは思うけど、言葉にしなきゃ理解できないというなら……わたしが連れて帰るからよ」アレクシスはそう言い捨ててドアのほうへ向かった。二三階へ通じる専用エレベーターがすぐに見つかることを祈りつつ。捨てぜりふを吐いておきながら、迷子になっていては格好がつかない。だけど、虚勢を張らなければならないときもある。

「ブリタニーは帰らないよ。ここにいることにとても満足しているから」

傲慢《ごうまん》な口調に、アレクシスは振り返った。「あなた、頭がどうかしているんじゃないの？」

彼女はイーサンに背を向けて専用エレベーターに突進し、二三階のボタンを押した。

イーサンはエレベーターのボタンを連打するアレクシス・バルディッチを観察した。つま先でせわしなく床を打ちつけ、バッグをきつくつかんでいる。ついさっきまでは、結婚前にちょっとした情事を楽しむのも一興だと思っていた。威勢のいいアレクシスなら、相手にとって不足はない。きっと感じやすく、情熱的で、官能的で、おいしいはずだ。

だが、それはさっきまでのことだ。

頭がどうかしているんじゃないの、と言われるまでのことだった。

彼女に対する欲望は今やうとましさに変わっていた。九〇〇年以上生きてきてこんな侮辱を受けたのは初めてだ。少なくとも、面と向かっては……。言葉遣いに関して他人のことをとやかく言えた立場ではないが、初対面の女性にあんな口のきき方をされるのは心外だった。こちらはなにもしていないのに、アレクシスははなから攻撃的だ。

シーマスがやってきて、壁の隣に寄りかかった。

「いったいあれは誰だ？」人間には聞こえない周波数で尋ねる。「上へ行かせていいのか？」

イーサンは努めて肩の力を抜いた。感情を制御するすべを身につけるのには数百年を要した。戦いへの欲求をベッドルームでの情事に振り替えることで、穏やかな生活を守ってきたのだ。たったひとりの無礼な女のために、長年の努力を無にするわけにはいかない。「ブリタニーの姉だそうだ。全然似ていないが」

ブリタニーはすらりと背が高く、色白でまっすぐな黒髪をしているが、アレクシスはイーサンの肩に届くか届かないかの背丈で、髪はブロンド、カールした後れ毛が顔に垂れかかっている。カーペットの上に倒れていたときのうしろ姿を見る限り、どちらかというと豊満な体型だ。

つまり、遺伝子情報が正反対なのだ。

「姉妹のはずがない」シーマスが赤いネクタイを直して首を振った。ブルーの瞳を不審そうに曇らせる。「ブリタニーは……美人だ」

「そうだな」イーサンは不機嫌に応じた。「ブリタニーは明るくて、純粋で、楽観的だ」ブリタニーを見ているといらいらする。彼女といると、甘いものを一気食いした気分になるのだ。

しかし、それはブリタニーの落ち度ではない。自分から目をつけておいて文句を言える道理でないのは百も承知だった。それにしても、押しが強くて気が短いちびのアレクシスが、ブリタニーと同じDNAを有しているとは信じられない。

「あれはハーピーだな」エレベーターの扉を乱暴にたたきながら悪態をつきまくるアレクシスを見て、シーマスは彼女をギリシア神話に出てくる、上半身が女で鳥の翼と鉤爪《かぎづめ》を持つ気性の荒い怪物にたとえた。

「それはあんまりだ」イーサンは弱々しく反論した。確かにこれまでのアレクシスの態度はハーピーそのものだ。けれども不思議なことに……というより腹立たしいことに、女性として非の打ちどころのないブリタニーにうんざりする一方で、ハーピーのようなアレクシスに血が騒いでいた。

ほんの少しだけ。

なぜだろうと気になる程度には。

正直なところ……かなり。

非常にまずい。プレイボーイは卒業したはずだ。色恋沙汰《ざた》とは手を切って、年相応の落ち着きを身につけるとぼくはシーマスに約束した。理想の伴侶《はんりょ》を見つけたら、もうよそ見はしいる場合ではない。理想とは正反対の女性が自分のためにスカートをめくるシーンを妄想していないはずだった。

「ハーピーというより……」セクシーで……おいしそう？

「くそ女《ビッチ》か？」シーマスが眉をひそめる。

イーサンが噴き出すと、アレクシスがふたりのほうを向いてにらみつけた。「いや、そうじゃないよ。だいいち、彼女が怒るのも無理はない。ジェイムズに突き飛ばされて、派手に転んだんだから」

「わざとじゃないんだろう？　ぼくはその瞬間を見ていなかった。スマートフォンで最新の世論調査の結果を確認していたから。それによると――」

イーサンは、シーマスが退屈な統計結果を並べたてる前に片手を上げた。こういうとき、政治家になどならなければよかったと思う。「世論調査の結果はあとにしてくれないか？　確かにジェイムズは彼女を押したわけでも転ばせたわけでもない。たぶん注意を引こうとして肩に手を置いたつもりが、怪力であることを忘れていたんだ」

「なるほど、若いっていうのはいいものだな」シーマスがかぶりを振った。「すべてが新鮮で、人間と見ると嚙《か》みつきたくなる」彼はにやりとした。「年は取るものじゃないね。責任だの新しい秩序の創設だの、面倒でかなわないよ。この一〇〇年というもの、人間に嚙みついたこともない」

「愚痴を言うのは、五〇〇歳の誕生日を過ぎてからにしてくれ。それまでは泣き言なんて聞きたくない」とくに今は。「話を元に戻すが、アレクシスはどうしてここに来たんだろう?」イーサンは小声で言った。人間には聞こえない周波数の会話でも、万が一ということもある。

「妹を魔の手から守るために決まっているじゃないか」

　やっぱりそうか。ブリタニーの正体を知って、好奇心がにわかにふくらんだ。彼女が何者であるかを知って。シーマスに至っては狂喜している。ふたりともブリタニーを手放すつもりはなかった。

「ぼくが魔の手を伸ばしていたのは過去の話だ。一六世紀以降、悪さはしていないよ。しかし、本当に姉妹だとして……アレクシスもブリタニーと同じく不浄の者《インピュア》なんだろうか?」それがいいことなのか悪いことなのか、はたまたどうでもいいことなのか、イーサンには判断がつかなかった。アレクシスは簡単に言いなりになるような女性ではない。

　事実、イーサンは彼女の思考がまったく読めなかった。本気で感じ取ろうとしたわけではないが、それにしてもほんのわずかも聞こえてこないのはおかしい。

「どうかな? ぼくはなにも感じない。彼女の射程圏内には近寄りたくないから、積極的に探りはしなかったけどね。ああいうタイプは苦手なんだ、まじめな話」シーマスは身震いした。

　イーサンは友人でもある選挙対策マネージャーを見た。くそまじめなシーマスを少し困らせてやりたくなる。「だったら、どんなのが好みのタイプなんだ? きみをギロチンにかけようとした例のフランスの少女以来、女と一緒にいるところを見たことがないぞ。結婚まで清く正しく生きるつもりか？」

シーマスが顔をしかめる。「大統領《ミスター・プレジデント》、人の世話を焼いている場合か？」

イーサンは笑いながらシーマスの背をたたいた。アレクシスの前でエレベーターの扉が開く。「お客たちの部屋へ戻ろう。ブリタニーは帰らない。絶対に大丈夫だ」

帰られては困る。インピュアであるブリタニーは、ぼくがヴァンパイア国の大統領に再選を果たすための鍵《かぎ》だ。彼女がいれば、少数派の票はイーサンに動く。そのほかの有権者に対しても、年を重ねて温厚になったと印象づけられる。

イーサンが成長したことはまちがいない。かつては問題解決のためには剣を抜くしかないと思っていたが、今では民主主義や話し合いの大切さを理解している。これで理想的なファーストレディがいれば言うことなしだ。

「断言していいのか？　まだ、ブリタニーを……その……ものにしていないのに、彼女が帰らないと断言できるのか？　いつもならとっくに手をつけているはずだ。女を征服するのは得意じゃないか」シーマスが咳払《せきばら》いをした。

「今回は結婚を前提として求愛しているんだ」イーサンは友人をにらんだ。「納屋でよがり声をあげさせて終わりというわけにはいかない。慎重に事を運んでいるだけだよ」

自分で言っておきながら笑いそうになった。服を脱がせる以外の意図を持って女性に近づいた経験はない。一夫一妻制度への切り替えはスイッチひとつというわけにはいかなかった。〝結婚〟だって？　まったく。考えただけで脇の下に汗がにじむ。ブリタニーがインピュアである以上、結婚生活は六〇年以上続くのだ。

「いずれにせよ、ペースを上げたほうがいい。今の調子ではまるで気がないみたいだ。ぼくがブリタニーの立場なら〝ただのお友達でいたいのね〟と解釈するね」シーマスは両手の人差し指と中指を折り曲げるジェスチャーをして、〝ただのお友達〟の部分を強調した。

他人ごとだと思って。「そもそも大皿みたいな顔をした女に言い寄ったりはしないから安心しろ。ぼくよりうまくやる自信があるなら、きみが口説けばいいんだ。今世紀に入ってずっとご無沙汰の男が、どこまでやれるか見てやろうじゃないか。少なくともぼくはまだ、セックスを引退していないぞ」

「引退していないだって？　約束がちがうじゃないか」シーマスの顔が急に真剣味を帯びた。「プレイボーイは卒業したことを証明するんじゃなかったのか？　ブリタニーに〝求愛〟する一方で、ほかの女とやりまくるなんてだめだぞ」

「うっとうしいから、いちいち両手をふりまわして強調しないでくれ。なにも今この瞬間にセックスしているわけじゃない。最近したことがあると言っただけだ。最後にセックスをしたのがナポレオンが生きていた時代だというきみに比べれば最近という意味だよ」

「くたばれ！」何世紀ぶりかにシーマスのアイルランドなまりが復活する。

イーサンは笑った。「怒るなよ。修道士を目指したいなら、きみの好きにすればいい。きみがペースを上げろと言うなら、ぼくは精いっぱい愛想を振りまくよ。結婚することには同意したんだから。約束は守る」

そう言いながらも、頭に浮かんだのはたおやかなブリタニーではなく、とげのある物言いをする姉に言い寄る自分の姿だった。

それは結婚とはまったく関係がなく、欲望とは大いに関係している。

くそっ！　シーマスの言うとおり、ブリタニーを口説く努力などしていなかった。少なくとも熱心にはしていない。彼女とベッドに入る場面を想像しても、血が騒がないからだ。ところが相手をアレクシスに変えただけで、溶岩並みに血がたぎる。

つまり、アレクシスには近づかないほうがいいということだ。

彼女ごときにさげすまれたところで痛くもかゆくもない。イーサンはマスター・ヴァンパイアで、ヴァンパイアの有権者から選ばれた大統領なのだ。喜んでベッドをともにする女ならいくらでもいる。そう、いくらでも……。

だいいち、アレクシスは彼の性的能力に不満があるわけじゃない。彼女に対してなにかを証明する必要などないのだ。

イーサンは顔をゆがめた。この嘘《うそ》つきめ。アレクシス・バルディッチに能なし扱いされたことが気になってしかたがないくせに。

非常にまずい展開だ。

暴力とも一夜限りの男女関係とも縁を切ると誓ったはずが、アレクシス・バルディッチが現れてものの一〇分でどちらの誓いも破りたくなった。

2

アレクシスはようやく開き始めたエレベーターの扉をやきもきしながら見守った。ホールの入口にいるイーサンの視線に五分はさらされていたにちがいない。彼はもうひとりの男と小声で立ち話をしていた。内容までは聞き取れなかったが、笑い声が聞こえたときは自分のことを笑われているような気がした。

エレベーターに乗り込もうとした瞬間、黒いカクテルドレスのウエスト部分をなでつけながらブリタニーが目の前に立っているのに気づいた。

アレクシスは安堵《あんど》のため息をもらした。

洗脳されたにせよ、とりあえず生きていてくれた。しかも元気そうだ。血色のいい頰にきらきらした瞳、そして艶のある髪。どうやら金とセックスは美容にいいらしい。

どちらも持ち合わせていないアレクシスにはわからないが、ともかくブリタニーは輝いていた。

「アレックス!」ブリタニーが笑顔で姉に抱きつく。「ここでなにをしているの?」

金持ちとの熱い情事からあなたを守ろうとしているに決まっているじゃない!

しかし、そんなことを言っても反発されるだけだ。

アレクシスは両手を腰に当て、エレベーターから出てくるブリタニーに向かってしかめっ面をした。「なにって、心配したのよ！　こんなのはあなたらしくないわ、ブリタニー」

ブリタニーが笑った。「むしろ、わたしらしいと思うけど？　心のままに行動するのがわたし、おしまいまでしっかり計画して行動するのが姉さん、でしょう？　わたしがその場の流れに身を任せてしまうのは、生物学上の父親が根なし草だったせいかもね」

アレクシスはひるんだ。ブリタニーが姉の手をつかんでイーサンと鉄仮面のほうへと歩き出す。アレクシスは義父の話が苦手だった。人妻を口説いて妊娠させたあげくに放り出した男が、ラスヴェガスでもっとも清らかな妹の父親だなんて信じ難い。

ショーガールやストリッパーが比較対象では〝もっとも清らか〟で当然かもしれないが、それでもブリタニーが極上の娘であることはまちがいなかった。

「イーサン！　誰が訪ねてきたと思う？」ブリタニーはチアリーダーのようによく通る声で言った。「姉のアレックスよ！」

「さっき会ったよ」イーサンの深みのある声がホールに響いた。「ディナー・パーティーに出席してもらってはどうかな？」そう言ってほほえむと、彼はレセプション・ルームへ引き返していった。

「それがいいわ！」ブリタニーが賛同する。

冗談じゃないわ！

　アレクシスが断りの文句を考えているところに、ブリタニーがきびすを返してもう一度抱きついてきた。それから体を離して姉の手を握りしめる。

「わたしのことは心配しないで、アレックス。伝言を聞かなかったの？　留守番電話に二回メッセージを残したし、メールを三通も送って説明したじゃない。心配なら携帯電話にかけてくれればよかったのに。わたしが電話をかけたときに出てくれていたら、わざわざここへ来る必要もなかったのよ」

　アレクシスは罪の意識を感じた。「ちょっと仕事が忙しくて……その、家に電話をかけたんだけど留守だったし、携帯電話は電源が入っていなかったし、それから……ちょっと待って！」彼女は腕組みをした。どうしてわたしが言い訳しなきゃならないの？「話をそらさないで。これじゃあ、わたしが悪者みたいじゃない。消えたのはあなたでしょう？」

「でも、姉さんのほうが言い訳がうまいんだもの」ブリタニーはえくぼを浮かべて笑った。

　人の人生に責任を持つというのは並大抵のことではない。アレクシスは一八歳のときから五歳年下の妹の面倒を見てきた。母親が麻薬の過剰摂取で早々にあの世へ行ってしまったからだ。身勝手だった母親とちがって、アレクシスはブリタニーを心から愛していた。その愛情の強さにはときどき自分でも戸惑うほどだった。妹のためならなんでもする。これまでもブリタニーの笑顔が曇らないように、夢をかなえられるようにと懸命に支えてきた。

　ほかに選択肢があったとしても、それ以外の生き方ができたとは思えない。だが、今この瞬間、アレクシスは妹の肩をつかんで揺さぶってやりたかった。セクシーな金持ちに見つめられたくらいで歯科医としてのキャリアを放り出すなんてことがどうしてできるのだろう？ なぜわたしにはセクシーで金持ちの男が現れないの？

そんな男性が現れたところで笑い飛ばすだろうが、口説かれるくらいはされてみたい。最後にデートに誘ってくれたのはベーグルショップの店員のハンセンで、アレクシスのユニークな発想とストロベリークリームチーズへの執着がすてきだと言ってくれた。

ああ、そんなことを考えている場合じゃないわ。今、大事なのはブリタニーが道を踏み外そうとしていることだ。

「それで、どうなっているの？ イーサン・キャリックと恋にでも落ちた？」皮肉っぽい口調になるのはどうしようもなかった。イーサンのような男は恋をしない。欲望を満たすだけだ。商品を買って、楽しんで、飽きたら次を探す。

そういう男はたくさんいる。地方検事補としてじゅうぶんすぎるほどの例を見てきたからわかる。冷酷で計算高い男たちを突き動かすのは身勝手な欲望だけ。そんな男を妹のそばに近づけたくない。

ブリタニーは赤い口紅を塗った唇を大きく開けた。「恋になんか落ちるわけがないわ。ここにいるのは仕事のためよ」

どんな仕事にせよ、税金控除の対象にならないことは賭《か》けてもいい。

アレクシスのまぶたが再び痙攣し始めた。

ブリタニーの世界では、仕事にかこつけて二〇代の魅力的な女性を装飾華美なホテルに招待する男はありらしい。アレクシスに言わせれば、下心が見え見えだ。

「仕事って？」アレクシスはドアのほうへ目をやり、問題の男がいないことを確認した。

　ブリタニーが小さな鼻にしわを寄せる。「歯の治療に決まっているじゃない。イーサンをズームしたら、スタッフにも同じことをしてくれと頼まれたのよ」

「ズームした？」アレクシスはショックを受けた。それって宇宙空間でのセックスかなにかしら？　あるいはフェラチオ・マシーンみたいなもの？　ああ、いやだ！　なんとしてもブリタニーを連れて帰らなきゃ！

　姉として、妹の目を覚ましてやらなければならない。

「そうよ。歯のホワイトニング」

　ああ……ホワイトニングね。そうに決まっている。いやいや、納得している場合じゃない。

「高い報酬を約束してくれたの。最初は断ろうかと思ったんだけど、イーサンやスタッフがかわいそうになって。終わりなき地獄から救ってあげなきゃと思ったの」

　どういう意味？　アレクシスはきょとんとして、妹の説明を待った。「ええと……〝終わりなき地獄〟って言った？　なんの話かさっぱりわからないわ」ブリタニーには衝動的な面があるが、正気を疑うような言動をしたことは一度もなかった。

　ブリタニーは長い黒髪をうしろに払ってうなずいた。「そうよ、終わりなき地獄。ここの人たちはヴァンパイアなの」

「ヴァンパイア？　ヴァンパイアですって？　それってつまり吸血鬼のこと？」血圧がエレ

ベーターのように垂直上昇する。警戒レベルから激怒レベルへ。頭がガンガンして、目玉が飛び出しそうだ。ブリタニーが自分より一五センチも背が高くなければ、今すぐ担ぎ上げて家に、まともな世界へと連れて帰るのに。「ドラキュラみたいに血を吸う化け物のこと？　息がくさくて、夜行性で、十字架と杭《くい》とニンニクが苦手な？　ばかみたい」

「そうよ」

「そうって、なにが？」アレクシスはスーツのジャケットのポケットに両手を突っ込んだ。

「〝そうよ、ばかみたいでしょう〟？　それとも〝そうよ、その吸血鬼なの〟？」

「どっちも正解。ばかみたいな話だってことはわかっている。でも、現にイーサンはヴァンパイアで、わたしたちの助けを必要としているの」

わ
たしたち？　わたしからあの男にくれてやるものがあるとすれば、股間《こかん》への強烈なキックだけだわ。

金持ちのカジノオーナーというだけでもうさんくさいのに、青白い顔をした陰気な連中を集めてカルト集団を作り、純粋な妹に自分たちがヴァンパイアだと信じ込ませるなんてとんでもない。ヴァンパイアでなければ、〝死に損ない〟でも〝不死の者〟でも〝二度死ぬ者〟でも、呼び方はなんでもいい。

実際はそのどれでもないのだから。社会の落ちこぼれが余暇をどう過ごそうと知ったことではない。けれど、妹を巻き込んだとなると話は別だ。

あまりに腹が立ったせいで体がほてり、廊下がぐるぐるまわって見える。

「わたしが彼を助けるわ、ブリタニー」アレクシスはバッグのストラップを直した。警察に突き出して取り調べてもらおう。

二度と妹に近寄れないよう刑務所へたたき込んでやる。


イーサンは、エレベーターの前で話していたバルディッチ姉妹がレセプション・ルームのほうへ向かってくるのを察知した。〈ベラッジオ〉の上級者用ポーカーテーブルで大勝ちしたときのことを自慢するピーター・フェデロフに相槌《あいづち》を打ちながら、アレクシスの怒りに満ちた足音に耳を澄ます。

彼女はぶつぶつと悪態をついているようだ。イーサンはアレクシスの怒りっぷりを楽しみながら、シャンパングラスに入った極上の血を飲んだ。

「一手で三万ドルだぞ」ピーターはしゃべり続けている。「子供からキャンディを奪うようなもんだ。こっちは連中がなにを考えているかすべてお見通しなんだから」

「そういう力の使い方は倫理に反するんじゃないか、ピーター？」イーサンは上の空で反論した。

足音に続いてアレクシスの香りが漂ってくる。バニラのローションと、彼女自身の香りがちょうどいい具合にまじり合っていた。鋭い聴覚が力強い鼓動をとらえる。血液が血管に押し出される音に、ハイヒールのたてる音が小気味よい拍子をつけている。よく冷えた辛口の血液が急に味気なく思えてきた。甘くあたたかな血を味わいたい。リースリングワインのような血を肌から直接吸い上げたかった。アレクシスの血液は彼の舌を楽しませながら口内を満たすだろう。そしてぼくは喜びに目を閉じるのだ。

「倫理なんて知ったことか。せっかくの能力も、使わなけりゃなんの意味もない。欲しいものがあるなら奪うまでだ」

奪う……確かにそうしてもいい。アレクシスを引き寄せて、本人が気づかないうちに濃厚な血をいただくこともできる。最後に生きた人間の血を吸ってからどのくらい経《た》つだろう？

イーサンはそのときの経験が無性に恋しくなった。

ピーターが突き出た腹をさする。ロシア皇帝に仕える外交官だったピーターのボルシチ好きは、転生しても変わらない。すっかりアレクシスに欲情したイーサンは、ピーターの存在がうとましくなった。

「失礼するよ。ブリタニーが来たみたいだ」友人の肩をたたいて入口へと足を踏み出す。本当はブリタニーよりもアレクシスに近づきたかった。

「あの女性は、きみには毒気がなさすぎるんじゃないか？」背後からロシアなまりの英語が追いかけてくる。「二〇年もすれば飽きるぞ」

イーサンは立ちどまった。なぜピーターの言うとおりだと思うのだろう？　ブリタニーとの結婚生活を想像すると、反射的に眉間《みけん》にしわが寄った。「飽きるかどうかは重要じゃない。これは政治的問題なんだ」

そう、ブリタニーとの結婚はシーマスとふたりで練った選挙戦術のひとつだった。イーサドナテッリより優位に立てるだろう。不浄の者《インピュア》を妻にできれば、選挙戦はぐっと楽になる。ライバルのドナテッリより優位に立てるだろう。恋の火花が散るかどうかは問題じゃない。火花はロンドンをも焼き尽くした。火花で国は治められない。

「そうなのか？」ピーターが言った。

ピーターに言葉を返す間もなく、アレクシスが部屋に飛び込んできた。ブロンドの髪を振り乱し、息切れと激怒のあまり胸を上下させて部屋のなかを見渡している。

アレクシスの背後から、姉より一五センチは背が高く、ほっそりした体を美しいドレスに包んだブリタニーが顔をのぞかせた。姉妹のどちらが主導権を握っているかは一目瞭然《りょうぜん》だ。ブリタニーはおろおろしながら姉を見守っているだけだった。

アレクシスはただちに行動を開始した。イーサンが笑みを浮かべるよりも早く、標的をとらえて攻撃に移る。

「ちょっと、あなた！　いったいどういうつもり？」長いとは形容し難い二本の脚が、ちょこまかと動いてイーサンとの距離を詰めた。

「なんのことかな？」イーサンは冷静に対処しようとした。選挙をともに戦うスタッフの前で落ち着いた態度を崩すわけにはいかない。何百年もかけて怒りを制御するすべを体得したはずだ。

魅惑的な香りに惑わされてたまるかと思いながらも、イーサンの小鼻がかすかに広がった。選挙戦が始まって以来、禁欲はもう半年にもなる。

「よく恥ずかしくないわね？　けばけばしいだけで無駄に大きなカジノホテルを経営して、社会の弱者から搾取し、悪者を肥えさせて、そのうえ仕事を餌《えさ》に若い女性を連れ込むなんて最低よ！」

ブリタニーを連れ込んだのは事実なので反論できないが、カジノホテルを所有していることまで謝罪するつもりはない。なんといっても、ここはラスヴェガスだ。罪深き金を増やすための場所、もしくはその過程を楽しむための場所なのだから。「さっきは〝頭がどうかしている〟で、今度は〝最低〟かい？」

アレクシスの頬が紅潮した。「どっちもお似合いよ」

「きみはぼくじゃなくて、妹さんと話し合うべきじゃないのか？」ブリタニーが〈アヴァ〉へ来て三週間になるが、待遇に不満をもらしたことはないし、ぼくが無理に引きとめるまでもなく彼女はここでの滞在を楽しんでいる様子だ。

あくまで事実に忠実に述べるなら、最初の数日間はホテルにとどまるようマインドコントロールしたが、それ以降、力は使っていない。ぼくが罪の意識を覚える必要はないのだ。

「ブリタニーとは話し合ったわ。それで、あなたが薄気味悪い狂信者だってわかったのよ」

ブリタニーが爪を噛む。「アレックス、そんな言い方をしちゃ……」

薄気味悪い狂信者だと？　ぼくのことをそんなふうに思っているのか？　いつもは他人からの評価など気にもならないのに、ちびの地方検事補の侮辱にいちいち心が乱れる。そもそもなぜ、彼女の意見が気にかかるのだろう？

イーサンは手をこぶしに握りしめた。「その理由を詳しく説明してもらえないかな?」

アレクシスが顎を上げると、頰にえくぼができた。グリーンの目は怒りに燃え、息遣いは浅かった。「ブリタニーの話では、あなた方は自分たちのことをヴァンパイアだと言い張っているそうね?」

客のひとりが息をのむ。たぶん〈死に損ないを保護する会〉の会長を務めるイザベラだ。客たちは息を殺してイーサンの返事を待っていた。

アレクシスが挑戦的にイーサンをにらみつける。

イーサンにとって、予想外の展開だった。ブリタニーに正体を見破られているとは想像もしていなかった。彼女の頭のなかからは理解と思いやりしか読み取れなかったからだ。だが、長い目で見ればいいことなのかもしれない。ヴァンパイアと知りながら逃げ出さなかったのなら、あと数週間も一緒にいればプロポーズを受けるよう説得することも不可能じゃない。結婚だ! そう思っても、喜びはわいてこなかった。

「別にヴァンパイアだと言い張っているわけじゃない」実際にヴァンパイアなのだ。言い張ることとのあいだには大きな隔りがある。

「誰にでも趣味はあるわ。トマトジュースを血と呼んで……」アレクシスはシャンパングラスを指さした。「ホラー映画の主人公みたいな人たちとディナー・パーティーを開くのは勝手だけど、わたしの妹を巻き込まないで。ブリタニーはやさしいから、あなたたちが生ける屍《しかばね》だと信じて、その腐った魂を救済しようとしているのよ」

救済する？　どこからそんなことを思いついたんだ？　イーサンは血液入りのグラスを握りしめ、ブリタニーの頭のなかを軽く探った。彼女の思考はいつも開放的だ。

〝アレックスはひねくれている。姉さんには幸せになってほしいのに。彼らを救うことはできるはず。イーサンは悲しくて孤独なだけ……〟

テロップのように浮かんでくるブリタニーの思考をのぞいて、イーサンは愕然《がくぜん》とした。ぼくが孤独だって？　じっくり腰を据えて口説くどころか、同情されていたとは！　イーサンのプライドは傷ついた。

バルディッチ姉妹はどちらもぼくに興味がないらしい。

男としての魅力が衰えたとは思いたくなかった。ジップアップセーターと穏やかな笑みがトレードマークの、ヴァンパイア版ミスター・ロジャース（アメリカの人気番組『ミスター・ロジャース・ネイバーフッド』のホスト、フレッド・ロジャースは誠実で善良の代名詞）にはなりたくない。

結婚して落ち着くのはいいが、現役を引退するのはごめんだ。

葛藤《かっとう》するイーサンを見たブリタニーは、謝罪の意を込めて肩をすくめ、なだめるように両手を上げた。「ヴァンパイアだってことは内緒にしておきたかったのかもしれないけれど、気づいてしまったのよ。わたしはあなたたちが好きだし、終わりなき地獄から助け出してあげたいの」

アレクシスはくるりと目をまわした。「この人が地獄で過ごす分にはちっともかまわないけど、ヴァンパイアのはずがないわ。そんなものは存在しないのよ。イーサン・キャリックは精神異常のカルト指導者、自己中心的な成金野郎であって、ヴァンパイアじゃない」

イーサンはグラスに残った血液を一気に喉に流し込んだ。だが、室温にさらされてすっかりぬるくなった血で渇望が満たされるはずもなかった。アレクシスに侮辱されるたびに興奮は高まるばかりだ。

「シーマス、ブリタニーと選挙スタッフを専用ダイニングへ案内してくれ。ぼくはミス・バルディッチと話をしてから行く」

招待客たちがぞろぞろと部屋を出ていく。アレクシスは甲高い声で怒鳴った。「ブリタニーはどこへも行かせないわ。わたしと一緒に帰るんだから。それからミズ・バルディッチと呼んでちょうだい」

しかし、ブリタニーは姉の手を払いのけた。「アレックス、わかっていないのね。わたしはここを離れられないの」そう言ってシーマスの腕に手をかけ、出口へと向かう。「イーサンにあまりひどいことを言わないで。生まれ持ったものは変えられないもの」

それじゃあ、まるでぼくがゲイみたいじゃないか。イーサンは思わず鼻を鳴らした。

彼は妹を追いかけようとするアレクシスの肩に手を置いて制止した。「ぼくがブリタニーに仕事を依頼したのが気に入らないらしいね」

「気に入らないどころじゃないわ！」アレクシスはイーサンの手を振り払おうとした。

だが、イーサンは並外れて力が強かった。「ブリタニーは大人だ。本人の意思を尊重してやれ」

アレクシスは肩越しにイーサンをにらみつけた。「あの子の純真さにつけ込んで、うまく言いくるめたんでしょう？　気持ち悪い男！」

〝気持ち悪い〟というひと言がイーサンの逆鱗《げきりん》にふれた。「ぼくが本当にヴァンパイアで、きみの妹と結婚するつもりだと言ったらどうする？」

重苦しい沈黙が落ちた。アレクシスは憤慨して大きく息を吸い込んだ。

イーサンの目の前で、彼女がわずかに体を引く。相手の意図を予測できないでいるうちに、彼は胸に鋭い痛みが走るのを感じた。

そんなことは初めてだった。

ヴァンパイアであるイーサンは、頭がどうかした地方検事補に殴られたのだった。

3

イーサンの手を振りほどけないことに気づくまで、アレクシスは状況を把握して対等にやり合っているつもりでいた。ところが彼は涼しい顔で彼女の自由を制限し、力の差を見せつけている。アレクシスは平均的身長の男性と並んでも胸もとあたりまでしかない自分の背丈がうらめしくなった。

イーサンは片手でアレクシスに負けを認めさせようとしている。彼女は負けるのがなにより嫌いだというのに。

しかもイーサンは、手塩にかけて育てた妹と結婚するなどと宣言した。アレクシスの堪忍袋の緒が音をたてて切れた。彼女は怒りの赴くまま、テコンドー道場で身につけた技を炸裂《さくれつ》させた。

相手の腕を思いきり引くと同時に胸に肘打ちを食らわせ、〝やあ！〟という気合いもろとも振り返って攻撃の構えをとる。

イーサンの唖然《あぜん》とした表情を見て、アレクシスは胸がすっとした。

「いいかい、アレクシス……」イーサンが手を上げる。

アレクシスがそれを手刀で防御すると、イーサンはいらだたしげに顔をしかめた。一方のアレクシスも表情こそ変えなかったものの、予期せぬ痛みに驚いていた。手を払っただけなのに、コンクリートにぶち当たったような衝撃があった。だが、そんなことでひるむようなアレクシスではない。

イーサンが両手を振る。「なにもぼくは――」

アレクシスは即座に左右の手を払った。

イーサンが彼女をにらみつけた。「いったいなんのつもりだ?」

「今のは上段受け《オングルマッキ》よ。正面の上段を防御する技なの」アレクシスは構えたまま少し後退した。「おいおい、勘弁してくれよ」イーサンが目をくるりとまわした。「こんなところで武道の腕前を披露する必要はない。お互い納得がいくよう話し合いたいだけなんだから」

アレクシスとしては、彼が目の前で息絶えてくれなければ納得がいかなかった。しかしイーサンに倒れる気配はない。彼女は挑発の意味合いを込めて相手の腕を貫手《ぬきて》で突いた。「わたしはテコンドーの有段者なの。つまり、黒帯ってわけ。だから甘く見ないほうがいいわ」

「妙なまねはやめろ。紳士として、女性に手を上げるわけにはいかない。だいいち……」イーサンは余裕の笑みを浮かべた。「上等なシャツをしわくちゃにしたくないからね」

なんて癪に障るやつなの! 「女を追いつめると怖いのよ。あとひと言でもほざいたら、ぶちのめしてやるから」

軽くステップを踏んだアレクシスは、スーツを着てきたことを後悔した。怒りがパワーとなっているとはいえ、このスカートで上段を蹴るのは難しい。ハイヒールを脱ぎ捨てると、さらに目線が五センチほど沈んで泣きたくなった。

イーサンは彼女を見下ろし、深く息を吸ってこぶしを開いた。「ぼくたちは出だしをまちがえたみたいだな。敵対する必要なんかないじゃないか。ぼくのなにがそんなに気に入らない？　妹さんがもっと悪いくじを引いた可能性だってあるだろう？」

言わせておけばぬけぬけと！「さっき自分のことをヴァンパイアだって言ったじゃないの！　それってつまり、頭がどうかしているってことよ。頭がどうかした男と妹がかかわりを持つなんてとんでもないわ。あの子はあなたを救うつもりでいるけど、空が青いのと同じように、ばかは死んでも治らないの！」

性犯罪を専門とする地方検事補として、アレクシスは毎日のように凶暴な犯罪者と向き合ってきた。権力や腕力にものを言わせて女性や子供を傷つける男たちと。ブリタニーをそんな目に遭わせるわけにはいかない。

「ぼくは異常者じゃない。実際、きみよりよっぽどまともだと思うね。きみは人のプライバシーに土足で踏み込んで、ぼくを侮辱して殴りかかったんだぞ。すべては助けを求めてもいない妹を救うためだと言って」イーサンは一歩前に出てアレクシスを見据え、不敵に笑った。その目には嘲《あざけ》るような色が浮かんでいる。「ブリタニーはここでの生活を楽しんでいる。金持ちの恋人らしく、きれいなドレスに身を包み、ぼくのエスコートでカジノをぶらぶらするのを満喫しているんだ。あっちのほうにも不満はないらしい。きみも試してみたら満足すると思うよ」

アレクシスはイーサンの勝ち誇った笑みが我慢ならなかった。自他ともに認める仕切り屋として、常に人より優位に立たなければ気がすまない。男に負けるなんて許せないし、妹が自分に反抗するのも気に入らなかった。

彼女はイーサンのみぞおちに肘打ちを食らわせ、足払いをかけた。不意を突かれたイーサンが、驚きの声とともに大きな音をたてて引っくり返る。豪華なカーペットさえ敷かれていなければ……いっそ床がセラミックタイルだったら、相当なダメージを与えられただろう。暴力をふるって満足を得るべきではないだろうが、反省はあとで、墓に入ってからすればいい。なにはともあれ、今は勝つことが大事だ。だがイーサンは荒々しく息を吐いて、すぐさま立ち上がった。彼が顔をしかめると同時に、ひゅうと音がして周囲の空気が渦を巻く。呆然《ぼうぜん》としているアレクシスのほうへ闇《やみ》が迫ってきた。次の瞬間、彼女は床に仰向《あおむ》けに倒され、イーサンが腿のあいだに膝をついてのしかかってきた。

「二度とやるな」イーサンが厳しい声で言う。

アレクシスは大きく息を吸って横を向いた。顔が接近しすぎてどぎまぎする。どうしてこんな体勢になったのだろう？　きっとスーツのせいだ。こんなものを着ていてはまともに動けない。

「〝やるな〟ってなにを？」アレクシスは虚勢を張った。試しに肩を動かそうとしてみたけれど、一センチたりとも動かせなかった。ヴァンパイアだかなんだか知らないが、イーサンが体を鍛えているのはまちがいない。

「今度たたいたら容赦しないからな」イーサンはアレクシスのジャケットの襟をつかみ、親指で布地をなでた。彼の息がアレクシスの頬にかかる。「家へ帰るんだ、アレクシス。妹のことは放っておけ。男がいないから、余計なお節介を焼きたくなるんじゃないのか?」

それは痛恨の一撃だった。ブリタニーがいなかったら、アレクシスは孤独な皮肉屋にすぎない。だが、イーサンの前でそれを認めるくらいなら、死んだほうがましだ。

「ヴァンパイアだっていうなら噛んでみなさいよ」アレクシスは脚をずらした。

イーサンの瞳が陰る。「それもありだな」

挑発なんてするんじゃなかった! この視線にこの声。スカート越しに押しつけられている熱い腿。イーサンの視線がアレクシスの唇に落ちる。この変態! 男なんてみんな同じだわ。

ただし、それは女にも言えるかもしれない。アレクシスの体は勝手に反応していた。呼吸が浅くなり、乳首が硬くなり、頭がうしろへ倒れかかり、腿のあいだでちろちろと炎が上がる。

まったく! 自分のホルモンにまで裏切られるなんて!

「噛んでほしいのか? きっとおいしいだろうな。情熱的な味がするにちがいない」

「そんな目つきをしたって無駄よ。わたしには効果ないわ」アレクシスは嘘をついた。

「正直になれよ」イーサンは小鼻をふくらまして顔を近づけ、彼女の唇を指先でたどった。

アレクシスは下腹部が引きつる感覚を懸命に無視した。ずっと男性とベッドをともにしていないせいに決まっている。

「ぼくたちのあいだになにかが存在するのはわかっているはずだ」イーサンが彼女の脇腹に手をすべらして乳房をなでる。

アレクシスにわかっているのは、下腹部に巨大な高まりが押しつけられていることだけだった。

彼女の体はそれを無視するどころか、あたたかな潤いで下着を濡《ぬ》らしつつある。肺から空気が押し出され、ため息となって口からもれた。意に反して自分の体が歓《よろこ》びを感じているという事実に、アレクシスは驚いた。

イーサンはキスをするつもりだ。まちがいない。まぶたが閉じかけているし、唇と唇のあいだはあと髪の毛一本ほどの距離しかない。彼が親指を使い、自信に満ちた手つきでアレクシスの乳首を刺激する。

わたしったら胸をさわらせるなんて。キスを許し、あまつさえそれを歓んでしまいそうになるなんて。

自分にぞっとしたアレクシスは、すぐさま態勢を立て直した。

「なにかがあるのは感じているわ」わざと猫なで声を出す。リース・ウィザースプーンも顔負けの演技だ。

「それはなんだい?」

「わたしの膝よ」そう言うと同時に、イーサンの急所を膝蹴りした。彼が痛みにもだえている隙《すき》に体の下から抜け出す。

「二度とわたしにふれないことね」アレクシスは急いで立ち上がり、スカートを直した。

「次は手加減しないから」

本当はもう一度同じことをされたら、最後まで許してしまいそうだった。

わたしは頭がどうかなりかけているのかしら？　そんなことになったら、誰がブリタニーを守るの？

「手加減だって？　これで手加減したつもりか？」イーサンはうずくまって痛みと戦った。ヴァンパイアの肉体はこの程度で傷つきはしないが、痛みは感じる。アレクシスの膝蹴りは大事な箇所を直撃した。ヴァンパイアに生殖能力がないのがせめてもの救いだ。少なくとも、子供を作る習慣はない。危うく不具のレッテルを貼られるところだった。

七〇〇年ものあいだ、女性で苦労したことなどないのに、性的魅力が衰えてきたのだろうか？　アレクシスにまんまとだまされた。絶好の体勢でアレクシスにのしかかったとき、てっきり彼女も息が詰まるほど高ぶっていると思っていた。

他人の心を読む能力に頼りすぎていたことを痛感する。これまで感情的にならずにすんでいたのは、相手の気持ちを読めればこそだ。ところがアレクシスの思考は銀行の大金庫のようにぴったりと閉じたままで、なにを考えているのか、次になにをするつもりなのか見当もつかない。そうなるとマスター・ヴァンパイアもただの人同然だった。

大事な部分に蹴りを食らうまで、攻撃を予測できなかった。再び同じ場所を蹴られないためには、もっと用心しなくてはならない。

そう思うとなぜかぞくぞくした。

みじめな話だ。女性に急所を蹴られて興奮するほど、ぼくは退屈な生活を送っていたのか？　あそこがこわばっていることがその答えだ。

「今のはちょっとした予告よ。お望みなら鼻をへし折って、歯を二、三本すいて、目玉をえぐってやるわ」

おもしろいじゃないか。イーサンは口元をほころばせた。選挙のためとはいえ、ちょっと我慢しすぎたらしい。ブリタニーの反応に――もしくは無反応に――こだわりすぎていた。ブリタニーはイーサンを単なる友人と見なしているらしく、ピーターやシーマスに対するのと同じように接してくる。ブリタニーとベッドで楽しんでいるとアレクシスにほのめかしたのは、単に怒らせたかったからだ。

効果があったのはまちがいない。

イーサンも現職大統領にはあるまじき熱意で、アレクシスの挑発を楽しんでいた。

「目玉をえぐられるのは遠慮しておくよ。でも、親切に誘ってくれてありがとう」そんなことをされてもすぐに治るだろうし、今のアレクシスにその過程を見る準備ができているとは思えない。

「〝親切〟ね。わたしにぴったりの言葉だわ」アレクシスが鼻を鳴らし、ほつれた髪をほどいてポニーテールに結び直した。

イーサンは立ち上がった。「きみはすてきだ。短気で、口が悪くて、恐ろしく頑固だけど」

アレクシスがスラックスのほこりを払うイーサンをにらみつける。

「なんだい？　また殴るつもりか？」

「どうしようか考えているところよ」

考え終わるまで待っていられない。「もういいじゃないか。妹さんのことが心配なのはわかるが、それはきみたち姉妹で話し合うべき問題だろう？」

政治家という職に長く従事してきたイーサンは、他人を説得する能力には自信があった。ところが三〇分前から説得を試みているのに、アレクシスにはまったく効果がない。彼女に聞く気がないからだ。

「どうしてヴァンパイアなの？　どうして狼男《おおかみおとこ》や悪魔じゃないわけ？　魔法使いでもいいのではないかしら？　ヴァンパイアのほうがセクシーだとでも思っているの？」

そう、すべてはセクシーか否か……そんなわけがない。

しかし、アレクシスの意見はまったくの見当外れとも言えなかった。チンパンジーに変身したところで、女性にもてるとは思えない。

「血を吸う以外は許せるかも。狼男よりましだもの。狼男は毛深いし、四つんばいで歩くでしょう？」アレクシスは唇を嚙んだ。「法科大学院《ロースクール》時代の恋人は、ウォッカを飲みすぎるとよくそうなったわ。それはそうと、あなた方は自分たちをなんて呼んでいるの？　吸血一家？ ヴァンパイア軍団？」

「保守党だ」

アレクシスはイーサンの返事などまるで聞いていないらしく、ハイヒールを拾い上げて次の質問を繰り出した。「あなたの役まわりは？ 天使？ ドラキュラ？」

あんな男と……十字軍の戦いも知らないやつらと一緒にされたくない。神と祖国のため、愛する者のために血を流したこともない連中だ。

アレクシスからヴァンパイアのふりをしていると思われていることに、イーサンは少し傷ついていた。彼女が挙げたような連中のまねをするなどあり得ない。

「誰でもないね」

「ドラキュラがいいんじゃない？ 三人の妻と唯一無二の愛を手に入れたのよ。それ以上望むものなんてある？ 妹にかまわないでさえいてくれれば、どうぞ気のすむまでヴァンパイアごっこをしてちょうだい」アレクシスはハイヒールを手にぶら下げて部屋を見まわした。

「そうそう、棺桶《かんおけ》はあるの？」

「あるかもしれない」自分がイエスとノーのどちらの答えを期待されているのかわからず、イーサンはあいまいに返した。自分でも子供じみていると思うが、アレクシスを感心させ、魅力的だと思われたかった。

「くだらないゲームにうつつを抜かしても、食うに困らないだけのお金があるってすてきでしょうね。具体的には戦争ごっこみたいなものかしら？ ペイント弾を撃ち合うとか？」

九〇〇年を超える道のりを、腿にブルーのペイント弾を食らうのと一緒にされたくない。

「きみ、ブラックジャックは好きかい？」相手のペースに巻き込まれていることに気づいたイーサンは、なんとか反撃を試みようとした。

唐突な質問に、アレクシスの毒舌がとまる。

「なんですって？　ブラックジャック？」

「そうだ」イーサンはバーのうしろに保管してあったチップを取り出した。「運を試してみたらどうだい？　ブリタニーもあとでカジノに行かせるから」

アレクシスの望みは妹だ。これで文句はないだろう。その調子だ、イーサン！

アレクシスは目を細めてチップを受け取った。指先がふれた瞬間、イーサンの顔から笑みが消える。彼女から押し寄せてくる感情の波を感じたのだ。思考を読むことはできなくても、ふれ合った肌からアレクシスの抱える孤独がしみ入ってきた。

その孤独に共鳴した自分がショックだった。低く震える悲しみの波動は、彼自身のそれとぴったり一致していた。

ブリタニーはウエストミンスター・ドッグ・ショーについてシーマスと話しながら、果たして自分はこの人の心臓に杭を打てるだろうかと考えていた。とてもできそうにない。

彼女はイーサンを好きなのと同じくらい、シーマスのことを好きになっていた。彼らの魂が地獄で朽ちていくなんて想像もしたくないが、終わりなき地獄から解放するには、人間に転生させるか、殺すかのどちらかしかないように思える。

「ぼくはもう何年もテリアを飼っているんだ」シーマスはそう言って赤ワインを飲んだ。

メルローのボトルに入っていても、ブリタニーにはそれが血だとわかった。飲みたいと言ってみたが、このほうが料理に合うとシャルドネのグラスを押しつけられた。

「テリアは大好きよ。ジャック・ラッセル・テリアを飼っていたんだけど、二年前に癌《がん》で死んでしまったの。ブラウニーは一六歳の誕生日に姉がプレゼントしてくれたのよ」親がいないことで妹が寂しい思いをしないようにと、アレクシスは毎年誕生日を特別な日にしてくれた。

そんな姉を怒らせるのは不本意だが、今はどうしてもここを離れられない。ホテルやカジノの従業員の歯の治療もまだ途中だし、十数人いるイーサンの取り巻きを救う方法を見つけなければならなかった。彼らはまちがいなくヴァンパイアだ。

「あなたの予約は明日だったわね?」ブリタニーはシーマスに念を押した。「職場で歯の治療を受けさせてくれるなんて、イーサンはすごく気前がいいのね」

シーマスは顔をしかめた。「ぼくの予約はほかの人に譲ってもいいんだけどな。クリーニングなんてしなくても大丈夫だ」

「治療が怖いの?」

「そんなわけないじゃないか」シーマスは憤慨したように黒い眉根を寄せた。「忙しいだけだよ。それに歯医者なら行ったばかりだし」

「それっていつの話？　今世紀に入ってから？」ブリタニーはシーマスの腕を小突いた。素直にヴァンパイアだと認めてくれたら、救済する方法について話し合えるのに。ここへ来た最初の週にも、イーサンやシーマスの前でこの話題を持ち出そうとしたのだが、そうするたびに頭が混乱して、気づくと別の話をしている自分がいた。どうやら思考を操られているらしい。彼らはヴァンパイアなのだから、そのくらいできても不思議はなかった。最近になって、ようやく彼女はそれを防げるようになった。

「今世紀ではなかったかもしれない……」シーマスが決まり悪そうに笑う。

レセプション・ルームですべて暴露されたのに、なぜ事実を認めないのだろう？　床屋が歯医者を兼ねていた時代から生きていたということを。

「じゃあ、どのくらい前？　正確に言って」

急に猛烈な尿意に襲われて、ブリタニーは椅子に座ったまま脚をもぞもぞと動かした。

「そんなに昔じゃないよ」シーマスが答える。

これではまともな回答など返ってきそうにない。ブリタニーは専用ダイニングを見渡した。一〇人ほどの人々が食事をしているが、実際に食べているのは彼女だけだ。シーマスはワインとスープを飲んで、サーモンはナプキンに落としているにちがいない。食べ物を口に入れるところは一度も見ていないのに、皿の上の料理が減っていくからだ。

「それにしてもイーサンとアレックスはなにを話しているのかしら？　アレックスがひどいことをしていないといいんだけど。姉さんはわたしに関して過保護すぎるきらいがあるの」

「イーサンに任せておけば大丈夫だ」

ついに尿意が限界に達し、礼儀どころではなくなった。「ちょっと失礼するわね、シーマス」

「どうぞ」シーマスがブリタニーと一緒に立ち上がった。こういうふるまいを見るたびに感動してしまう。

ラスヴェガスにいる男たちの大半は、ギャンブルが絡まない限り、騎士道精神など理解しようともしない。「あなたっていくつなの？」彼の礼儀正しさは摂政時代《リージェンシー》のイギリスで培われたのではないだろうか？

「三七歳」〝……かける一〇だ〟

ブリタニーの耳には、シーマスの心の声がはっきりと聞こえた。まちがいない。テーブルにナプキンを落として問いただす。「かける一〇？」

シーマスがぎょっとした顔になった。「なんだって？」

「〝かける一〇だ〟って言ったのはどういう意味？」本当は尋ねるまでもなかった。ただ口に出して認めさせたいだけだ。三七〇歳プラスマイナス何歳かだということを。

シーマスは呆然とブリタニーを見つめた。「なんのことかわからないな」

ブリタニーは身じろぎした。これ以上追及していたら、ショーツとカクテルドレスを濡らしてしまう。膀胱炎《ぼうこうえん》になったのだろうか？　一刻の猶予もない。

「気にしないで。すぐに戻るわ」

激しい尿意をこらえながら、ブリタニーはできる限り急いでホールへ向かった。あと三歩先の左手にトイレがある。一度だけ使ったことがあるが、こぢんまりしたダイニングルームほどもあって、一九四〇年代の化粧室のように優美だった。

角を曲がったブリタニーは、驚いて足をとめた。ソファの上で、男性が女性の体にのしかかっていたのだ。男女は脱げかけた服をだらしなく垂らし、甘いささやきを交わしている。ブリタニーは赤面してあとずさりした。

さっさと立ち去ればいい話だが、そうなると次に近いのはメイン・ダイニングのトイレで、ここからはかなり遠い。そんな余裕はないのに。トイレのドアは、絡み合う男女がいるソファの三〇センチ先だ。知らんふりをして通り過ぎたらどうかしら？

男性が女性の髪をなでて上向かせる。女性は目を閉じて恍惚《こうこつ》としていた。ブリタニーはふと、自分がふたりを凝視しているのに気づいた。トイレの前でいちゃつくなんてみっともないと思いながらも、官能的な光景に興奮を覚える。男性の手つきは、なにか尊いものをあがめるようで、美しくすらあった。

男性がアルコールで彼女の腕を消毒するまでは。

アルコール？

男は女性になにかささやきかけ、口づけをしながら、肘の近くの血管に注射器を刺した。血がゆっくりと吸い上げられる。

なんてこと！　殺人鬼だわ！　ブリタニーはとっさに壁に背中をつけた。どうすればいいの？　叫んだりしたら、わたしまで殺されてしまう。バッグは置いてきてしまったし、周囲には誰もいない。走って助けを呼びに行くしかないの？

ブリタニーは男に気づかれないようにじりじりと後退した。

スーツを着込んだ男はポケットからゴム手袋を取り出し、小さくて細長い紙片を注射筒に浸した。尿検査のときに産婦人科医が用いるような代物だ。

なにをするつもりなの……？

ブリタニーは恐怖に凍りついた。歯の根が合わない。アレックスがこの場にいてくれたらいいのに。姉さんならあの男の鼻をへし折って哀れな女性を助け、あっという間に助けを呼んでくれるだろう。ところが意気地なしのブリタニーは、具体的な行動を起こすことはもちろん、冷静に考えることさえもできなかった。

女性はうめいたが、まぶたは閉じられたままだ。

男は小さな声で女性をなだめ、彼女にキスをしてからその首筋を唇でたどった。そして、嚙みついた。

喉元に嚙みつ、い、い、い、いたのだ！　気持ちが悪い、ヴァンパイアの食事シーンを目撃してしまった。男は女性の首に吸いつき、彼女の体を自分のほうへ抱き寄せた。ブリタニーは膝ががくがくと震え出した。

頭でヴァンパイアの存在を認めることと、実際に血を吸っているところを見るのとはまったく別物だった。思わず恐怖の声がもれる。

男がはじかれたように顔を上げた。青白い唇に血の筋が……。

もういや、気色悪い！　ブリタニーの頬はかっと熱くなった。

「わたし……わたし……」

「行け」男は深みのある声で言った。どの国のアクセントかわからない。「きみはぼくを見なかった」

この人までわたしを洗脳するつもり？　ブリタニーはいらだった。ホテルのソファで女性が血を流しているのに、見なかったことにするなんてできるわけがない。

「だめよ。彼女が無事だとわかるまでは」

「なんだと？」男が面食らった顔になる。

発音からしてフランス人、もしくはフランス系カナダ人だろう。

「その人は大丈夫なの？　あなたはいいヴァンパイア？　それとも悪いヴァンパイア？　イーサンと一緒にいるところを見たことはないわ。彼はあなたがここにいるのを知っているの？」

男はブリタニーの質問を無視してゴム手袋を外し、細長い紙片と注射器を手袋の指の部分に収め、小さくまとめてポケットに戻した。それから彼女のほうへ手を振った。「行け」

「やめてよ。わたしはこの場を動きませんからね。力になりたいの」同情が恐怖を押しのけた。永遠と向き合い、魂を奪われ、血に飢えて生きるのはさぞ恐ろしいにちがいない。麻薬やアルコール依存症と同じではないかしら？

男は首をかしげ、緑がかったグレーの瞳でブリタニーを見つめた。「麻薬依存症患者なんかと一緒にするな。きみは誰《キ・エ・テュ》だ？ なぜヴァンパイア臭を発している？」

わたしはヴァンパイアのにおいがするの？ あんまりうれしくない。寝る前にシャワーを浴び直さなきゃ。

「わたしは……ブリタニー・バルディッチよ」混乱して怯えている人間の女だ。「どうしてその人から採血したの？」

「それは話せない」男は首を振って女性の額をなでた。「きみはキャリックに属している」

「どういう意味？」ブリタニーはおずおずと女性に近づいた。男が彼女の頭蓋骨《ずがいこつ》を割るのではないかと不安になったからだ。女性が生きているのかどうかも定かではないが、なにか行動を起こさなければならない。

男は背もたれに寄りかかり、女性の耳になにごとかささやいて消えてしまった。跡形もなく。そのときになって、ようやくブリタニーは悲鳴をあげた。

「なに？」女性が起き上がって目をしばたたく。「どうしたの？」

「ごめんなさい。トイレに行こうとしたらあなたと……彼が……」ブリタニーはまともに考えられなかった。

「あら！」女性は赤面しつつもにんまりした。「それであの人は逃げ出したの？ 目立つのが嫌いなのよ。気にしないで、あとで合流するから」

「あの人に、その、傷つけられたりしなかった?」ブリタニーは汗ばんだ手のひらをドレスにこすりつけた。

「最高だったわ」ブロンドの女性はもつれた髪を手ぐしで整え、ドレスを直して壁に寄りかかると満足げにため息をついた。「あんなのは初めてよ。キスされてイッたことなんてないのに」

「まあ!」わたしだって血を吸われてイッたことはない。「その、しょっちゅうなの?」血、いい、いい、いい、を吸われてイクのは?

「いいえ。まだデートして数週間だもの。わたしは〈シャドウ・ラウンジ〉でウエイトレスをしてるんだけど、彼はほとんど毎晩のようにやってくるわ。それで今夜、思いきってアタックしてみたら、うれしいことにオーケーしてくれたってわけ。帰っちゃったのは残念だけど、次の機会があるから」

「ごめんなさい」

巨乳でブロンドのウエイトレスは声をあげて笑った。きらきらしたメタリックのドレスから豊満な体がはみ出さんばかりだ。「気にしないで。トイレに行きたかったんでしょ? しかたがないじゃない」

ブリタニーは女性を見た。「そうなの」ただ、尿意はもう感じなかった。あれほどトイレに行きたくてたまらなかったのが嘘のように。

そしてなぜか、異常な渇望に襲われていた。

4

アレクシスは、自分のヒップが『恋する十字架』のバフィーほど小さくないことを知っていた。しかし、人は与えられたものでやっていくしかない。イーサン・キャリックがヴァンパイアだというなら、さしずめわたしは彼らを退治するヴァンパイア・スレイヤーというところだろうか。ちょっとしたスリルを演出してやろう。

セクシーで光沢のあるキャミソールとジーンズに着替えてカジノに舞い戻ったアレクシスは、スロットマシーンを試すふりをしながらじりじりとエレベーターに接近した。ブリタニーの意思を尊重してやれと言われたあと、一度は素直に家に帰った。服を替えて作戦を練るために。

五分でいいからブリタニーと話がしたい。五分あれば、イーサンや気味の悪いゴシックメタルたちのことは忘れて元の生活に戻るよう、説き伏せる自信があった。

そのためには、ふたりきりで話すことが重要だ。イーサンに周囲をうろつかれると動揺して唇が震えるし、そんな状態で妹を説得できるとも思えない。そうなると、ブリタニーがひとりのときを狙《ねら》わなければならなかった。

スロットマシーンで二ドル勝ち、なに食わぬ顔でチケットをプリントアウトする。あくまで自然にふるまうことが大事だ。作戦は首尾よく進み、アレクシスは酔ってけたたましい笑い声をあげる女性たちにまじってまんまとエレベーターに乗り込んだ。いや、女性たちは酔っているのではなくて、単純に楽しんでいるのかもしれない。ばか騒ぎをした経験がないアレクシスには判別がつかなかった。

彼女は二二階のボタンを押した。

「もう！　ブラジャーなんてつけてくるんじゃなかった」ひとりの女性がドレスのなかに両手を入れてブラジャーを引っぱった。

アクセントからいって、彼女はテキサス出身、ドレスはニューヨーク仕立てだ。

「取っちゃえばいいじゃない」友人が応じた。「豊胸手術をしたんだから、ブラジャーなんていらないでしょ？」

「でも、知らない人がいるもの」女性はつんとして答えたが、すぐにくすくす笑い出した。

知らない人というのは自分のことにちがいない、とアレクシスは思った。ほかは全員顔見知りらしい。

「わたしなら気にしませんけど」アレクシスは言った。「でも、エレベーターのどこかに監視カメラが設置してあるんじゃないかしら」

「ほんと？　カメラがあるなんて考えたこともなかった」女性は胸元をはだけてブラジャーを外すと、ふくらみを揺すりながらゆっくりと一回転した。「あらゆる角度から見てもらわないとね。どこがベストショットかわからないでしょう?」

三人の女性が甲高い声で笑う。アレクシスはぎょっとすると同時に、なぜか女性たちに嫉《しっ》妬《と》した。三〇年間生きてきて、彼女たちみたいに奔放にふるまったことが一度でもあっただろうか?

一度もない。そういう行為は母を連想させるからだ。アレクシスは五歳のころから、母親のようにだけはなるまいと思い続けてきた。しかし、目の前の女性たちはアレクシスの母とはまったくちがう。彼女たちは生きることを楽しんでいる。四〇代で、華やかなおしゃれをして、人生を謳歌《おうか》している。

わたしは人生を楽しんでいるかしら?

……楽しんでいないわけじゃないわ。

仕事は好きだし、裁判に勝って犯罪者に相応の刑罰を与えられたときは充実感があった。歯科医になって立派にやっている妹のことは誇りに思っている。ブリタニーだって普段はちゃんとやっているのだ。心配ばかりかけているわけじゃない。

でも、ブリタニーの私生活はどうなんだろう?

……わからない。

一九階でエレベーターがとまり、女性たちが降りた。度胸のある女性も廊下に出るときはさすがに胸を隠していたが、ブラジャーはエレベーターのなかに落としたままだった。〝こうしておけば、みんながいろいろと想像をたくましくするわよ〟と言って。

アレクシスは黒いレースのブラジャーを踏まないよう壁際へ寄った。乗ってきた人に彼女のブラジャーだと思われたらたまらない。ブラジャーを捨てるなんて、アレクシスには考えられなかった。三〇ドルを捨てるようなものではないか。

……ブリタニーの言うとおり、わたしは頭が固すぎるのかもしれない。

二二階へ到達すると、アレクシスは少しばかりの自己嫌悪と緊張を抱えてエレベーターを出た。周囲を見まわし、いかにも驚いたふりをして叫ぶ。「いやだ、まちがえちゃった!」誰かに見られていたときのために声に出して言ってから、素知らぬ顔で専用エレベーターに向かった。

〝上〟のボタンを押して、肉づきのいい手をした警備員がフロアをうろついていないことを祈る。ジェイムズには面が割れているのだ。彼にこちらの意図を察するほどの脳みそはないかもしれないが、イーサンに報告されてはまずい。

幸い、アレクシスの肩をつかむ者も、不審者だと叫ぶ者もいなかった。ドアがすべるように開いたところでエレベーターに飛び込み、それが二三階から二六階専用であることを確認する。ビンゴ!

ブリタニーが説得に応じなかった場合のことは考えていなかった。そんな事態になったら、取り乱してしまいそうだ。これまでは、事あるごとに妹の相談に乗り、彼女が正しい判断を下せるよう導いてきた。子供だとばかり思っていたブリタニーが、急に自分の意思で行動し始めたことが恐ろしい。しかもゴシックカルトに巻き込まれるようでは、その判断は当てにならない。

「二三二〇……」廊下の左右を見て部屋番号を確かめる。カーペットは黒と白の四角模様のアールデコ調だった。毛脚が長いにもかかわらず、廊下じゅうに自分の足音が響いている気がする。特別階だけあってドアとドアの間隔は広く、それぞれの入口が小空間《アルコーヴ》になっていた。その脇に部屋番号を記したメタルグレーの札が掲げられている。下品なカジノが多いなか、イーサンのカジノホテルは悪くなかった。豪華な雰囲気の室内に洗練された家具が配され、古きよき時代のハリウッドを彷彿《ほうふつ》とさせる。一日だけなら、法律用語が詰まったちび&でか尻の体を、すらりとした脚とセクシーなドレスに包まれた体に、妖艶《ようえん》な赤い口紅、そして男が涎《よだれ》を垂らすような官能的な声と取り替えてみたい。

実現するわけがないけど……。

たとえ実現したとしても、一日以上はごめんだ。男たちの熱い視線なんて、慣れたらうっとうしいに決まっている。

ただ、ときどきデートするのは楽しいんじゃないかしら？　アレクシスの周囲にいる異性といえば、口から先に生まれたような被告人側弁護士か犯罪者しかいない。どんなに顔がよくても、ベージュのつなぎを着た常習犯とつき合うのは願い下げだ。かといって弁護士を見ていると、歯茎がむずむずする。

そのとき、すぐ前のアルコーヴから男性が出てきた。「これはこれは」

アレクシスは喉元まで出かかった悲鳴をのみ込んでイーサンをにらみつけた。あとちょっとだったのに！　ブリタニーの部屋は目と鼻の先だ。つまりイーサンは、ブリタニーの隣の部屋を使っていることになる。その事実に、アレクシスは吐き気を催した。妹がこの男とベッドをともにしているところなんて想像したくない。

姉のわたしは誰ともベッドをともにできないでいるのに！

「こんにちは」内心はどきどきしながら、アレクシスは笑って通り過ぎようとした。ここで騒ぎを起こしたくなかった。

「もう帰ったと思っていたけれどね」イーサンが行く手を阻んだ。

「帰ったわ」アレクシスは左に寄ってイーサンをかわそうとした。

イーサンも左に寄り、再び進路をふさぐ。「じゃあ、なぜ戻ってきた？」

アレクシスが右に動くと、イーサンも右に移動した。

「ダンスでも踊る気？　どいてくれない？」

イーサンはジーンズと黒のTシャツ姿だ。やわらかな生地が鍛えられた胸と腕の筋肉に張りついている。手首には、ダイヤモンドが埋め込まれた高級時計がさりげなく輝いていた。イーサンの瞳には底知れない闇があり、アレクシスはそれが怖かった。

「なぜここにいるのか教えてくれたら、どいてもいい」

正直に答えたほうがよさそうだ。つまらない作り話をしても、いずれは核心にぶち当たる。

「わかった。あなたはヴァンパイアのふりをしたいんでしょう？　だったらわたしはヴァンパイア・スレイヤーになってあげる。これから妹に会って、アパートメントへ連れて帰るわ。こんなお化け屋敷から遠く離れた場所へ」

アレクシスは相手の反論を待ったが、イーサンは左の眉をわずかに上げただけだった。

「その薄いキャミソールの下に杭が隠れているようには見えないが」

わたしをばかにしているのね。「聖水を顔にかけるつもりかもしれないわよ」

「かけたいならかけてくれ。目が覚めるかもしれない」

「わたし、あなたのことが大っ嫌い」いかにも余裕たっぷりの態度が癇《かん》に障る。

「ところがこっちは、きみとならひどく気が合うんじゃないかと思っているんだ」

イーサンのそばにいると、おもちゃを買ってもらえない八歳児のような気分になった。

理由はわからないが、なってしまうものはしかたがない。アレクシスはアメフト選手も口笛を吹くようなフットワークで左にフェイントをかけ、右へ走った。

けれども、そんな子供だましはイーサンには通用しなかった。彼女をとめようとイーサンが左手を突き出す。その手が偶然にもアレクシスの乳房をつかんだ。まるでグローブにボールが収まるように、彼女の乳房はイーサンの左手にぴったりと収まった。アレクシスは追いつめられた雪男のような悲鳴をあげた。

それまでは平静を保っていたイーサンが表情を崩した。顔を真っ赤にして立ちすくむアレクシスを前に、両手を脇に垂らす。

「すまない。その、わざとじゃなかった……」途方に暮れて顔をしかめるイーサンを見て、アレクシスはなぜかうれしくなった。

彼をへこませることができるなら、胸をさわられるくらいなんでもない。恥じ入って言葉を失っているイーサンはかわいらしく、それほど悪い人ではないとさえ思えてきた。女性の胸をさわるのは無作法だと思う程度の常識はあるのだ。

アレクシスは思わずにんまりした。「あら、気持ちがよかったわよ。あなたは?」

イーサンはぎょっとし、それから笑い出した。「きみは変わったユーモアの持ち主だね。妹さんよりおもしろい」

妹の話題に怒りが再燃してもおかしくなかったが、そうはならなかった。これでわたしは優位に立てたんじゃない? 少なくとも五分五分程度にはなったはずだわ。その余裕がアレクシスの怒りを押しとどめた。「ブリタニーはわたしよりも純粋なの。だからこそ、あなたみたいな人とはかかわってほしくない。あなたは飽きたらそれまででしょう? あの子が傷つくところは見たくないわ」

「彼女がここにいたがっているのは知っているだろう?」淡いブルーの瞳がデニムの色合いと同じ深みを帯びる。「それに口では否定しても、きみはぼくのことがまんざらでもなさそうじゃないか」

アレクシスは大げさに目をまわしてみせた。「ここにいたいというのが妹の本心だとは思えないのよ。だいたいさっきの〝気持ちがよかった〟は皮肉なんだから、吸血鬼さん」

イーサンが自信たっぷりの笑みを浮かべる。「悪い気はしなかったくせに」

「そんなわけがないでしょう。あなたなんてちっとも魅力的じゃないわ。運転免許証の更新と一緒よ。避けては通れないうえ、時間とお金を食うわりに、どうやっても写真が変な仕上がりになるの。そもそもの存在が悪なのよ」

「ぼくには悪意なんてこれっぽっちもない」

こんなところでぐずぐずしている暇はなかった。「あら、ヴァンパイア・クラブの売りは〝邪悪〟じゃなかったの？　〝おれたち邪悪なヴァンパイア、ちょっかいを出すと痛い目に遭うぜ〟みたいに？」アレクシスはイーサンの腕の下をくぐり抜けて、ブリタニーの部屋へ突進した。「わたしたちにかまわないで」

彼女が二歩進んだときイーサンが口を開いた。「きみが望むなら、もうブリタニーにちょっかいは出さない。家へ帰るよう伝えるよ」

やめたほうがいいと思いつつも、イーサンはアレクシスに惹《ひ》かれていた。彼女のなかに自分と似たもの――正義感と強い意志、そして社会への憤り――を見いだしたからだ。ただ、彼の場合は血気盛んな青年時代をとっくに卒業し、平和的な手段で変化を起こす誓いを立てている。

九〇〇年以上生きてみて、この世は正義と悪では割りきれないことがわかったのだ。アレクシスはその点で未熟だが、それでもイーサンの心をかき乱すなにかがあった。ホテルの屋上から飛び下りるとか、飛行機を使わずにパリまで飛ぶとか、そういう子供じみたふるまいをしてアレクシスの関心を引きたくなる。今すぐ彼女の服を引き裂いて、しわくちゃのシーツのあいだを転げまわり、体じゅうに嚙みつきたい。

幸いにも、アレクシスにそうする気はなさそうだ。

いや、幸いではないのかもしれない。ぼくは拒絶されてもあきらめきれないのだから。本当はぼくのことが気になっていると認めさせたい。異性から面と向かって興味がないと言われるのは初めてで、実際に経験してみるとひどく不快だった。

アレクシスに関しては、プライドにこだわっていると面倒なことになりそうだ。

「あなたがブリタニーに帰れなんて言うはずがないでしょう?」アレクシスは皮肉っぽく言った。「そんなふうにほのめかせば、わたしが土下座するとでも思った? だったら目を覚ますのね。そんな暇があったら、まわし蹴りをお見舞いしてやるわ」

そうさせてみるのもおもしろいだろうが、イーサンはもっと別のことをさせたかった。

「いや、土下座をする必要はない。ただし、きみがブリタニーの代わりにゲームを続けることが条件だ」金持ちのヴァンパイアごっこだと思っているなら、今日のところはそう思わせておけばいい。

「なんですって?」アレクシスが腰に手を当てる。「頭がどうかしたの? マリファナでも吸った? わたしには仕事が……裁判があるの。あなたのバービー人形にはなれないわ。あんなに脚が長くもないし」

「キャリアを犠牲にしろとは言っていない」イーサンは男と対等に働く女性に対していまだに感嘆してしまう古いタイプの男だが、アレクシスが有能であることは容易にわかった。法律家には雄弁さに加えて、不屈の精神と自分を信じる強さが要求される。アレクシスにはそのすべてがあった。

「ぼくが提案しているのは、毎日ここへ帰ってきてぼくと食事をし、カジノをまわって客にあいさつをして、隣の部屋で休んでほしいということだ」

「妹を捨てた男とベッドをともにしろというの？　吐き気がするわ。あなたは異常よ」

それについてはもっと前に訂正しておくべきだった。「妹さんをベッドに誘ったことはないよ。ぼくたちのあいだにあるのはただの友情だ。さっきは誤解を招くようなことを言ってすまなかった」

アレクシスは目をくるりとまわした。「そんな言葉を信じると思っているの？」

「ぼくの部屋で話さないか？　廊下だとブリタニーと鉢合わせするかもしれない。彼女がぼくたちの話し合いをおもしろがるとは思えないからね」イーサンは自室のドアを開けてにっこりした。

「ドアは閉めないでよね」

イーサンを信用していないアレクシスは、リビングルームの入口に飾ってあった犬の置物をドアの正面に乱暴に置いた。ドアが置物に当たって開いた状態でとまる。アレクシスは自分の仕事ぶりを点検した。

「いい犬ね」

「ありがとう」

「あなたからどうぞ」

イーサンはおどけた表情で部屋に入り、ソファの前で立ちどまった。女性より先に腰を下ろすことはできない。子供時代にしみついた礼儀作法は何百年経っても抜けないものだ。

「イギリスの狩猟小屋みたいな内装ね」

鋭い観察力だ。「イギリスの実家を模してしつらえたんだ」

「いつの時代の？　一九世紀？」アレクシスは安楽椅子に飛び乗って横向きになり、肘掛けに脚をのせた。

アレクシスを部屋に入れたのは失敗だったかもしれない。家具に香りが移ってしまう。なめらかな肌や、どくどく流れる熱い血の香りが……。あの安楽椅子は気に入っていたのに、あとで燃やさなくてはならないだろう。さもないと、座るたびにアレクシスが欲しくなる。

人間を部屋に入れるのは初めてだった。掃除もヴァンパイアの女性に任せている。おかげで夜の活動時間中に掃除してもらえるし、冷蔵庫の血液を見て大騒ぎされる心配もない。

「信じないなら、ブリタニーにきいてみるといい。ぼくたちが……」イーサンは当たり障りのない表現を探した。「親密な関係ではないことを」

「隣の部屋に三週間も住まわせておいて、一度もセックスしなかったって言いたいの？」

アレクシスのあけすけな物言いに、イーサンは気を遣った自分がばからしくなった。「そうだ。キスもしていない。誤解を与えるような発言をしたことは謝る」彼は率直に言った。

アレクシスをベッドに招くチャンスがわずかでも残っているなら、先にブリタニーが潜り込んではいないことをはっきりさせておかなければならない。

まったく、ぼくはなにを考えているんだ？　ほかの女性をベッドに招待しながら、ブリタニーに求愛できるわけがない。プレイボーイは卒業したはずだ。ヴァンパイア国の大統領にふさわしい落ち着きを身につけたことを証明するために、結婚に踏みきろうとしていたんじゃなかったのか？

だがそれは、アレクシスをものにしてからでも遅くはない。

「〝親密〟でないなら、なぜ妹がここに滞在しているの？」

アレクシスが両手をふりまわしてわめく。そのジェスチャーはシーマスを連想させ、シーマスは責任と誓いを連想させた。

「ぼくは二〇〇歳を超えたマスター・ヴァンパイアで、次の大統領選挙に出馬することになっている。ブリタニーはハーフなんだ。つまり、ヴァンパイアの父親と人間の母親のあいだにできた子だ」そこまで教えるつもりはなかったが、アレクシスの反応に興味があった。心を読めない以上、積極的に情報を引き出さなければ。

アレクシスは鼻を鳴らした。「ブリタニーの父親はろくでなしだったけど、ヴァンパイアじゃなかったわ」

「それはつまりきみの父親ってことかい？」

「いいえ、ブリタニーの父親よ。母親は同じでも、精子提供者はちがうの。どっちの父親も同居するに値しなかった。母は男の趣味が悪かったから」

それを聞いて、少しだけ状況が明らかになった。アレクシスにはヴァンパイアの血が流れていないのだろう。思考が読めない理由がわからないので絶対とは言えないが、それでも純粋な人間である可能性は高くなった。

「これはゲームだったはずだろう？　ブリタニーはハーフなんだ。ぼくは彼女を妻にするつもりだった。ヴァンパイア国のファーストレディにね」

アレクシスは無表情のままイーサンを見つめた。「本気で言っているんじゃないでしょうね？　本気だとしたら、妹が誘拐されたと警察に通報するわ。趣味の範囲で楽しむならまだしも、あなたの頭が完全にどうかしているとしたら、ラスヴェガス市警の出番ですからね」

「現実とフィクションの区別はついているよ」イーサンはなだめるように言った。「アレクシスを怯えさせては元も子もない。警察とかかわり合うのもごめんだった。たいていの人間ならうまく言いくるめられても、刑務所に入っているあいだじゅうヴァンパイアであることを隠し通せる自信はない。看守の血を吸っていては、模範囚になれないだろう。

「次の選挙はぜひとも勝ちたいんだ。ただ、ぼくには短気でプレイボーイだというイメージがある。そこで選挙対策マネージャーと相談した結果、結婚すれば落ち着いた印象を与えられるだろうという結論に至った」

「ブリタニーならぴったりだわ。でも、わたしじゃだめよ」アレクシスが反動をつけて安楽椅子に深々と身を沈めた。

吹けば飛ぶようなキャミソールから胸のふくらみがのぞく。イーサンはそこにかぶりつきたかった。りんごのような歯応《はごた》えがするにちがいない。さくっという音さえするかもしれない。

アレクシスを噛んだらどんな感じがするだろう?

イーサンは興奮を隠すために脚を組んだ。

彼女をブリタニーの代わりに据えるなど計画外だが、もっと早く思いつかなかったのが不思議なくらいだった。逃げる獲物を追いかけるスリルや、苦労の末に手に入れたときの達成感を想像すると、中年期に差しかかったヴァンパイアらしからぬ高揚感を覚える。「むしろきみのほうがふさわしい。不浄《インピュア》の者の姉で、立派なキャリアの持ち主だからね。完璧だよ。やり手のきみをパートナーにすれば、ワンマンを卒業して人の話に耳を傾けるようになったと思ってもらえる」

実際は少しも成長していない。一〇代の少年みたいに必死になっている。シーマス同様、長いことご無沙汰だったかのようだ。

「つまり、ひとりよがりの愚か者が妥協することを覚えたって印象を与えたいの?」

言葉の選択に問題はあるが、イーサンはアレクシスをものにしたい一心で、あくまで理解ある大人の男を演じようとした。シーマスに殺されようが、選挙が散々な結果に終わろうが、彼女を手に入れなければならない。絶対に。「そのとおり」

「わたしはいばり散らして、あなたを尻に敷いているふりをすればいいのね? それならおもしろいかも」アレクシスはにんまりしてブロンドの髪を耳にかけた。

やはりぼくは、中年期の焦り《ミッドライフ・クライシス》に陥っているにちがいない。そうでなければ、辛辣《しんらつ》な言葉を浴びせられて北アメリカ一好色なヴァンパイアのごとく興奮している理由がわからない。しかもはるかに年下の女性を相手に。次はスポーツカーを買って、タトゥーでも入れるのか？

「きっと楽しめると思うよ」

「一週間よ。ブリタニーを家に帰して、仕事でもプライベートでも二度とあの子にかかわらないと約束するなら、わたしはここに一週間滞在するわ。個室とマスターキーを用意して。許可なく他人に出入りされるのはごめんだから。仕事が終わらなければ残業してくるけど、それに関しては文句を言わないで。基本的には夜の八時から朝の八時までここにいるわ。今日を一日目と数えて、一七日の金曜の夜中で契約は終わりよ。食事はカジノのレストランをただで利用させてもらう。クリーニングもお願いね。契約書はわたしが用意するわ。ひとつでも条件を破ったら、カルト教団の教祖が信者をその意思に反して拘束したと訴えるわよ。わかった？　この条件に合意する？」

妹を思うアレクシスの気持ちにつけ込んだのではないか、と良心の呵責《かしやく》を感じた自分が間抜けに思えた。アレクシスは強い。イーサンは膝をたたいた。「条件はそれだけかい？」

「そうね、わかっていると思うけど、ベッドはともにしないわよ。わたしたちの関係は目的を達成するための手段でしかない。わたしの提供するサービスは、あなたの奇妙な友達に愛想を振りまくだけで、性的な関係はいっさい含まないから」

なるほど。

アレクシスはぼくに魅力を感じていないのか？

ならば、かつてのプレイボーイの実力を見せてやる。

「きみを食い物にする気なんてないよ。正直に言って、疑われるなんてショックだ」

アレクシスは目をくるりとまわして立ち上がった。「あなたがこの程度のことでショックを受けるとは思えないわ。そういう意味では、わたしたちは似た者同士かもしれないわね。わたしもいろいろ見すぎたの」

「きみは地方検事補だったね？」

「そうよ、性犯罪専門のね。世の中には気持ち悪い男が山ほどいる。わたしはそういう男をたくさん見てきたわ。だからヴァンパイア・ゲームくらいじゃ驚かない。実際に人を嚙むとか殺すとかしない限り、なにをしようとあなたの自由よ。だけど、妹を巻き込んだら承知しない。そこは一歩も譲れないから。ブリタニーは家に帰すわ」

「すべての条件に合意するよ」まちがいなく、九〇〇年前にフランスで、棺桶をそりに見立ててすべったこと以来の愚かな決断だ。

それでもアレクシスと過ごす一週間を思うと胸が躍った。

これで息づまるような倦怠《けんたい》感や欲求不満を振り払えるかもしれない。

アレクシスとつき合えば妙な衝動も解消されて、髪を染めるとか、選挙対策マネージャーとデートをするとか、胸毛を脱毛するとかいう奇行に走らずにすむのではないだろうか？

これは断じてミッドライフ・クライシスなどではない。

5

ブリタニーはアレクシスの説得に応じたことを後悔し始めていた。姉妹は国道九五号線を、サマーリンにあるアレクシスの家へと向かっているところだった。ブリタニーの頭のなかでは、トイレの前にいた見慣れないヴァンパイアが、女性を愛撫《あいぶ》し、血を吸い、あえがせていたシーンが繰り返し再生されていた。

まるで他人のセックスをのぞき見したような罪悪感と高揚感がある。ブリタニーは興奮を覚えた自分が気に入らなかった。彼らの行為はまちがっている。あれは魂を奪われた者の邪悪なふるまいだ。それなのになぜか心惹かれる。このままでは終われない。

「戻らなきゃ」言うことを聞かないと二度と口をきかないからと脅されてホテルを出たものの、アレクシスが自分を無視するはずがないことはわかっていた。ただ、あえてそう口にするほど、わたしを案じてくれているのはまちがいない。姉さんには心配をかけたくないのに……。姉さんはあまりにも早く大人になることを余儀なくされた。デートをしたり友達と遊んだりする代わりに、家計をやりくりしてわたしの面倒を見てくれた。

ブリタニーがホテルを出たのは、姉がかつてのような疲れきった表情を浮かべるのを見たくなかったからだ。すっかり老け込んだ表情を……。しかし一方で、上質なスーツに身を包み、ポケットに注射器を忍ばせたキャラメル色の髪の男を忘れることもできない。

あの男を思いとどまらせる方法がなにかあったはずだわ。まずはラスヴェガスのヴァンパイアについての情報を集めてみよう。彼らの生態を理解できれば、魂を救済する方法もわかるかもしれない。そのためには、少しでも長く彼らのそばにいるしかない。

「戻るなら、わたしの死体をまたいでいくのね」アレクシスが漆喰《しっくい》壁の家へと続く私道へ車を乗り入れた。暗闇にガレージの電灯が明るく輝いている。車をとめてドアを開けた彼女は悪態をついた。

「このユッカの木ときたら、まったく腹が立つわ！　不格好でちくちくして大嫌い。庭師もわざわざ駐車場の脇に植えなくてもいいのに。車を降りるのもひと苦労よ」

強引にドアを押し開ける。

「アレックス……」ブリタニーは唇を嚙んだ。

アレクシスはバッグで葉を払うのをやめて妹の顔をのぞき込んだ。「なによ、それっておねだりするときの声ね」

「どうしても戻らなきゃならないの」わたしの人生がかかっている。わたしはただの歯科医で、姉さんに言わせればだまされやすいだけかもしれない。それでもイーサン・キャリックに会ったのはなにかの縁だ。彼がホテルに招待してくれたのは、歯のホワイトニングとはなんの関係もないことはわかっていた。

あれは助けを求めるシグナルだ。わたしには呼びかけに応える義務がある。

アレクシスはブリタニーの顎と突き出した下唇を見た。なじみのある表情だ。何度もこの表情に負けてきた。だが、今回ばかりは妥協できない。

「だめよ」

「ひとりで行くわ」

「だったら予備のベッドルームに閉じ込めるわよ」

「そんなことはできっこないわ」ブリタニーが言い返す。「本気なの?」

そのとおりだ。妹を閉じ込めるなんてできない。

「もちろん」

「わたしを置いて、ひとりで戻るの?」

「ええ」

そこまで言うならどうしようもない。アレクシスはため息をつき、車のドアに寄りかかって腕組みをした。

イーサンと約束をしたものの、実はホテルを出てからずっと悩んでいた。ブリタニーがあそこへ戻るというなら、わたしが彼と一緒に過ごす意味があるだろうか?

あるわけがない。イーサンがブリタニーを家に帰すと約束したからこそ、わたしはあのホテルに滞在することに同意したのだ。その前提条件が崩れれば、約束にはなんの意味もなくなる。

気分屋のブリタニーのおかげで、またしてもどんでん返しだ。

「それならわたしが戻るのはどう？　あなたはここに残るの。わたしがホテルへ戻って、彼らの行動に目を光らせているわ」あまり説得力はないが、時間稼ぎはできるかもしれない。けれど、ブリタニーはこの意見にのってこなかった。「アレックス、わたしは彼らを罪に問いたいわけじゃないの。解放してあげたいのよ」

また同じことを言っている。「誰が罪に問うなんて言った？　わたしがその……彼らを治療するわ」脳天を蹴飛ばしてやれば、目を覚ますかも。「説得は得意だから」

「それで解放できるならね」ブリタニーはカクテルドレスから伸びたすらりとした脚を組んで、車から降りようとしなかった。

この強情さは誰に似たのだろう？　強情を張る遺伝子こそ自分にも色濃く受け継がれているというのに、アレクシスは自身のことを完全に棚に上げていた。

「オーケー、実を言うと……」アレクシスはジーンズで手を拭《ふ》き、妹のためだと腹をくくった。「イーサンに……その、ディナーに招待されたの。つまり、デートよ」

ブリタニーがぱっと顔を輝かせた。「アレックス！　すてきじゃない。最後にデートしたのはいつだった？　六年前？」

そんなに昔じゃない。あいだに誰かいたはずだ。ロースクール時代の恋人のジムは……あれは六年前だったかしら……なんて退屈な人生だろう……。「わたしも新しいことに心を開いてチャレンジしてみようと思って」アレクシスはいかにもブリタニーが好みそうな前向きなせりふを口にした。

ブリタニーはようやく車から降り、姉にウインクをした。「開くのは心だけじゃなさそうね。ちがう?」

「ブリタニー・アン!」イーサンに押さえ込まれたときのことを思い出して、アレクシスは全身がかっと熱くなった。彼に魅力を感じていないなんて嘘もいいところだ。

ブリタニーが後部座席からスーツケースを取り出して、おかしそうに笑った。

「ただのディナーよ。盛りのついた猿みたいにセックスするわけじゃないわ」

「ヴァンパイアの持久力って驚異的なんでしょうね」

「そうかもね」だけど、イーサンはヴァンパイアではない。ヴァンパイアなんてこの世には存在しない。そもそもイーサンとベッドをともにするつもりなんてないし。「彼が本気でヴァンパイアだと思っているなら、どうしてデートに反対しないのよ?」

「なぜ? イーサンはすてきな人よ。魅力的だし、礼儀正しいし。いいお相手じゃない?」

「血を吸われたらどうするの?」

「わたしだって吸われなかったもの」ブリタニーはスーツケースを引きずってガレージのドアへ向かった。「ヴァンパイアは血を吸うとき、相手を催眠状態にするんですって。吸われているほうは快楽しか感じないの」

「なんだか倒錯プレイみたいね。そういう趣味はないわ。彼も命が惜しければ、わたしになにかしようとは思わないでしょう」本物のヴァンパイアじゃないんだから、人を催眠状態にするなんてできっこない。これはただのゲームだ。

「それはイーサンの気分しだいね。でも、心配ないわ。そんなことはしないと思う。礼儀正しい人だもの。食事に招待した相手を食べるなんて無作法なまねを、イーサンがするわけがないわ。わかるでしょう？」

まったく。ブリタニーと話していると頭がどうにかなりそうだ。だいたい、〝イーサン〟と〝食べる〟を同じ文脈のなかで使わないでほしい。欲望がおかしな方向に向かってしまう。

アレクシスはガレージと家をつなぐドアを開け、白で統一したキッチンに足を踏み入れた。

「あなたが会計士と結婚して、黒髪のかわいい赤ん坊を産んで、ボールダーに小さな家を建てたら、わたしはようやくほっと胸をなで下ろすんだわ」車のキーをカウンターに放り投げ、ごっこ遊びに熱中するいかれた連中と過ごすための服を捜す。ヴェルヴェットのケープがあればぴったりなのに。

まったく、ヴァンパイアですって？　寝言は寝て言ってほしいわ。

ふいにブリタニーが背後から抱きついてきた。「姉さん大好き。宇宙でいちばんのお姉さんだわ。心配をかけるつもりなんてなかったの」

アレクシスは妹の腕をやさしくたたいた。突然、熱いものが込み上げてくる。「わたしもあなたが大好きよ。会計士のことは本気だからね」

「はい、はい」ブリタニーが抱擁を解いて笑った。「わたしが会計士と結婚するなら、姉さんはイーサン・キャリックと結婚するのね」

アレクシスは顔をしかめた。妹と会計士を結婚させる夢をあきらめるのがつらかったのだ。

ブラックジャックのテーブルについたリンゴ・コロンビアは、油断なく室内を見渡した。夜一〇時、いつもと同じく側近を連れたキャリックが、専用エレベーターから降りてくる。リンゴはキャリックがスケジュールを守るタイプであることに感謝した。

標的が仕事熱心なほど、こちらも仕事がやりやすくなる。

リンゴも仕事を大事にしていた。見る人が見れば、仕事の鬼だと言うだろう。ただ、危ない橋は渡らない。ところがドナテッリの要求は危険そのものだった。ディーラーに相槌を打ちながらも、リンゴの目は、カジノをまわって従業員と言葉を交わすキャリックを追っていた。リンゴは葉巻を吹かし、ガラス製の灰皿に置いた。

これだからラスヴェガスは最高だ。いつでもどこでも吸いたいときに葉巻が吸える。混雑したレストランの外で見知らぬ他人と、寒さで不能になりそうな思いをしながらドラム缶を囲む必要がない。他人の顔に副流煙を吹きかけたからといって、文句を言われることもない。やれやれだ。

「ついてるみたいね」隣で甲高い声がした。

左を見ると、今にも死にそうな石油精製所のオーナーが座っていた場所に、黒髪のスリムな女性が陣取っていた。老人よりは目の保養になるが、リンゴには仕事中に無駄話をする趣味はなかった。

「悪くないね」彼はそっけなく答えた。

「それなら、一杯おごってくれる？」女がくすくす笑う。

リンゴはぞっとした。くすくす笑いを聞くと虫唾《むしず》が走る。それはタイヤから空気が抜ける音を連想させた。空気の抜けたタイヤはただのゴムだ。

顔はかわいいが、知能指数の低そうな女だった。艶のある黒髪に、やせた体には不釣り合いな大きい胸。ただ、計算高い目をしていないので、娼婦《しょうふ》ではなさそうだ。単に退屈しているのだろう。

きっと手持ちの金をギャンブルですって、男に食事や酒をねだったあげく、欲求不満の状態のまま放り出すタイプだ。リンゴは欲求不満ではなかった。海兵隊で人間らしさの大半を失ってからというもの、欲求不満になったことはない。

彼は手首のスナップをきかせて二〇ドルのチップを彼女のほうへ投げた。「自分で買ってくるんだな、べっぴんさん。あんたがそばにいると集中できないから、つきが落ちる前にどこかへ消えてくれ」

女はチップを受け取り、親指で表面をなでた。「ありがとう。お釣りを持って戻るわね」

よく言うよ。くすねるに決まってる。だが、それでかまわなかった。くすくす女のせいでキャリックが見えない。リンゴが葉巻を口に持っていくと同時に、女はチェリー色の唇に手をあてて投げキスをすると、衣《きぬ》ずれの音とともに遠ざかっていった。

ちくしょう。キャリックの姿を見失った。きっと別のフロアへ移ったのだ。

まあ、行動パターンはわかっているので、実際はそう焦っていなかった。キャリックが〈アヴァ〉から出ることはない。これまでも一度もなかった。若くて金持ちで人間嫌いの仕事人間か。ドナテッリは首を切断しろと言っていたが、リンゴは拳銃《けんじゅう》を使うつもりだった。心臓を一撃だ。死んでしまえば同じだし、そのほうが後片づけも楽だ。

イタリア人はみんなそうかもしれないが、あのドナテッリはとくに常軌を逸している。しかも要求が多い。リンゴはプロとして適切でリスクの少ない方法を心得ていた。

「ただいま。寂しかった？」くすくす笑いの女がマティーニと五ドル札を手に戻ってきた。リンゴの前に紙幣を置く。

「全然」リンゴは正直に答え、ディーラーからカードを一枚受け取った。

女がくすくす笑う。「ケルシーよ。ここで働いてるの」

この女、放っておいたら歌い出すんじゃないだろうか？

「へえ？」リンゴは〝どうでもいい〟というニュアンスを込めて答えた。だが、ケルシーはひるまなかった。

「受付係をしてるの。ダンサーかなにかだと思ったでしょう？」ケルシーがウインクをした。「男の人はみんなそう言うわ。でも、本当に受付係なのよ。このカジノのオーナーのミスター・キャリックのね。電話の応対をするの」リンゴが洞窟《どうくつ》に住んでいて、受付係というものを知らないかのように、懇切丁寧に説明する。

リンゴは葉巻を灰皿に押しつけて火を消し、わずかにケルシーのほうを向いて気乗りしない調子で問いかけた。「仕事は好きかい？　ミスター・キャリックはいい上司か？」

ケルシーを利用するつもりはないが、オーナー専用フロアの具合や、キャリックが毎晩どこで食事をするかを聞き出せるかもしれない。ホテルのレストランで食べている様子はないからだ。

だいたいケルシーが受付係兼愛人だとしたら、恋人のカジノでカモを探したりはしないだろう。二〇〇〇の客室数を誇るホテルと、一日一〇〇万ドルを稼ぎ出すカジノのオーナーに勝るパトロンなどいるはずもない。

「すごくいい人よ。ずっと彼の下で働きたいわ」ケルシーは真剣な顔で言った。

この女の頭を揺すったら、からからと音がしそうだ。「まただ」リンゴは責めるように言って、手元のカードに目を落とした。「あんたはおれの気を散らす」

「ごめんなさい」ケルシーはマドラーについたマティーニをなめた。「いい子にするわ」口にチャックをするふりをする。

こんなうまい話があるだろうか？　標的のために受付係をしている女が膝の上に落ちてくるなんて。もしかすると、おれの気をそらすようキャリックから命令されているのかもしれない。

だが、それは考えすぎに思えた。おれの正体はばれていないはずだ。

いずれにせよ、ケルシーの動向には目を光らせておくほうがいいだろう。「いい子にしなくてもいい。時間の無駄だ。今夜はこれでやめておくよ。テーブルを見つけて、もう少し親しくなろうじゃないか」

「最高！」ケルシーは口にチャックをしたことも忘れ、リンゴに身を寄せて素早くキスをした。「わたし、あなたの香りが好きなの」彼の唇にささやきかける。

そしてもう一度くすくす笑った。

アレクシスは目の前に置かれた日程表を眺め、キャリックは予想以上の変わり者だという結論に至った。

6

一九時　〈シナトラ・ルーム〉に集合し、来客を出迎える。
二〇時　資金集めのディナー・パーティー。参加者はキャリック大統領の再選を支持する保守党員のみ。
二三時　特別ゲスト、ザ・サッカーズによる慈善コンサート。

時系列に記された予定に続き、アレクシスの行動について細かな注意書きが列挙されている。〝必ずストッキングをはくように〟ですって？　服の下になにを身につけようが、他人にとやかく言われる筋合いはない。さらに〝真珠は金庫のなか、鍵はドレッサーの上〟とも記されていた。
これが上院議員選挙とか州知事選挙だというなら、まだ理解できるし協力もする。

けれども、ただのゲームとなると……。大の大人が集まってヴァンパイア国の大統領選挙のまねごとをしているのだ。すべてはまともではない想像力の産物にすぎない。アレクシスは改めて、妹が〈アヴァ〉から遠く離れた場所にいることに感謝した。

一方のブリタニーは、アレクシスと鉢合わせしないよう祈っていた。〈アヴァ〉に戻っていることが知れたら姉に殺される。だが、そうせずにはいられなかった。ここでなにが起こっているのかを突きとめなければならない。この身が危険にさらされようとも、彼らを救済しなければ。

だからといって、前の晩にカップルがいちゃついていたトイレの前に戻ることはないのに……。ブリタニーは唇を噛んで、静まり返った廊下を見渡した。

あの男が同じ場所に立っているとでも思ったの？　なぜそうまでして彼に会いたいのかしら？

答えはわかりきっている。あの男が魅力的で、涎が出そうなほどセクシーな体つきをしていたからだ。

とはいえ、彼はヴァンパイアでもある。その点を頭にたたき込んでおかなければならない。

ブリタニーは突然、短い悲鳴をあげた。二秒後には、昨日の男が廊下の角を曲がって現れた。

男は周囲を一瞥《いちべつ》すると、ブリタニーの前で立ちどまって彼女を凝視した。「昨日の女《ファム》だな？　キャリックのファムだろう」

　フランス語まじりの英語がブリタニーの脳みそをさらに軟化させる。彼女は膝に力を入れてうなずいた。「そうよ。でも、キャリックの女じゃないわ。それは……姉のほうよ」嘘ではない。ともかく、この背が高くて浅黒い肌をしたフランス男に誤解されたくなかった。

「姉とは誰だ？」

「アレクシス・バルディッチよ」ブリタニーは唾《つば》をのみ込んだ。ここへ来たのはまちがいだったかもしれない。万が一のとき助けてくれそうな人は見当たらない。「姉は法律家なの。地方検事補《アロール》よ」

「それなら、きみはブリタニーか？」

　ブリタニーはうなずくことしかできなかった。

「ぼくはフランスのブルターニュ《ブリタニー》生まれだ」男はそれだけ言ってきびすを返した。

「待って。あなたは誰？　なぜイーサンのパーティーに出ていなかったの？　どうしてあの女性の血を吸ったの？」

　一秒前は一メートルほど離れたところに立っていたはずの男が、次の瞬間にはブリタニーの目の前にいた。男が指先で彼女の唇を押さえる。ブリタニーが鼻孔からもらした息が彼の指先をなでた。男の指が小刻みに揺れてくすぐったい。

「静かにするんだ。少しは場所をわきまえろ」

　男がそう言った途端、ブリタニーはうしろ向きに飛んでいた。耳元を風が吹き抜け、目がちくちくと痛む。両足は完全に宙に浮いていた。

アレクシスはイーサンの丁寧な声に応えてドアを開け、彼をにらみつけた。「真珠はつけないから」

「なぜだい?」イーサンは自信に満ちた足取りで部屋へ入ってくると、彼女の胸元に目を走らせた。問題のネックレスを確認するため……だと思いたい。

「バーバラ・ブッシュみたいだもの。バーバラが嫌いなんじゃないの。すてきな女性だと思うわ。だけど、わたしより四〇歳も年上よ」

いつもならブロンドを引きたててくれるはずのブルーのドレスも、今夜はどこかやぼったく、脚を短く見せている気がした。

「真珠は黒いドレスのほうが映えるんだ」

今度はファッション評論家を気取るつもり? 絶対に着替えたりするものですか!「イヴニングドレスはこれしか持ってきていないの。ここまで本格的にお芝居をするなんて知らなかったんだもの。これじゃあ『恋する十字架』っていうより、『ザ・ホワイトハウス』だわ。周囲をうろついているのは俳優じゃなくて変態だけど」

「別のネックレスにすればいい」イーサンはタキシード姿で颯爽《さっそう》とクローゼットの金庫へ歩み寄った。

アレクシスは姿見に映る自分を見て顔をしかめ、腹部をへこませた。洋梨《ようなし》みたいだわ。ドレスの色が色だけに、洋梨というよりブルーベリーかしら？　それにこの髪ときたら、一度くらいまっすぐになってくれてもいいのに。ああ、もう！　どうしてそんなことがいちいち気になるの？

アレクシスは頭がどうにかなりそうだった。

そのとき、アレクシスのうなじにイーサンの指がふれた。彼の動作はときどき速すぎて、予測がつかないことがある。イーサンの指はそのままアレクシスの首をはうようにまわり込み、真珠のネックレスを外してダイヤモンドのネックレスにつけ替えた。

目を覚ますのよ。あなたの用意したアクセサリーなんてつけたくないと言わないと。わたしは愛人じゃないんだもの。けれども、彼女はひと目でそのダイヤモンドのネックレスを気に入った。イーサンの瞳の色がドレスと同じ深いブルーに変わる。彼はアレクシスに体を寄せると、彼女の髪を払って背中に垂らさせ感心したように姿見を眺めた。

だまされてはいけない。これがイーサン・キャリックの手口なのよ。

「瞳がきらきらしているところをみると、今度は気に入ったみたいだね？」

「ちがうわ。どっちのほうが成金っぽいか考えていたの。あなたか、このネックレスか」

イーサンがくすくす笑う。「かわいい《キュート》よ。とてもすてきだ」

アレクシスはかっとなった。〝キュート〟というのは、子犬やうさぎや小さなものを形容する言葉だ。うなじに彼の唇を感じたアレクシスは、反射的に相手の頬を殴りつけた。

「いい加減にしてよ！」そう言ってイーサンから一歩離れる。「下へ行って、さっさと猿芝居を終わらせましょう」

イーサンは彼女の言葉にもパンチにも動じなかった。「きみは男を尻に敷く女そのものだな」

「その言葉、忘れないでよね!」

南アメリカの高官の肩書きを忘れてしまったイーサンは、にこやかにあいさつしてアレクシスの背中を押した。

「アレクシス・バルディッチです。お会いできて光栄です。ミスター・ラウル・フォルトゥナート、ネヴァダまでのフライトは快適でしたか?」

「もちろん」ラウル・フォルトゥナートがほほえむ。

アレクシスはあくまで笑みを絶やさず、生まれついての政治家の妻のようによどみなく会話を進めた。

ところがラウル・フォルトゥナートが別の招待客のほうへ向かうなり、彼女は〝変態〟とつぶやいた。

フランスのエンジニア、J・P・モンマルトルのうしろ姿に向かっては、〝サイコ野郎〟だった。

「やめろ」イーサンがとがめる。「誰かに聞かれるぞ」

「なにか言った?」アレクシスは無邪気を装ってイーサンを振り返った。「わたしの礼儀作法は完璧よ。ちょっと休むから、次のお客が来たらぜんまいを巻き直してくれる？」ロボットのように腕を動かし、首をかしげる。「わたしはぜんまい仕掛けの人形なの」

イーサンは噴き出したいのをこらえた。「ぜんまいを巻くほうが、爆発されるよりはましだ」

「そう言われた人形は、笑顔で部屋を見渡しながら〝ろくでなし〟って悪態をつくのよ。見ていて、やって見せるから。すてきなお客たちにほほえんで、〝イーサンのろくでなし！〟ほら、複数の動作も同時にこなせるでしょう？」

年配の紳士が部屋の向こうからアレクシスに向かって小さく手を振った。

アレクシスがほがらかに手を振り返す。「変人！　あなたたちはみんな頭がどうかしているのよ。一緒にいるわたしもね」

テーブルの向こうからシーマスがこちらをにらんでいるのを見て、イーサンは声をあげて笑いたくなった。「もっとリラックスして楽しんだらどうだい？」彼は衝動に負けてアレクシスの背中をさすった。「そうそう、今夜はとてもきれいだ。このドレスはきみのうしろ姿を抜群に引きたてている。さわりたくて手がむずむずするよ」

「やったら殺すわよ」

もしくは、悪い子にはおしおきだとヒップをたたいてやりたい。どちらも興奮する。

「素直になれよ。本当はそうしてほしいくせに。少しはさわってほしいだろう？」

アレクシスがイーサンを見て、かすかに眉を上げた。「いいえ。残念だけど、まったく」

嘘だ。嘘に決まっている。女性から肘鉄砲を食らったことのないイーサンは、思いどおりに事が運ばないのにいらだっていた。アレクシスに会って以来ずっとそうだ。最初はブリタニーの件で対立していたかもしれないが、タキシードで決めてダイヤモンドのネックレスをプレゼントしたのに、相変わらず寄生虫扱いされるのは納得がいかない。

「ところで料理はいつ出てくるの？　飢え死にしそうよ」

そろそろ彼女にも現実を教えるべきだろう。「食事はない。ぼくたちはヴァンパイアだから、ものを食べる必要はないんだ」必要なのは血液だった。アレクシスとじっくり愛し合い、その喉に嚙みつくまで、飢えが満たされることはない。

「食事がない？　最低ね」アレクシスは不機嫌な顔でイーサンを見た。「なにか食べないと気絶してしまうわ。今日はごちそうだと思ったから、昼食はヨーグルトだけにしたのよ。あなた、ディナーって言ったじゃない。普通の人間にとって、それは〝食事〟を意味するの。パーティーの前に食べておかないといけないなら、そう言ってくれないと」

やれやれ、アレクシスが欲しているのがセックスでないのは確かだ。

アレクシスはイーサンに背を向け、通りかかったウエイターのトレイからシャンパンのグラスを取った。「食べ物がないなんて詐欺よ」

「すまない。ちゃんと伝えておくべきだった。下のレストランから運ばせるよ。なにがいい？」

「フランク・シナトラのペッパー・ステーキがいいわ。それとグリーンサラダも。あなたに恥をかかせないように、トイレで隠れて食べましょうか？」

「トイレ？」イーサンは笑った。「まさか。下にスタッフの休憩室があるからそこで食べるといい。客には化粧直しをしているとでも言っておくから」

「そのあいだにステーキにかぶりつくってわけね。すてき。いろいろ気を遣ってもらって悪いわね。これで楽しめないはずがないわ」

皮肉にちがいない。「ぼくがキスをしたら、少しは機嫌を直してもらえるかな？」イーサンは彼女を引き寄せた。

「放してよ、このひも野郎！」アレクシスの敵意のまなざしは芸術の域に達している。気のないふりをしているわけではないことがいやになるほどよくわかった。

「怒ったときにかすかに唇が開くのが色っぽいね」イーサンはからかった。

「あなたは病気よ。さっさと食事の手配をしてきて」彼女はイーサンを残して客のほうへ歩いていった。話しかけてくる客すべてに、かすかに首をかしげて美人コンテストの参加者ばりの笑みを振りまきながら。

アレクシスの引きしまったヒップ《アス》をぼうっと眺めていたことに気づいたイーサンは、はっとして携帯電話を取り出し、ペッパー・ステーキを注文した。なんて生意気な女《スマート・アス》だろう。

イーサンはそこが気に入っていた。

7

イーサンが近づいてきたとき、アレクシスはロシア人とチェスのルールについて議論していた。「お言葉だけど、キングを動かしたあとでキャスリングすることはできないの」

ピーターがロシア人独特の投げやりなしぐさで肩をすくめた。「誰がそんなことを決めたんだ？」

「それがルールなのよ！」

「ルールってなんだ？　見せてもらえるかい？　ここで証明できるのか？」

「ドレスにポケットがついていないからルールブックは携帯していないけど、証明ならできるわ」

「ポケットがないとは残念だ。きみを嘘つきと呼ばなければならない」

アレクシスは声をあげて笑った。おかしな人だ。傲慢なセイウチみたい。

イーサンがアレクシスの肘に手を添えた。「きみに見せたいものがあるんだ、いとしい人。ピーター、ちょっと失礼するよ」

「どうぞ、どうぞ、若きことはすばらしきことかな」ピーターは大げさに腕を振った。「初めてベッドをともにするときの胸の高鳴りに勝るものはない。きみの見せたいものとやらを存分に見せてあげたまえ。この年寄りにはよくわかっておるよ」

なんとも思わせぶりな発言だ。「あなた、この人にお金でも払ったの？」アレクシスはイーサンに尋ねた。彼ならやりかねない。

「まさか。ぼくだってショックを受けているんだ」イーサンはピーターをつついた。「ぼくを面倒ごとに引っぱり込まないでくれよ」

ピーターがアレクシスにウインクをする。「引っぱり込むのはベッドのなかかもしれないな」

「夢のなかでね」すかさずアレクシスが釘《くぎ》を刺す。

イーサンは笑いもしなければ、顔をしかめもしなかった。そうする代わりに、アレクシスを床に押し倒したときと同じく、誘うような目つきをする。「そういう夢なら見たよ。しかも、このところ頻繁に見るんだ」

悔しいことに、アレクシスは頬が熱くなるのを感じた。「お行儀よくしてちょうだい。さあ、食べに連れていって」ピーターがにやりとするのを見てつけ加える。「食事のことよ。ペッパー・ステーキを頼んだの」

出口へ向かう途中、アレクシスは笑いをこらえて肩を震わせるイーサンをとがめることができなかった。気を許すと、彼女自身の口元も弧を描いてしまいそうだったからだ。

しかしホールを出た途端、すらりと背が高い、ストレートヘアの人物が暗闇から突進してきた。

「ケルシー！　そんなに急いでどこへ行くんだ？」イーサンが手を上げて呼びとめる。

ケルシーが口をぱくぱくさせた。

「落ち着いて」イーサンが言った。「なにがあった？」

まったく、今度は元恋人との修羅場が始まるのかしら？　そんなものを見学していたら、どこかの休憩室に用意されたステーキが冷えてしまうわ。

黒髪の女性はすすり上げて長い髪を払った。雪のような肌と赤い唇がのぞく。なんて鮮やかな赤なの。まるで血みたい。唇は濡れてつやつやしていた。落ちにくい口紅があることを知らないのか、口角のあたりがこすれてはみ出している。あの赤い色は……？

「口を拭くんだ、ケルシー」イーサンがハンカチを出し、子供に接するようにやさしくケルシーの口をぬぐった。

「ああ、すみません、ミスター・キャリック」彼女はそう言って泣き出した。嗚咽《おえつ》は大きいが、目は濡れていない。それでも胸は激しく上下し、肩は震え、髪飾りの二倍程度の布地しか使われていない黒いドレスの胸元が今にもはちきれそうだった。

アレクシスは左右を見まわし、ここで食事はどこかと尋ねたら失礼だろうかと考えた。どんな話が始まるにせよ、まったく興味がわかない。

「ケルシー、どうしたんだ？」イーサンはハンカチをポケットに戻し、ケルシーの手を握った。

「ミスター・キャリック、恐ろしいことがあったんです。あなたに会えてよかった……。彼と一緒にいて、その……食べていて、そうしたら聞こえたんです。あの人はあなたを殺すつもりで……」むせび泣きで語尾が不明瞭になる。

殺すとはまたドラマティックな展開だ。おまけに気味が悪い。だけど、イーサンとこの連中ならそういう筋書きもあり得る。「イーサンを殺す？　脅迫されたの？　その人は武器を持っていなかった？　警察に通報しないと」

「その必要はない」イーサンはケルシーの腕をさすりながら彼女の目を見つめた。

ケルシーが眉間にしわを寄せ、考えごとをしているか、耳を澄ましているかのように首をかしげる。「わかりました。あんなことはすべきじゃないって知ってたんです。でも、彼は……失礼しました。もう二度としません」彼女は身震いした。「吐き気がしました。あの人ったら心が空っぽで……わかります？」

「静かに。レセプション・ルームへ行って飲み物でも飲んできたらどうかな？　シーマスを捜して、今、ぼくに言ったのと同じ話を伝えるんだ。その男はどうした？」

ケルシーの青白い頬が赤く染まる。「そこの場所に置いてきてしまいました。受付に。あとのことは考えてなくて……」彼女は両手で顔を覆ってうめいた。「わたしったらなんて間抜けなのかしら」

アレクシスはじれったくなった。「脅迫なら警察に通報しなきゃだめよ。カジノで全財産を失って、頭がどうにかなってしまう人だっているんだから。オーナーもろともその場に居合わせた客に向かって銃を乱射することだってあるのよ。事態を軽視してはだめ」

「軽視はしない」イーサンがケルシーから手を離し、アレクシスに向き直った。「カジノの警備員に命じて対処させる。ケルシーをレセプション・ルームまで連れていってくれないか？　あとで合流するから」

それだけ言うと、彼は返事も待たずにエレベーターへと歩いていった。歩きながら携帯電話を出して、どこかへかけている。

アレクシスは状況を把握しきれないまま、ケルシーに目をやった。「ねえ、あなたは受付にいた人でしょう？　昨日、会ったわよね？」

ケルシーがうなずく。「ケルシーです」

「わたしはアレクシス。よろしくね。その男の人をどこに残してきたの？　受付って言っていたかしら？　縛りつけてきた？」

ケルシーは唇を噛んで、ゆっくりと首を振った。

アレクシスはエレベーターの表示が二六階から二二階へと変化するのを見守った。二二階を示したままエレベーターがとまる。イーサンはひとりで対処するつもりなのだ。向こう見ずなんだから！

「ここにいて、ケルシー。それとも一緒に来る？　わたしはイーサンのあとを追うわ」

イーサンのことを好きなわけではないが、だからといって彼が殴られたり殺されたりしてもいいということにはならない。わたしが得意のキックとパンチで援護してやろうじゃないの。こういうときのためにテコンドーの稽古《けいこ》をしてきたのだ。イーサンが強いことは知っているけど、わたしがいれば鬼に金棒だわ。

「ミスター・キャリックからミスター・フォックスを捜せと言われました。指示に従わなければ、クビになります。それに……あの男には二度と会いたくないんです」

アレクシスはエレベーターの下降ボタンを押した。「何者なの？」

「わかりません。名乗りませんでしたから。カジノのブラックジャックのテーブルにいて、受付には……その……」赤くなるくらいの恥じらいはあるらしい。

アレクシスは片手を上げた。「細かいことはいいわ。言わなくてもわかるから」彼女はエレベーターに乗り込んだ。「あなたは本当に来ないのね？」

ケルシーがとんでもないとばかりに首を振った。「ミスター・フォックスを捜します」

「好きにして。すぐに戻るわ」アレクシスは閉まりかけた扉の隙間から言った。ハイヒールを脱ぎ、片方だけを武器として携行する。

エレベーターの扉がなめらかに開いた。二二階は静まり返っている。エレベーターを出る瞬間、やはり無謀かもしれないと迷った。ここは警備のプロに任せるべきだろうか。そう思いながらエレベーターの外に目を向けると、受付の前にイーサンが倒れているのが見えた。

「嘘でしょう？」アレクシスはハイヒールを放り出して駆け寄り、イーサンのそばに膝をついた。「イーサン、大丈夫？」受付は薄暗く、常夜灯はあるものの、彼の姿はぼんやりとしか見えない。

イーサンの上にかがみ込むと、心臓が喉元までせり上がった。まぶたは閉じられたままぴくりともしない。周囲には、どこかでかいだことのあるような奇妙なにおいが漂っていた。においの元を確かめるよりも早く、脳みそが答えをはじき出す。血だわ。血！　どうしよう。イーサンの頭部に手を当ててみたが、傷は見当たらなかった。アレクシスは彼の肩を持ち上げ、背中をのぞき込んだ。

「ああ、神さま」血だらけのシャツが指にふれ、アレクシスの胃が浮き上がった。「イーサン？」

撃たれている。それも穴の位置やどんどん大きくなる血のしみからすると、心臓のすぐ近くだ。二度撃たれたらしく、胸の中心よりやや右上にもうひとつ穴があった。アレクシスはイーサンの体にジャケットをかけ、あふれ出る血をとめようと圧迫した。

口のなかが熱くなって鉄の味がした。携帯電話は持っていないが、受付はすぐうしろだ。

「イーサン、しっかりして。今、救急車を呼ぶから」

慌てて立ち上がったアレクシスは、ドレスの裾を踏んで受付のカウンターに手をついた。受話器をつかんで、ボタンを押す。不通を知らせる音が鼓膜に響いた。「もう！」最初に九を押したら外線につながるのではないかと思ったが、試してみてもだめだった。三度目に九と九一一を押すと、ようやく救命救急オペレーターが出た。現在の状況とカジノの場所をまくしたてる。

「脈があるかですって？　わからないわ！」アレクシスは電話のコードを伸ばして、イーサンの手首をつかんだ。「なにも感じない」ぴくりともしない。いよいよ深刻だ。

「すぐに救急隊員を向かわせます」

「ありがとう」アレクシスは電話を切り、本当に脈はないのかとイーサンの首筋をさわりまくった。どこかにあるはずだ。かすかでもいいから。イーサンが死ぬはずがない。そんなのは信じられない。

ほんの五分前にわたしを怒らせておきながら、こんなにあっさり死んでしまうなんて。

「脈はどこよ？　あなたなんて大嫌いだけど、死んでほしくないの！」

だが、脈もなければ鼓動も感じられなかった。胸が上下する気配もない。急に涙があふれてきて、アレクシスは愕然とした。物心ついて以来泣いたことなんてないのに。ケルシーの泣き方とは対照的に、大粒の涙がぽたぽたと頬を伝う。止血している手が涙でかすみ、焦りと絶望に襲われた。

「認めるわ。本当はあなたのことが好きなの。正直に言うと、あなたに魅力を感じていないっていうのも嘘よ。あなたに見られるたびに、むずむずするような高揚感を覚えたわ。あなたはたぶんまともじゃないけど、いつも礼儀正しくて従業員思いで、どうしようもなく最低ってわけじゃなかった。だから、死んではだめよ……というか、あなたが死ぬはずはないわ」アレクシスはそこで言葉を切った。イーサンが全身で死の兆候を示していることはわかっている。シャツもジャケットもベルトも血だらけだ。

アレクシスは固く目を閉じ、彼の体から手を離した。「死んではないわよね？　そうでしょう？」

「死んでいないよ。シーマスに電話をかけてくれないか？　携帯電話の二番を押せばつながる。電話はスラックスのポケットだ」

アレクシスは悲鳴とともに目を開けた。イーサンは肘をついて上体を起こし、目を開いている。「イーサン！　どうして？　いやだ、わたしったら。これは幻覚でしょう？　わたしは気絶したんだわ。食事もしないでシャンパンを飲んだからよ。これって現実逃避なのかしら？」生まれてこのかた精神的に不安定になったことも、幻を見たこともない。そうとなれば、気絶したとしか思えない。

「もういい。自分で電話をかけるよ」イーサンはぎこちない動作で携帯電話を取り出してボタンを押した。「ぼくだ。救急車の要請を取り消してくれないか？　ぼくが撃たれたのを見て、アレクシスが呼んでしまったんだ。ああ、ぼくなら大丈夫だ。すまない」

「あの……」アレクシスは頬の内側を噛んで、ヒステリーをこらえた。「どうして起き上がれるの？　普通に話せるの？　一分前は脈もなかったのに！」

イーサンがジャケットと血まみれのシャツを脱いだ。裸の胸を見て、アレクシスは息をのんだ。心臓の上あたりがぱっくりと開いていたからだ。

えぐれた肉と固まりかけた血はこのうえなくグロテスクだった。「なんてこと！　解剖実験みたいじゃない。相当痛いでしょう？　なぜ起き上がれるの？　それに救急車を断るなんて！」アレクシスの声はしだいに甲高くなった。見ているそばから胸部の傷が小さくなっていく。

アレクシスは目をしばたたいた。もうシャンパンは飲まないわ。シャンパンでなければ、空腹のせいかしら……。「なんだか気分が悪くなってきたみたい」

彼女が薄目を開けると、傷はふさがっていた。バイバイと言って去っていった友達みたいに。傷なんてものは元から存在しなかったかのようだ。

「アレクシス」イーサンは丸めたシャツで胸と腹についた血をぬぐい、正面からアレクシスを見据えた。「ぼくはヴァンパイアなんだ。本物のね。これはゲームでも芝居でもない。ヴァンパイアは銃弾では死なないんだよ」

生まれてから食べた、すべてのものが逆流しそうだった。「なにを言っているの？　くだらない。仕掛けがあるんでしょう？　冗談よね？　わたしをからかおうって魂胆なんでしょう？」そう言いながらも、心のなかではわかっていた。わたしは論理的な人間だ。今、自分が口にしたことは筋が通っていない。意図的に脈を消すなどということができるわけがない。

彼は撃たれたのだ。心臓を。そして傷が消えた。その理由は……。

「ぼくはヴァンパイアなんだ」

つまりわたしは、二日間もヴァンパイアをこけにしていたのだ。怒鳴ったし、急所も蹴った。「オーケー、わかった。ラッキーだったわね」笑おうとしたが、ハイエナの鳴きまねのような声しか出なかった。

「この場合はね」胸にふれて顔をしかめる。「きみをだますつもりはなかったんだが、ゲームだと思わせたほうがスムーズにいくと思えたから」

「みんなヴァンパイアなの？　シーマスも、ケルシーも、ピーターも？」裏切られた気分だ。自分だけ仲間外れにされた気がする。高校の卒業記念ダンス・パーティー《プロム》の再来だわ。

「レセプション・ルームにいた連中はみんなそうだよ。あれは本当に資金集めのディナーだった。ぼくはヴァンパイアの有権者に選ばれた大統領なんだ」

「すてき」どうせヴァンパイアとつき合うなら大物のほうがいい。アレクシスは腿に爪を食い込ませた。頭のなかを整理しないと。それもじっくりと。

イーサンは一瞬目を閉じ、床に横たわった。「すまない。まだ目まいがする。出血が多すぎたからかな」

アレクシスはなんと答えたらいいかわからなかった。〝お気の毒〟ではありきたりすぎるし、ヴァンパイアがどうやって血を補うのかなんて……いやだ、知っているじゃない！

イーサンは青ざめ、唇をかすかに開き、痛みに顔をゆがめている。アレクシスは目をくるりとまわし、天井を仰いだ。汗ばんだ手のひらをドレスで拭いて、どうして自分の人生を退屈だと思ったりしたのだろうと考えた。

「あの……よければ……わかるでしょう？　わたしの血を飲んでもいいわ。言っておくけど、ほんの少しだけよ」イーサンが目をぱっと開けたので、アレクシスは真っ赤になった。

「ぼくに血をくれるのか？」ブルーの瞳でまじまじと彼女を見つめる。「まったくきみって人は予測不能だな」

アレクシスは気恥ずかしくなって言い訳をした。「だって異常事態だし、いつでもというわけじゃなくて、一回だけなら。あなたは見るからに痛そうだし、ひどい顔色をしているし。相手があなたでなくても、わたしは同じことを言うでしょうね」

嘘つき。

イーサンがほほえんだ。「ぼくに惹かれているからじゃなくて？　ぼくを好きなんだろう？　ぼくに見られるとむずむずすると言っていたじゃないか」

アレクシスの顔が怒りと驚愕にゆがむのを見て、イーサンは噴き出しそうになった。ちゃかしはしたものの、本当は薄れゆく意識のなかで彼女の告白を聞いたときは天にものぼる心地がした。

アレクシスはぼくに惹かれている。ぼくの魅力は衰えたわけではなかった。まあ、彼女に出会ってからというもの、ほかの女性にどう思われようと気にならないが。一〇〇〇年近く生きてきてようやく、片時も頭を離れないほど心惹かれる女性にめぐり会えた。

その相手が自分に好意を抱いているなら、波のように定期的に襲ってくる傷の痛みもなんということはない。

「さっきので足りなかったのなら、改めて痛い思いをさせてあげましょうか？」

「尻を蹴り上げるんだろう？」

「そうよ」アレクシスは唇を震わせた。「言っておくけど、人はストレスにさらされると妙なことを口走るものなの。だからむずむずするって聞いたとしても、深読みしないで」

「もちろんだ」イーサンは起き上がれるようになっても横たわったままだった。本当ならさっさと起きて、監視カメラの映像から犯人を割り出さなければならない。カジノでケルシーと一緒にいる場面と、エレベーターで二二階に上がる場面が映っているはずだ。

だが、あと少しだけアレクシスに心配されていたかった。女性に世話を焼かれるなんてずいぶん久しぶりだ。それはヴァンパイアになったことで失ったぬくもりを思い出させた。

「それで、血はいるの、いらないの？」アレクシスがいらだった声で言ったが、その手はイーサンの体をさすって痛みをやわらげてやりたいとばかりに、彼の肌からわずかばかり離れた宙にとどまっていた。

イーサンはアレクシスを見上げ、彼女の思考を読み取ろうとした。しかし、いつもどおり遮断されている。「そんなまねはできないよ、アレクシス。きみに痛い思いをさせてしまうかもしれない」

アレクシスが眉間にしわを寄せ、髪を耳にかけた。「いつもはどうしているの？　あちこちで人を傷つけてまわるわけにもいかないでしょう？　片っ端から人間の血を吸っていたら、ワイドショーのネタになってしまうもの」

それが世間一般のヴァンパイアに対するイメージなのだ。イーサンは上体を起こした。

「血液のほとんどは血液バンクから供給されるんだ。生きている人から血をもらうときは、相手が痛みを感じないよう注意する。催眠状態にするか、気を紛らせるために快感を与えるんだよ」

さて、アレクシスはどんな反応を示すだろう？

「催眠状態って、麻薬を打ったときみたいに？　そんなのは絶対にお断りよ」

やっぱり。「いずれにせよ、きみには効かない。ぼくはきみの思考を読めないからね。ぼくに対して完全に思考を閉ざせる人間に出会ったのは初めてだ」その理由はひょっとすると……イーサンはそれ以上分析するのをやめた。

「そうなの？　よかった。思考を読まれるなんていやな気分だもの。そんなことをされたら、とんでもなく腹が立つでしょうね」

「心配しなくても、できないものはできない」

アレクシスが考え込む。「じゃあ催眠状態はなしね。快感は……今はそういう気分じゃないわ。それに、あなたがわたしの情熱に火をつけられるとは思えないし」

イーサンは鼻を鳴らし、カーペットの血のついていない箇所へ肘を移動させた。「火ならつけられる。だが、今はぼくもそういう気分じゃない。なんだか撃たれたみたいに胸が痛むからね」

アレクシスがあきれた顔でくるりと目をまわす。

イーサンは快活に笑った。「そろそろ腰を上げてぼくの部屋に行かないか？　ぼくの食事は冷蔵庫に入っているし、きみの食事は冷えてしまっただろうから注文し直すよ。招待客にはシーマスからうまく言ってもらおう。警備員に監視カメラの録画を確認させているあいだに食事ができる。犯人がどうやってこのカジノに武器を持ち込んだか確かめたいんだ」

アレクシスは息をのんでうなずいた。「一緒に食べるのね？　すてき。ステーキと……血って、そんなにちがいはないわよね？」

イーサンはにやりとした。「ああ」肝の据わった女性だ。アレクシスには根性がある。イーサンは彼女のそういうところを尊敬していた。

「これからはミスター・プレジデントと呼ぶべきかしら？」アレクシスが立ち上がってドレスのあちこちを引っぱり、最後に肩ひもを直した。

「いや、イーサンでかまわない。ぼくが部屋に入るたびに〝大統領万歳〟と叫びたいのなら、それでもいいけれどね」イーサンは魅力的な笑みを浮かべて立ち上がった。血が不足しているのでヴァンパイアにしては動作が緩慢だが、人間よりは素早い。普通の人間の動体視力ではとらえられないほどだ。

アレクシスがまばたきをした。「もっとゆっくり動いてよ。血を提供するなんてもう言わないわ。そんな必要は全然なさそうだもの」

イーサンは目の前がぐらりとまわるのを感じた。貧血だ。顔の真ん前で手を振って眉をひそめ、前かがみになる。

「なに？　なんなの？　また出血したの？」アレクシスが心配そうに手を伸ばす。

彼は腕を下ろすとにっこりした。「いや、きみの美しさに目がくらんだだけだよ」

アレクシスはぽかんとしてからイーサンの腕をたたいた。「ばかね」

イーサンは笑いながらも、アレクシスが笑みをこらえているのを見逃さなかった。

8

ブリタニーは目の前に立つヴァンパイアをまじまじと見つめ、イーサンのカジノの屋上に連れてこられた理由が明かされるのを待った。

行き先はもちろん、上昇しているのか下降しているのかも判別できない速度で宙を移動するなど、なかなかできる経験ではない。世界一速いジェットコースターの疾走感か、絶頂に達する直前の荒々しい高揚感に似ていた。屋根に着地してからたっぷり二分が経過し、もつれた髪を直し終えたブリタニーは、小さな煙突の上で脚を組み、相手が話し始めるのを待った。

ところが、男はいつまで経っても無言のままラスヴェガスの歓楽街を見つめている。

「わたしに話したいことがあるんじゃないの?」ブリタニーは相手が切り出しやすいように質問した。わたしのことをよく知らないから、ぎくしゃくしているのかもしれない。女性の血を吸っているところを目撃されたのだもの、気まずくならないほうがおかしいわ。

男は肩をすくめただけだった。ブリタニーと同じくらいの身長で、細身の体つき。キャラメル色の髪はやや長めにカットされている。黒のスラックスと半袖《はんそで》のシルクシャツというヨーロッパ風のいでたちは、ボウリング場をうろつくにはちょっと上品すぎる感じだ。

　この人がボウリングをしたことがあるとも思えないけど……。

　ブリタニーは両手で自分の体を抱えるようにして腕をこすり、立ち上がって彼の隣に行った。屋上まで来ると砂漠の夜もしのぎやすかった。暑い空気の層の上に出たのか、風が心地よい。彼女は深呼吸をして、すがすがしい大地の香りを吸い込んだ。人と食べ物と排気ガスのにおいがまじった、歓楽街のむっとする空気とは全然ちがう。

「あれが〈ストラトスフィア〉で、あっちは〈エクスカリバー〉よ」ブリタニーは砂漠を埋め尽くす光の競演を楽しみながら、ひときわ目を引く建物を指さした。

　男が彼女のほうをちらりと見る。

「きみはラスヴェガス育ちか？」

「ええ。ママはストリッパーだったの」ブリタニーはにっこりした。「こんなことを言ったと姉に知れたら、大目玉を食らうわね。姉のなかでは、わたしたちは孵化器《ふかき》から生まれたことになっているから。でも、うちのママにもいい時期があったのよ」

「ヴァンパイアの血はどこから？」男が静かに尋ねる。

「どこからでもないわ」ブリタニーは男の注意を引きたかったが、彼は相変わらず街並みを眺めていた。「ヴァンパイアの血なんて引いていないもの」それは確かだ。イーサンに嚙みつかれたことはないし、彼に血をあげたこともない。

「父親《トン・ペール》は？」

「知らない。ママがつき合っていた男たちの誰かでしょうね。働いていたクラブで知り合ったんじゃないかしら」

「イーサン・キャリックからなにも聞いていないんだな」

それは質問ではなかった。「彼がヴァンパイアだということを言っているのなら、答えはイエスよ。自分で探り出したの」

男は知的で物悲しげな空気をまとっていた。ブリタニーはこらえきれなくなって彼の腕にふれた。「あなたの名前を教えて。なぜイーサンのパーティーに出ていなかったの？」

ようやく男はブリタニーを見た。「コービン・ジャン・ミッシェル・アテリエだ」軽く首を下に振る。

「今、会釈をしようとして、途中でやめたでしょう？」

コービンがうなずいた。

「すてき。会釈してくれればいいのに」レディのような気分になれるにちがいない。

「古くさい習慣だ」

「あら、いいじゃない。血を飲むのだって当世風とは言い難いもの。それでコービン、どうしてラスヴェガスへ来たの？　なぜわたしの質問には答えられないの？」

「ラスヴェガスにいるのは、ほかにいたいところがないからだ」

それではなにも答えていないのと同じだ。「なぜわたしを屋上へ連れてきたの？」

「まわりに人間がいるときは、ヴァンパイアについて話してはいけないということを理解させるためだ。秘密は守れ、それだけだ」

「わかったわ」だけど、彼にはほかにもなにか気になっていることがあるはずだ。

「なにもない《リャン》」

「わたし、しゃべっていないわ」

「頭のなかの声が聞こえた」コービンが指先でブリタニーのこめかみをたたいた。「きみの内なる声はひどく大きくて、太陽の光みたいにあふれ出てくる。全部聞こえたよ」

　それなのに、思考を読まれないすべを身につけたつもりでいたなんてお笑いぐさだ。彼をすてきだと思っていることまで伝わらないといいんだけど……。ゆうべの女性や、あの恍惚とした表情について考えていることも……。

「昨日の女がどうした？」コービンがブリタニーを見る。「傷つけてはいない」

　コービンの前で、プライバシーは存在しないらしい。「傷つけていないのはわかっているわ。彼女から直接聞いたもの。あなたが、その……首を噛んでいるときに……」ブリタニーはコービンをまっすぐに見返した。「彼女はクライマックスに達したんですって」

　コービンがぎょっとした顔になった。「そういうことを人前で口にするな」

「ちゃんと話さないと、あなたを助けられないじゃない」

　彼女の言葉に自尊心を傷つけられたのか、コービンが声を荒らげた。「助けなど必要ない。放っておいてくれ」

　ブリタニーはビルの端からはるか下の通りをのぞき見た。「わたしがここから落ちたら助けてくれる?」

ブリタニーが本気で身を投げると思ったかのように、コービンは彼女の体の前に腕を突き出した。「もちろん《ビャン・スール》」

満足げにため息をつき、ブリタニーは髪をうしろに払った。「やっぱりね」

〝この女はとても変わっている〟

彼女の脳裏にコービンの内なる声が聞こえた。そしてブリタニーは、ヴァンパイアにも魂があることを知った。そう感じたのだ。彼のなかには、自分と同じように明るくて力強い魂が息づいている。

ブリタニーはにっこりした。「決めつけないでよ。わたしが変わっているなら、あなたなんてもっと変わっているわ」

「ぼくの思考が聞こえたのか?」

「今回が初めてだけど」たじろぐコービンをなだめるように言う。

「きみの命を奪うこともできるんだぞ」

「でも、あなたはそんなことはしないわ」

「きみの血を吸ってから、きみの体をぼくの血で満たし、ヴァンパイアに変えることもできるんだからな」

「だけど、しないでしょう」

コービンは口ごもった。「きみを元の場所へ返す。一緒にいるところを見られてはまずい」

ブリタニーは屋上を見渡した。こんなところで誰かに見られるとも思えない。「誰に見られたらまずいの？」

「誰にでもだ。ぼくは消える」

ブリタニーは再び煙突に腰を下ろし、おなかに食い込んだジーンズのボタンを引っぱった。

「核心に近づいてきたわね。全部話して、コービン・ジャン・ミッシェル・アトゥリエ。ほかのヴァンパイアと一緒にいられなくなるようなことをしたの？」

もちろんこれはコービンを助けるためにきいているのであって、好奇心からじゃない。彼の眉間に寄った小さなしわにキスをしたいなんて思っていないんだから。

「やめてくれ！」コービンが叫んだ。「ぼくたちふたりとも、確実に殺されるぞ」

「あなたは一度死んでいるじゃない」

「本物の死《モール》のことだ。地球上から消えるという意味だよ。ぼくはいろいろなことをするが、自殺はしない」

「それを聞いてほっとしたわ」ブリタニーは自分の膝をたたいた。「ほら、ここへ来て、ブリタニーおばさんに全部話してみて」

コービンが眉を上げる。残念ながら、彼は多くの男たちと同様にブリタニーをかわいいとは思ってくれないみたいだった。彼女は下唇を突き出した。意図的にではなく、自然とそういう表情になったのだ。相手が姉なら、こういう顔をするだけで一〇回のうち九回は欲しいものが手に入る。

だが、コービンには通じなかった。

彼はかぶりを振って屋根の端からジャンプした。

ブリタニーは思わず悲鳴をあげてしまい、直後にコービンがヴァンパイアだったことを思い出した。羽かなにかを使って、どこかへ飛んでいったのだろう。

それからもうひとつ大事なことを思い出した。「コービン、ここへ置き去りにするなんてひどいわ！　どうやって下りればいいの？」


アレクシスは深紅のソファに腰かけ、シャワーの音を聞きながら心を落ち着かせようとした。

そう、彼はヴァンパイアなのね。それがどうしたっていうの？

みんなそれぞれの事情を抱えているわけだし、わたしだって完璧とは言えない。そもそもヴァンパイアであることが不完全と言えるかしら？　むしろ、髪の色がブラウンか黒かという程度の問題なんじゃないの？　ヒステリー女みたいに騒ぎたてる必要がある？

イーサンにとっての血液は、ぜんそく患者にとっての吸引器のようなものよ……ちょっとたとえが強引だけど。吸引器よりいくぶん異様で、悪魔的で、不自然ではあるけれど……。

わたしは意気地なしなんかじゃない。暴力を盾に迫ってきた被告人と渡り合ったこともある。有罪の評決が読み上げられたあと、一三〇キロの体を揺すりながら被告人の母親が詰め寄ってきたこともあった。ヴァンパイアですって？　来るなら来てみなさいよ。

体が小さいからといって意気地なしとは言わせない。

アレクシスはハイヒールを脱いで長椅子に脚を上げ、チェック模様のクッションを背中に押し込んだ。チェック模様は好きだ。幼いころ身近にあふれていた、娼館みたいな赤の内装とは対極にある。同じブロックに住む子供の母親が七〇年代に流行したチェック模様のパンツスーツを着ているとき、アレクシスの母親はショートパンツにビキニトップにハイヒールを履いていた。

イーサンがバスルームから戻ってきた途端、物思いは打ち切られた。彼はシャツとジーンズ姿で、ブロンドの髪からはまだ水滴が垂れていた。胸元は開いたままだ。なんてことだろう。さっきは恐ろしい傷があって直視できないほどだったのに、今は血の跡すらない。なめらかな肌に銃弾が貫通した形跡はみじんもなかった。

しかもどくどくと流れる血に惑わされていないと、イーサンが発する官能的な魅力に気づかずにいられなかった。まだ顔色は悪いけど、とてつもなくセクシーだ。

「気分はどう?」アレクシスは本能的に脚を組んだ。イヴニングドレスの下に標識を掲げられるものなら、〝近づくな〟とか〝進入禁止〟とか〝不法侵入許さず〟とか〝ヴァンパイアお断り〟と書くだろう。

なぜならイーサンはまたしても、欲望に陰った目つきをしていたからだ。〝今夜は寝かさないぜ、ハニー〟と言わんばかりの目つきを。

「少なくともさっぱりはしたよ。ちょっと疲れているけれどね。あんな場面を見せてすまなかった。きみの迅速な対応には感謝している。結果的に救急車は必要なかったとしてもね」

イーサンが彼女の隣に腰を下ろしてにっこりした。

「いえ、その……当然のことをしたまでよ」

「食事は注文し直した。一、二分で届くだろう」

「ありがとう」アレクシスは彼の胸をまじまじと見つめた。そうせずにいられなかったのだ。自分がなにを見たのかはわかっているし、イーサンの驚異的な治癒力に関して彼が事実を語っているのはまちがいない。それでもまだ信じられなかった。

「さわってもいいよ。自分で確かめてごらん。傷は残っていないから」

その言葉に、アレクシスは彼の胸から視線を引きはがした。「さわったりするわけがないでしょう！」

「気に入ると困るから？」

そのとおりだ。「ちがうわ。お願いだから、さっきの発言は忘れて」

イーサンが声をあげて笑う。「きみは勇敢だったと思うよ。秘密を知ると、たいていの人間はヒステリーを起こすんだ」

ヒステリーを起こさなかった理由はアレクシス自身にもわからないが、ともかくそのことに感謝した。「秘密を知った人はたくさんいるの？」

イーサンは肘掛けに寄りかかり、長椅子の上に脚を上げて肩をすくめた。「多くはないな。二、三人には話した。でも、普段はうまく隠しているからばれていない」

彼の下腹部のふくらみも隠してくれたらいいのに。禁断の果実を連想して、目が泳いでしまう。不適切な場所を見ないようにするには、かなりの努力が必要だった。かといってイーサンの胸を見ると自分がさわっているところを思い浮かべてしまうし、筋肉質の脚を見ると涎が出そうになるし、淡いセルリアンブルーの瞳を見ると頭のなかでストリップショーの振りつけが始まってしまう。

口ではあり得ないと言いながらも、実はわたしはヴァンパイアの不思議な力でマインドコントロールされているのかもしれない。もしくは単にわたしの頭がどうかしていて、ヴァンパイアを相手に欲望を感じているのかも……。

どうして彼は狼男じゃなかったんだろう？　それだったら動じたりしないのに。毛深い男性は趣味ではないので、みだらな妄想を抱いたりはしない。

「それで……あなたは何歳なの？　日中は眠っていて、夜は血を吸わなければならないとしたら、どうやって周囲に溶け込むの？」血を吸うといっても、たとえばひと晩で一リットル必要なのか、プランクトンを食べるジンベイザメみたいにしょっちゅう吸わなきゃだめなのか、それとも一週間ずっと血をとらなくても大丈夫なのか、どうなのだろう？

イーサンが横目で彼女を見た。

「ひと晩じゅう、血を吸っているわけじゃないよ。それからぼくは一〇六七年生まれだ。父はノルマン人貴族で、母はアングロサクソン人だった」

アレクシスは大きく息を吸い込んだ。正直に言って、そこまで年上とは思っていなかった。

「それってとてつもない年齢じゃない？　なのに、三〇歳以上には見えないわ」

「きみだって」イーサンがにっこりして、彼女の足をつま先でつついた。

「わたしは三〇歳だもの」一時間前まで、三〇歳はかなりの年だと思っていた。「それで九〇〇歳を超えているのって、ヴァンパイアでいうと三〇歳くらいなの？　あなたたちはいつまでも変わらず元気なの？」

「実際、ぼくたちは年を経るごとに強くなる。若いときは弱い」

「一〇〇〇歳のお祝いができるのね。すばらしいわ」

「たぶんね。あんまり考えたことがないけれど。選挙で忙しかったから」

「なにか強い飲み物をもらえない？」アレクシスはジンが飲みたくなった。飲めば胃が落ち着くだろう。

　ドアのベルが鳴った。「それより食事にしよう」

　一分後、イーサンはステーキを彼女の前に置いた。エンドウ豆とベイクドポテトもついている。料理からはおいしそうなにおいが漂っていたが、イーサンより先に食べるのは失礼な気がした。「あなたは……その、食べたの？」

「いや、きみの料理が届くまで待っていたんだ」

「遠慮しないで。たくさん血を失って死にそうなんでしょう？」アレクシスが言うと、急にイーサンが笑い出した。「別に冗談を言ったつもりじゃないんだけど」

「だったらちょっと失礼して、飲むとするか」

「どうぞ」アレクシスは料理を味わい、氷が入った水を少し飲んだ。牛肉を迎え入れた胃がぐるぐると喜びの音をたてる。

そこへイーサンが手ぶらで戻ってきたので、アレクシスは驚いた。「飲み物は?」

「キッチンで飲んできたよ。きみの気分が悪くなると困るからね。あの光景とにおいに慣れるには時間がかかるんだ」

「気にしなくていいのに。つまり、ベルボーイを部屋に引っぱり込んで、蚊みたいに血を吸うわけじゃないでしょう? 小袋に入っていたりするの? どのくらいの頻度で飲むの?」

アレクシスはベイクドポテトを口いっぱいに頬張った。

「喉が渇いたら、グラスに入れて飲むんだ。ひと晩に一杯のときもあるし、隔日のときも、週に一回のときもある。そのときの気分しだいだよ」

「味のちがいはある? たとえばO型よりもB型のプラスが好きとか?」わたしの血はどんな味がするのだろう? 今ならペッパー・ステーキ味かしら?

イーサンは鼻を鳴らした。「九〇〇年以上生きてきて、そんな質問をされたのは初めてだよ」

「わたしは好奇心が強いの。いい地方検事補の条件よ」

「しつこいとも言うね」

「やめてよ《バイト・ミー》、しつこくなんかないわ」アレクシスは自分の発言にぎょっとした。「本当に嚙んで《バイト・ミー》ほしいわけじゃないから。単なる言葉の綾《あや》よ」

イーサンは笑い、指先で彼女の口の端をなでた。アレクシスは口から心臓が飛び出しそうになった。体がかっとほてる。イーサンはなにも言わずに指先をなめた。「水滴がついていたんだ」

アレクシスは顔が熱くなった。「なめないで。エチケット違反だわ」

「きみをなめたわけじゃない。きみにふれた自分の指をなめたんだ。なんだかそわそわしているね。ぼくがヴァンパイアだからかな？」

「落ち着いているわよ。でも、もしそわそわしているとしたら、答えはイエスね。あなたがヴァンパイアだから。普通の状況じゃないってことはわかるでしょう？　つまり、三〇分前までだらだら血を流していた人が、なにごともなかったみたいに魅力的《キュート》な顔で笑っているんだもの」胃が落ち着くと、しばらくひとりになって頭のなかを整理したほうがいいように思えた。イーサン・キャリックから遠く離れたところで。

「ぼくのことをキュートだと思うのかい？」イーサンはうれしそうだ。「母はいつも天使みたいだと言ってくれたよ」

アレクシスはくるりと目をまわした。九〇〇年以上生きていても、男は虚栄心なしでは生きられないらしい。「母親というものは愛情で目が見えなくなっているの。まあ、確かにあなたは醜くはないわね。それは認めてもいいわ」

「感激だ」

「ねえ、あなたはブロンドなのに、お仲間がみんな黒っぽい髪なのはなぜ？　黒い髪とか憂いを帯びた雰囲気が似合うとも思わないけど」

「さっきも言ったように、ぼくはどちらかというと天使系だからね。誠実そうな顔立ちをしているだろう？　スタッフがそろって黒髪なのは偶然だけど、かえって好都合だった。大統領であるぼくが際立って見える」

アレクシスはエンドウ豆を食べながら考えた。さっさと自分の部屋に下がったほうがいいわ。けれどもイーサンも言ったとおり、彼女はしつこい性格なのだ。まだ質問したいことが三〇〇万個はある。

しかし、なにはともあれ……。「このドレスにはあと一秒だって我慢ができないわ。脱がないと」

「脱いでくれてかまわないよ。むしろそのほうがうれしいな」イーサンがにんまりする。

「勘違いしないで。大統領が入ってきただけで欲情する、ホワイトハウスの実習生とはちがうのよ」

「そうかい？　それはよかった。簡単に手に入ったのではおもしろくないからね」イーサンは立ち上がった。「よければぼくの服を貸すよ」

イーサンの服？　それは危険だわ。わたしの部屋ははるか遠くにあるわけではなく、すぐ隣だ。部屋に戻って着替えて、またここへ来ることもできる。だけどそうしてしまうと、彼のもとにいたがっていると思われるかもしれない。それに長いあいだ男とは縁遠かった体にセクシーなヴァンパイアの服をまとうなんて、想像しただけでぞくぞくする。

「ありがとう。助かるわ」

ブリタニーはきっと姉を誇りに思うだろう。理性を忘れ、本能のままに行動しているのだから。

「じゃあ食事を続けていてくれ。なにか取ってくるよ。スウェットパンツは丈が長すぎるから、裾を折らなければならないだろうな」

「わざわざ指摘してくれてありがとう。垂直方向に発育不良だということは自覚しているわ」ベッドルームへ向かうイーサンを見守りつつ、アレクシスはステーキにフォークを突きたてた。

ヴァンパイアにしてはかわいらしいヒップよね。でもアメリカ大陸の発見よりも前に生まれた男性に魅力を感じるなんて、わたしは頭が完全にどうかしている。イーサンよりも古くから存在するものもたくさんあるけれど……断層とかゴキブリとか……それにしてもひどく年上なのはまちがいない。それなのにわたしは、彼に対してよこしまな感情を抱いている。もっとデートしておけばよかったわ。普通の男と……。

イーサンがベッドルームから顔をのぞかせた。「バスルームに服を準備したよ、食べ終えたら着替えるといい」

「今から着替えるわ。食事は終わったから。とてもおいしかった。ありがとう」

「どういたしまして」イーサンは廊下から動かなかった。つまりバスルームに行くには、イーサンの横を通らなければならず、アレクシスの腕と彼の腕がふれ合うということだ。

アレクシスは身震いした。

「寒いのか？　スウェットシャツも貸そうか？」そう言うイーサンの唇を見て、アレクシスはそれが自分の唇とどのくらい接近したかを思い出した。

「八月のラスヴェガスなのよ。寒くなんかないわ」彼女はイーサンに飛びついてしまわないうちにバスルームのドアを閉めた。

白で統一されたバスルームは豪華で広々としていた。白銅の蛇口がまぶしい。シャワーブースにはさまざまなジェルやシャンプーが並び、ジェットバスの脇には球形の入浴剤《バスビーズ》がそろっていた。「こういう趣味もあるわけね」アレクシスはにっこりしてファスナーを下ろした。ドレスが床に落ちる。

ブラジャーをつけてこなかったのは失敗だったかもしれないが、今さら後悔してもどうにもならない。彼女はショーツ一枚になって、大理石のカウンターに用意されたTシャツに手を伸ばした。そのとき、洗面台の下の体重計に目がとまった。アレクシスは体重計を引き寄せ、その上にのった。

目まいがした。「いやだ、これじゃあ牛じゃないの」おなかをへこませてデジタルの表示板をにらむ。足の位置を変え、ついには藁《わら》にもすがる思いでショーツを脱いだ。三〇〇グラムは変わるかもしれない。どうせ量るなら正確に量らなきゃ。

再び体重計にのると、五〇〇グラム減っていた。「やっぱりね。レースって重いんだから」そのときノックの音がしたので、驚いて体重計から転げ落ちてしまった。タイルと金属がぶつかって、派手な音がする。

「アレクシス？ ほかに必要なものはないかい？」

ちょっと、素っ裸なのよ！ 薄い木のドアを隔てて、一メートルも離れていないところにイーサンがいる。そう思うだけで背筋に震えが走った。裸になるのはシャワーを浴びるときか、セックスをするときで、アレクシスの体は後者のための準備を完了していた。ドアに鍵をかけることとさえ忘れていた。

「大丈夫よ。ありがとう」明るいイエローグリーンのTシャツをつかみ、ショーツを拾い上げる。黒いレースのTバックとTシャツで大事な部分を隠すと、少しだけ気分が落ち着いた。今から鍵をかけようかとも思ったが、音が聞こえたらいかにも彼を信用していないみたいで感じが悪い。

「そうか。三〇分前にも警備担当者と話したんだが、これから監視カメラの映像を記録したディスクを持ってくるよう指示するつもりだ」

「いい考えね。なにがなんでも犯人を見つけましょう。ついでにわたしのハイヒールを回収するよう伝えてもらえない？ 片方はエレベーター、もう片方は出血していたあなたの脇に置いてきてしまったの。ショックのあまり忘れていたのよ」

「わかった」

「ねえ、イーサン」スウェットパンツをはいたアレクシスは、ウエストまわりがぴったりなことに愕然とした。一般的に言って、女性は男性よりも細いものじゃないの？ 「あなた、視力はいいほう？　X線透視できるなんて言わないでしょうね？」もしそうであるなら、わたしは知っておくべきだ。

イーサンの笑い声が聞こえてきそうだった。「ぼくはスーパーマンじゃないからね。どんなに見たいと思っても、ドア越しにきみのヌードを見ることはできないよ」

「そうなの」アレクシスはスウェットパンツの裾を折り返し、ドアに向かって腹立ち紛れに中指を立てた。

「見えたぞ」

アレクシスは息を詰めた。素っ裸で体重計から落ちるところを見られていたとしたら死ぬしかない。「見えないって言ったじゃない！」

イーサンは声をあげて笑った。しかも大声で。「見えないよ。だけど、なにか無礼なことをしたのはわかる。感じたんだ」

他人に行動を読まれるのは大嫌いだ。「じきにあなたのお尻に痛烈な一撃をお見舞いしてあげる」

「待ちきれないね」

9

しばらくして、警備主任のためにドアを開けたイーサンはまだにやにやしていた。アレクシスは笑いをもたらしてくれる。心から笑うなんて久しぶりだ。一〇〇年ぶり、いや、もっとかもしれない。とくに最近は、感情や衝動、怒りや本能を封じ込めようとばかりしてきた。その過程で、笑い方まで忘れていたようだ。情けない。

「ミスター・キャリック、監視カメラの映像はこのディスクに保存してあります」

「ありがとう、ウィリアム。それで、犯人は映っていたか？」

「はい」ウィリアムは段ボール箱を抱えて部屋に入ってきた。「靴に関しましては、どれがミス・バルディッチのものかわかりませんでしたので、全部持ってきました」

「全部ってどういう意味？」アレクシスはイーサンの背後に歩み寄り、段ボール箱のなかをのぞいた。「エレベーターのなかにそんなに何足も落ちているものなの？」

「一日に三足ほどです」ウィリアムは表情を崩さずに答えた。片方の耳に無線のイヤフォンを装着し、顎ひげはきれいに整えてある。

イーサンはアレクシスが自分の背後に隠れるように立っているのをうれしく思った。まるでお姫さまを守る騎士になった気分だ。アレクシスはイーサンの腕にふれて横へ出ると、段ボール箱に手を伸ばした。赤いブラジャーをつまみ上げたかと思うと、おぞましげに投げ捨てる。

「いやだ。あれは絶対にわたしのじゃないわ」彼女は背中で手を握って、段ボール箱の上に身を乗り出した。「ブラジャーがあと三つもあるじゃない。それにTバックも。これって六つのエレベーターから集めたの？　まったく、エレベーターのなかでいったいなにが行われているわけ？」

イーサンもウィリアムも返事をしなかった。

「これだけ集めるのにどれくらいかかったの？」

ウィリアムの口の端がぴくぴく動く。「昨日からの分です」

アレクシスは喉に手をやって口を引き結んだ。「わたし以外の全員が堕落してしまったの？」

「おいおい、アレクシス、きみもぼくと同じくらい堕落する才能があると思うよ」

アレクシスがイーサンをにらむ。

「あなたの靴はありますか？」ウィリアムが促した。

「そこに見えてはいるんだけど、ボクサーショーツの下になっているし、ショーツにさわるのはごめんだわ。もういい。次の給料日に新しいハイヒールを買うから」

ぼくが買ってあげよう、とイーサンは言いたかったが、〝きわどい場所に突き刺すわよ〟

とでも言われそうなのでやめておいた。

ウィリアムは、アレクシスが投げたブラジャーをソファからつまみ上げて段ボール箱に戻した。「申し訳ありませんでした、ミス・バルディッチ」

「あなたのせいじゃないわ。捜してくれてありがとう」彼女は振り返り、イーサンが持っているディスクをこつこつとたたいた。「これに犯人が映っているの？」

「見ればわかる」イーサンはウィリアムに下がるよう指示した。「あとで連絡する。犯人の身元がわかったら教えてくれ」

「もちろんです」

ウィリアムが退出した。アレクシスは乳首が透けないように胸の前で腕組みをしてから、イーサンに向き直った。「ひとつだけ質問させてほしいんだけど。ヴァンパイアなの？　それとも人間？」

「ウィリアムのことかい？　ヴァンパイアだ。警備員の大部分は人間だけれど、それを束ねる立場にある者はいろいろと知っておかなければならないからね」

「犯人の正体がわかるといいわね。ふらりとカジノに入ってきて、いきなり銃をぶっ放すなんて許せない。映像があれば、わたしのところで起訴できるわ。殺人未遂事件はわたしの担当じゃないけど、地方検事を補佐することはできるし。言っておくけれど、わたしが担当した事件の有罪率は九五パーセントなのよ」

アレクシスは異常事態に果敢に対処しているが、いくつか重要なことを失念している。

「アレクシス、起訴するのは無理だ。警察の調書もなければ、被害者もいないんだから。ヴァンパイアは人間の医師に診察してもらうわけにいかない。だからシーマスに救急車の要請を取り消してもらったんだよ。つまり、人間社会の基準による犯罪は成立していないことになる。なぜ犯人の身元を探るのかというと、ぼく自身が狙われたのか、たまたまうちのカジノが標的になったのかを確かめるためだ。いずれにせよ、あとで疑惑を呼ばないよう犯人の記憶は消さなければならない」

「そんなのはつまらないわ。卑劣な犯人を刑務所へぶち込んでやりたいのに」アレクシスはディスクを取ってテレビに近づいた。「DVDプレーヤーでも再生できるかしら？　それともパソコンでだけ？」

「DVDプレーヤーでも大丈夫だよ。きみの言い方だと、犯人を刑務所送りにするのを楽しんでいるみたいに聞こえるんだが……」起訴できないと知って、アレクシスは心底がっかりしている様子だった。明るいブロンドやつんと上を向いた鼻、そしてピンク色の唇と過激な発言がちぐはぐに思える。イーサンのスウェットパンツとTシャツを着た彼女は、地方検事補というより体育の授業を抜け出してきた高校生のようだった。

ただし、鋭い眼光はまさしく地方検事補のそれだ。

アレクシスがリモコンの再生ボタンを押した。自分の部屋のようにくつろいでいる。イーサンはそれがうれしかった。イーサンと一緒にいると、ほとんどの女性は圧倒されて受け身になる。ベッドの上ではともかく、それ以外ではもっぱら彼に合わせようとするばかりなのだ。主導権を握ろうとする女性など、母親以来だった。

現代的な積極性に豊んだ女性も悪くないかもしれない。

イーサンはアレクシスの態度に好感を抱いていた。

「ちょっと、なんなのこれは？」アレクシスがテレビ画面を見て眉をひそめる。

イーサンもテレビに目をやった。やせ型で、上質だが地味なスーツに身を包んだ三〇代前半くらいの男がエレベーターから出てきた。片方の足に重心をかけ、手を宙でぶらぶらさせてなにごとかつぶやいている。

アレクシスが首をかしげた。「ひとり言かしら？」

「というより、ケルシーに話しかけているんだろうな。彼女が上へ誘ったんだから」それを理由にケルシーを解雇してもいいくらいだった。だが、ケルシーはヴァンパイア仲間のなかでも頭の鈍いほうで、放り出すよりも目の届くところに置いておいたほうが安全に思える。ヴァンパイアになってまだ三〇年のケルシーは、血への渇望を制御できないのだ。それに自分の不注意で犯人を招き入れたにもかかわらず、正直に報告に来た。

「なんてこと。ケルシーの姿が見えないわ。一緒にいるのに、監視カメラには映らないの？」アレクシスは大型テレビの前に置かれた肘掛け椅子にへなへなと腰を下ろした。

なにもない空間に向かって話す男の姿は確かに不気味だが、イーサンは彼の顔に注目した。常夜灯しかないので薄暗く、映像の解像度もじゅうぶんではないものの、顔見知りでないことは明らかだ。

そうだとしたら、なぜぼくの命を狙ったのだろう？　男は銃弾で事足りると思っていた。つまりぼくがヴァンパイアであるのを知らなかったか、ヴァンパイアを殺す方法を知らなかったことになる。男はやや首を傾けて笑い、軽い軽蔑《けいべつ》を込めてケルシーを見つめている。彼女の背中に手を当てるしぐさは、精神異常者にも、自称ヴァンパイア・スレイヤーにも見えなかった。さらに恋する者の瞳でもない。むしろ人生に失望した、冷めきった者の目だ。

この男はプロの殺し屋だ、とイーサンは確信した。

乱れた吐息が聞こえ始める。たぶんケルシーと男が体をすり合わせて、キスしているのだろう。どさりという音がしてカウンターが揺れ、電話が押しのけられた。ケルシーの体がカウンターにのせられたのだ。

「これって本気で気味が悪いわ。怖くなってきた。パラノーマル・ポルノみたい」

イーサンはアレクシスが青ざめているのに気づいた。「消そうか？」

「冗談でしょう？　なにが起きたか見届けないと。自動車事故の映像みたいなものよ。車の代わりに知らない男の舌を見せられているわけだけど。ともかく、最後まで見るわ」

テレビからは乱れた息遣いが聞こえ、隣には彼の服を着たアレクシスがいる……イーサンは妙に興奮した。彼女は片目を閉じて首をかしげ、胸を大きく上下させている。イーサンはテレビ画面よりもアレクシスのほうに気を取られていた。

「スカートをめくる気よ！　いやだわ、早送りしたほうがよくない？」

「ケルシーの姿が見えないのに、どうしてわかる？」イーサンは画面に注意を戻した。なるほど、彼にもわかった。ほんの少しの想像力があれば、相手がいるべき部分は容易に補える。「男の手が上方向に動いているじゃない。スカートを引き上げるみたいに」アレクシスは肘掛けに背中を預けた。「ああ、だめ！　そんなことをしちゃだめよ。やめてちょうだい。やめてったら！」テレビに向かって叫び、両手を振り上げた。「出したらだめだって……もう最低！　あんなことをする必要があるの？」

男がスラックスのファスナーを下ろし、平均的大きさの一物を正面から披露している。イーサンは眉をひそめた。男はうめきながら、ケルシーの体があると思われるあたりへ腰をたたきつけている。見えない部分は想像したくない。「本当に最低だ。リモコンは？　早送りしよう」

イーサンが途方に暮れてきょろきょろする傍らで、アレクシスはクッションを顔に押しつけて笑い出した。チェック模様のクッションの向こうから、ふがふがと鼻の鳴る音が聞こえる。彼女の肩は震えていた。

「なにがそんなにおかしい？」イーサンはリモコンを見つけ、早送りしようとして、誤って一時停止のボタンを押してしまった。まさに突き入れようとしている場面だ。「ちくしょう！」電化製品に強いのはシーマスのほうだ。イーサンが赤ん坊のころは車すらなかった。驚異的な科学技術の進歩に追いつけるわけがない。

リモコンのボタンをやたらに押しまくるイーサンをクッションの陰から目にし、アレクシスは再び笑い出した。「ご、ごめんなさい。あんまりにも気持ちが悪かったから、笑わずにいられなかったの。これからケルシーを見るたびに心臓がとまるわね」

イーサンはようやく早送りのボタンを見つけた。男の頭がのけぞり、目がくるりと上を向く。アレクシスの言うとおり、受付係の性生活をのぞき見た今、彼女の顔をまともに見られるとは思えなかった。さらに次は食事シーンだ。

ケルシーが映っていなくても、画面に映っているのはそれにちがいなかった。男は頭を横に倒して首をあらわにしている。その顔には恍惚とした表情が浮かんでいた。首筋に小さな赤い点が現れ、すぐに消えた。突然、男は苦痛にうめき出した。目は閉じられたままで、体はカウンターの上に浮いている。

ここでケルシーが逃げ出したのだろう。軽い催眠状態の男を、あろうことか受付カウンターに残して。

エレベーターがチンと音をたてた。

「なんてこと」アレクシスは暗い声で言った。「ケルシーは男を置き去りにしたのね?」

「そうだ」イーサンはこんな映像を見せたおのれを恥じていた。自分の属する世界をこういった形で披露したくはなかった。結局は同じことだと思おうとしてもだめだった。いつもはこれほど残酷ではないと知ってほしい。「アレクシス……」

彼女がイーサンをちらりと見た。「居心地が悪くなるようなことを言うつもりじゃないでしょうね? 本当はこんなのじゃない、吸血行為は魂の交換で、正しい相手と愛を交わすときのように、純粋で甘く官能的な体験になり得る……とか」

そんな陳腐な表現はしないだろうが、言いたいことはまさにそのとおりだった。だが、あえて言葉にしなくてもアレクシスにはわかっているらしい。「いや、ただきみの笑い声は、いじめられたカラスみたいだって言いたかったんだ」

アレクシスが噴き出した。半分ほっとしたように笑い、クッションでイーサンの腕をたたく。「あなたってどうしようもない人ね」

確かにどうしようもない面もあるが、彼は鈍感ではなかった。引き際は心得ている。イーサンは無言のまま、狙撃犯《そげきはん》がカウンターの上に落ちる場面まで早送りした。

画面の男はなにごとかつぶやいていたが、内容までは聞き取れなかった。男が体を起こして周囲を見渡す。快楽の表情は困惑に変わり、やがて怒りとなった。スラックスに手をこすりつけ、身なりを整えてファスナーを引き上げる。それからジャケットの裾を引っぱり、ぴったりとした革の手袋を取り出して手にはめた。男が受付のカウンター内を歩きまわっているとき、エレベーターのドアが開いた。

画面には映っていなくても、イーサンはそれが現場を確かめに来た自分であることがわかった。

男は無駄のない動きでスーツの懐から銃を取り出し、照準を定めて二回引き金を引いた。アレクシスが飛び上がった。「痛かった?」心配そうな声で言う。

「ああ。撃たれたときは痛みを感じた。そのあと、なにもわからなくなった」

狙撃手がタイルの上にできた血だまりを迂回《うかい》してイーサンに近づいた。それを見たイーサンは、現場をきれいにするよう指示を出すのを忘れていたことを思い出した。だがウィリアムのことだから、適切に処置するだろう。

「あの男、あなたの体の上で十字を切っているわ。拳銃で。やっぱりこの世は頭がどうかしたやつでいっぱいなのよ」

　男は落ち着いた動作で銃を懐にしまい、片方の手袋を外した。まだ手袋をつけているほうの手で下降ボタンをたたきつけるようにして押すと、エレベーターのなかへ消えた。イーサンは、やはりプロの殺し屋だと思った。急に標的が登場したにもかかわらず、慌てたり、躊《ちゅう》躇《ちょ》したりする様子がなかったからだ。

　問題は、誰が殺しを依頼したかだった。

「わたしは血だまりに横たわるあなたを見たわ。そして今、監視カメラに映らないあなたが、銃で撃たれるのも見た。だから、質問する権利があると思うの」アレクシスは横座りになった。

「なんだい？」イーサンはなにをきかれるのか見当もつかなかった。

「危険を承知で現場に乗り込んでいくなんて、あなたはいったいなにを考えていたの？」

ホテルの経営や選挙運動に退屈して、スリルを求めていた。アレクシスにぼうっとなるあまり、集中力を欠き、衝動的に行動した。つまりはなにも考えていなかったのと同じだ。

「ちょっと！　ケルシーが言っていたことを思い出したわ。あの男はあなたを殺すつもりだ、心が空っぽだったたって。わたしは口紅がはみ出しているんだと思ったけど、あれは血だったのね？　なにが言いたいかわかる？　あなたは彼女が誰かに噛みついたことを知っていた。その人物が自分を狙っていることも承知していた。それなのにのこのこ乗り込んでいって撃たれたんだわ」アレクシスは頬を紅潮させ、手を振りまわしてわめいた。「自殺願望でもあるの？　相手が杭とか剣とか太陽灯とか、とにかくヴァンパイアを殺せるものを持っていたらどうするつもりだったの？」

イーサンはDVDプレーヤーの取り出しボタンを押した。「太陽灯では死なないよ。撃たれるより痛くないし」太陽灯なんてばかげているが、心配してくれているのはうれしかった。

「そういうことを言っているんじゃないの！　わたしが駆けつけてラッキーだったじゃない」

「そもそもきみはどうして来たんだ？　最初に乗り込んだぼくと変わらないじゃないか？　狙撃犯が残っていたらどうするつもりだった？　今ごろは死体になって、受付の前に転がっていたかもしれないんだぞ」

アレクシスは青ざめながらも、頑固に顎を突き出した。「それで？　あの男の記憶を消して終わりにするの？　人を撃った罰としては軽すぎるんじゃない？」

「きみとぼくらのどっちが血に飢えているんだか。いいか、ぼくたちには掟《おきて》がある。人間は殺さない。あの男は仲間に引き入れるつもりだ。ヴァンパイアの殺し方を知らないのなら、居場所がわかるまでは多少目障りな程度だ。やつを見つけたらさっきも言ったとおり、仲間に引き入れてぼくに関する記憶を消す」

アレクシスはこの対策に不満な様子だった。唇を噛んで膝の上にクッションを抱える。

「あなたたちって何人くらいいるの？　政治的な組織を作れる程度には人数がいるのよね？」

イーサンは一瞬ためらった。人間には仲間のことを話してはならないという掟がある。だがアレクシスと一緒にいると、掟などどうでもいいように思えてきた。「一万人だ」

「そんなに？　想像していたよりずっと多いのね。あちこちで血を吸っているってことじゃない」

アレクシスが少しも怖がらないことがうれしくて、イーサンは彼女の隣に座り、彼女が抱えているクッションを引き抜いた。

「一万人なんて多くないよ。中国だけで二〇億人いるんだから」

「まあそうね」

「数の上では劣勢だが、ぼくたちは人間社会にうまく溶け込んで横のつながりを持っている。ヴァンパイア国は、ヴァンパイアの秘密を守り、一定の生活レベルを維持するために存在するんだ」秩序を保ち、種族内の争いを防止し、若いヴァンパイアを導くことが政府の務めだった。イーサンは国家が成立する以前の世界を知っていた。荒くれ者どもが横行し、人間をむやみに惨殺する暗黒時代。あの時代には戻りたくない。

そうはいっても、ヴァンパイアの責任ある指導者という立場が重荷になることもあった。

しかも最近、公職は彼の性生活を著しく脅かしている。

今こそそんな状況を打破すべきだ。

ヴァンパイアについて真剣に考えるのは初めてだが、アレクシスは漠然と、孤独に生きる陰鬱《いんうつ》な男をイメージしていた。あちこちで人間をつかまえ、それができないときは動物をも餌食《えじき》とする。彼らの住みかにはそれらの死骸《しがい》が散乱しているのだ。

だが、イーサンはどうもそのイメージに合わない。

だいいち、ヴァンパイアと民主主義は相反するように思われた。

「それで、あなたの公約はなに？ ライバル候補とのちがいは？」現代のヴァンパイアがどんな問題意識を持っているのかは想像もつかない。身の安全か財政計画か……意外と空港の網膜スキャンだったりするのかも。オーケー、想像はできるけど、だからといってそれが正解とは限らない。

イーサンが咳払いをして、コーヒーテーブルに足をのせた。シャツの前は開けたままで、ちょっと手を伸ばせば素肌にふれることもできる。六年間もご無沙汰のアレクシスとしては、なんとも気の散る光景だった。六年のなかに、電動器具の使用はカウントされていない。彼女にとってそれはセックスではなく、単なるストレス発散だからだ。

「そうだな、ぼくはヴァンパイアの数を一定に保つことを推奨している。ライバル候補はどんどん増やすべきだと主張しているけれどね。ライバル候補が人間から直接血を吸うべきだと言っているのに対して、ぼくは血液バンクのほうが安全だと考えている。法律や政策は緩めるのではなく強化すべきだと。基本的にぼくは現状を維持しつつ、アイデンティティーの確立や社会保障に関する政策を向上させたい」

「そう……」アレクシスはなにも考えられなかった。ヴァンパイアの政治を理解するには疲れすぎているようだ。「勝算は？」

イーサンが肩をすくめる。「シーマスが作成した長々とした統計表によれば、勝算はある。だが、接戦になるだろう。選挙なんてものは最後までわからないし、ドナテッリは少数派の出身だから」

「その人って、名前からしてイタリア系でしょう？　イタリア系が少数派なの？」そうだとすれば多数派はなんなのだろう？　イヌイットとか？

イーサンは声をあげて笑い、官能的な下唇に親指を走らせた。別にそこばかり見つめていたわけじゃないけど……。

「イタリア人だから少数派というわけじゃない。ドナテッリは不浄の者《インピュア》なんだ。つまり人間とヴァンパイアのハーフで、のちにヴァンパイアに転生したグループだよ。そういうヴァンパイアが急速に増えていて、彼はその代表なんだ」

「〝インピュア〟ってお粗末なネーミングね。一〇〇〇年の歴史があるのに、もっとましな名前を思いつかなかったの？　インピュアがつむじをまげて権利を主張するのもわかるわ。わたしだって同じことをするでしょうね。それで、ヴァンパイアにもアメリカ自由人権協会《ACLU》みたいなものがあるのかしら？　〝自由ヴァンパイア権協会《VACLU》〟……ヴァクルーとか？　なんだか接着剤《グルー》の商品名みたいね。いくつになったら選挙権が得られるの？　二〇〇歳？」

「こういうとき、きみの思考が読めたらいいのにと思うよ。その口から次になにが飛び出すか予測がつかない」

アレクシスはその発言をなんとなくうれしく思った。「いいじゃない。わたしの考えていることがわからなくてやきもきするなんてセクシーだわ。ミステリアスだからこそ、興味がわくんでしょう？」

疲労のあまり、わたしは頭がどうかしてしまったにちがいない。ヴァンパイアを挑発してどうする気なの？

イーサンは挑発にのってきた。「そうなんだ。ひどくそそられる。きみはまちがいなくぼくを高揚させてくれるよ」

イーサンの手はいつの間にわたしの腿に置かれたのだろう？　全然気づかなかった。だけど大きな手は腿の内側に移動しながら、やわらかなコットンのスウェットパンツをなでている。彼のスウェットパンツを。あと数センチで小さなTバックの上だ。

アレクシスは慌てて立ち上がった。「わたし、もう寝たほうがいいみたい。ちょっと……疲れたわ」

イーサンがすべてお見通しとばかりにほほえんだ。「そうだね。部屋まで送るよ」

なんですって？　隣の部屋にさえひとりで帰れないと思われているのかしら？　「あら、いいのよ。ひとりで大丈夫」本当に。セクシーな体とブルーの瞳から離れられるなら、なんの問題もない。昔からわたしはブルーの目に弱かった。

アレクシスは足早にドアへ近づき、サイドテーブルに置いておいたバッグをつかんだ。だが、まばたきもしないうちにイーサンが目の前に立って、ドアを開けながら優雅にお辞儀をした。

「もう！」アレクシスはつんのめるように足をとめた。「瞬間移動みたいなことはやめて。心臓発作を起こしそうよ」

「すまない」イーサンがどうぞというふうにドアの外へ手を差し出した。

アレクシスは彼の体にふれないよう注意しながら廊下に出ると、自分に割りあてられた部屋へと突進した。追いつかれる前にカードキーを見つけようと、バッグのなかを探る。

もちろん間に合うはずがなかった。「手伝うよ」アレクシスが断ろうとして息を吸うよりも早く、イーサンはバッグに手を入れ、カードキーをドアに挿入した。

動作が速すぎて、真剣に怖い。この調子では、彼が部屋のなかにいるのにも気づかないうちに、セックスしていたなんてこともあるんじゃないかしら？　そんなのは全然楽しくない。

「ここにいる非ヴァンパイアのために、少しゆっくり動いてくれない？　目まいがするわ」

イーサンはドアを開け、アレクシスの額から髪を払った。「申し訳ない。死にかけたぼくのために救急車を呼んでくれてありがとう。心配してくれてうれしかった」

ずうずうしい彼の手をどけようとしても、なぜかできなかった。むしろため息が出そうだ。

「なんでもないわ。出血多量で死なせるなんてできないもの」

イーサンの手はアレクシスの肩に置かれていた。三〇センチの身長差を埋めるために、イーサンは前かがみになって、真剣な表情で探るように彼女を見つめた。「家に帰りたいなら……そうしてもいいよ。こんな騒ぎに巻き込まれるなんて想像もしていなかっただろう？これはゲームじゃない」

アレクシスは戸口に立ったままほほえんだ。「わたしは優秀なヴァンパイア・スレイヤーとは言えないわね。あなたを倒すどころか、守ろうとしたんだもの」

「やせっぽちのバフィーなんかより、きみのほうがずっと魅力的だよ。それに人生は白と黒だけでなりたっているわけじゃない。正義と悪の境目があいまいなこともある」

地方検事補としてそれを思い知らされた経験は何度もあった。〈アヴァ〉とイーサンから一目散に逃げ出さなかったのはそのせいだ。彼女はイーサンに惹かれていた。だいたいラスヴェガスにヴァンパイアの秘密政府があるなんて、なんとも好奇心を刺激される話だ。

まだ帰りたくはない。知りたいことがたくさんある。自分のことを衝動的だと思う一方で、イーサンの世界を理解したくなるのは自然な流れに思えた。

そこでアレクシスは答えた。「ここにとどまって、高飛車な恋人役を務めると約束したでしょう？　今、逃げ出したら、弱虫の嘘つきになってしまうわ。だいいち、まだあなたにききたいことがたくさんあるの」

イーサンが眉を上げる。「それはうれしいな。自虐的かもしれないけど」

アレクシスは彼の腕をたたいた。「気をつけなさい。わたしはテコンドーの有段者だって言ったでしょう？　手加減しないわよ」

「覚えているとも」そう言いながらも、イーサンは少しもひるんでいなかった。むしろさらに上体を近づけてくる。まるで……。

わたしったらヴァンパイアとキスをする気なの？　けれども、アレクシスはイーサンのキスが気に入った。ふたりの唇がゆっくりと官能的に重なる。イーサンの唇はあたたかく、やわらかで、自信に満ちていた。彼はアレクシスの髪に手を差し入れたが、それ以外は体のどこにもふれなかった。イーサンの動きはゆったりと確信に満ちていて、慌てたり、ためらったりする様子はみじんもない。

唇しかふれ合っていないのに、全身にキスをされているようだ。ゆっくりとした物憂げな波に体を揺さぶられて、アレクシスは欲望がはじけて一気に燃え上がった。さらなる親密さを求めて彼女が唇を開いたとき、唐突にキスが終わった。

「おやすみ、アレクシス」イーサンが欲望にかすれた声で言った。

まともに話す自信がなくて、アレクシスは黙ってうなずいた。静まり返った廊下に響く息遣いが恥ずかしい。彼女は口を閉じて部屋に入った。イーサンは両手を握りしめ、険しい表情を浮かべていた。すぐに離れなければ、壁に押しつけられて体を奪われてもおかしくない。

アレクシスはわずかに躊躇したのち、彼を自分のほうへ引き戻そうとした。さっさと裸レベルのつき合いに進むのも悪くないかもしれない。

イーサンが彼女のほうへ両手を伸ばし、大きく息を吸った。アレクシスの目に、異様に長い犬歯が映る。牙……。

いやだ、牙が生えている！　以前はなかったのに。「おやすみなさい！」アレクシスはそう叫んで部屋のなかへ後退し、イーサンの鼻先でばたんとドアを閉めた。

さすがにまだ、そのレベルのつき合いに進む心の準備はできていなかった。

10

「ミスター・ドナテッリ、例の男から連絡が入りました。片づいたそうです」

〈ヴェネチアン〉の客室でジェットバスにつかっていたロベルト・ドナテッリは目も開けなかった。祖国であるイタリアをでたらめの豪華さで模倣したホテルも悪くはない。なんといっても、ここでは女性客にイタリア語で話しかけるだけでくすくす笑いが返ってくるのだ。

「ありがとう、スミス」ドナテッリは腹心の部下に言った。「いい知らせだ。ニュースになるのはいつごろだろうな？」

「遅くとも、あと二〇分後というところでしょう」

「完璧だ」ドナテッリはにやりとした。体を動かすと、あたたかな湯が胸の上をすべる。

第一段階は終わりだ。いいぞ。

いよいよ第二段階が始まる。


コービンは屋根の上に女性を置き去りにしたことに罪の意識を感じつつも、彼女なら自力で階段を見つけてエレベーターのある階まで下りるだろうと自分を慰めた。

あれ以上は一秒たりとも一緒にいられなかった。子供のような無邪気さで励ましの言葉をかけられると、なにやら得体の知れない濃密な感情がわき上がってくる。怒りといらだちとあこがれがいっぺんに押し寄せてきて、混乱し、苦しくなるのだ。

コービンは追放された身であり、それはこの先も変わらない。それをあのおかしな女ときたら、〝ブリタニーおばさん〟などと言いながらなれなれしく話しかけてきた。

コービンは壁に体重を預け、足の位置をずらした。屋上のひとつ下の階の窓は出っ張りの幅が十数センチしかなく、居心地がいいとはとても言えなかった。しかも先ほどまで鳥がとまっていたのか、肘の近くに怪しげな筋がある。コービンは顔をしかめた。なんとも汚れた世界だ。

だがここにいれば、ブリタニーが無事に下りられたかどうかを確かめられる。彼女はパニックを起こすタイプには見えないが、かといって特別に生存本能が強いとも思えない。追放された者をまったく警戒せず、逆に助けるなどと言い出す始末なのだから。

「やれやれ」コービンは声に出して言った。そうすると少しだけ気分がよくなった。

一〇〇〇年前は、ネオン輝く砂漠のなかの街で、ごてごてした建物の窓にしがみついている自分の姿など想像もしていなかった。これは掟を破った罰だ。ぼくはそれだけのことをした。

鋭い聴覚が、屋根を歩きまわるブリタニーの足音をとらえた。彼女がコービンの名前を呼んだのは一度きりだ。そのあとは男性全般のマナーの悪さ、とくにコービンのそれについて文句を言っていた。

確かにあんなふうに置き去りにしたのは礼儀に反していた。だが、ブリタニーだって臆面《おくめん》もなく絶頂感について話し、ショートパンツをはいた少年にするように、ぼくの額にキスをするところを想像したではないか。物事には限度がある。彼女はそれを超えたのだ。

「アレックス？　ブリタニーよ」

コービンは眉をひそめた。誰と話しているのだろう？

「遅い時間なのはわかっているけど、お楽しみのあとで電話をかけてくれるのを待っていたんだもの。詳しく教えてちょうだい。とても明日まで待てないわ。さあ、吐いて」

コービンはアレックスというのが誰のことかわからなかったし、なにを吐くのかは見当もつかなかった。しかし、カジノの屋根の上で一方的な会話を続けるなんて尋常ではない。

窓枠から飛び上がって屋根の端をつかみ、頭だけ出して屋上にいるブリタニーの様子をうかがう。彼女は携帯電話に向かって話していた。

そうだ、携帯電話に決まっている。コービンは、いまだに一九世紀的な思考から抜け出せないことがあった。

「いじわる！」ブリタニーが小さなピンク色の携帯電話に向かって言った。アスファルトの上に寝そべって空を見上げている。

すらりとした体にまとったぴったりとしたTシャツが、乳房のふくらみを際立たせていた。ヒップもきれいな丸みを帯びている。ベルトの上からちらりとやわらかそうな肌がのぞき、肩には豊かな黒髪が滝のように広がっていた。

ブリタニーは美しく、快活で、笑いに満ちている。今この瞬間もくすくす笑いながら寝返りを打ち、電話の相手にほほえんでいる。濃厚でおいしそうな香りを放つ血が、血管のなかを力強く流れているのがわかる。彼女の体にはヴァンパイアの血が流れているのに、本人はそれに気づいてもいない。

こういう女性のために、ぼくは禁を犯したのだ。ブリタニーのように生き生きとした人間の女性のために。

彼女を見たときに感じる切なさのために。

コービンはふと、ブリタニーなら実験対象にぴったりだと思った。

「いったいなにを考えているのか教えてくれないか？」

シーマスの剣幕に、イーサンは顔をゆがめた。ふたりはイーサンのオフィスにいた。広々としたぜいたくな部屋には人工スエードの肘掛け椅子が置いてある。イーサンはそのうちのひとつに腰を下ろし、糖分補給のために八七年ものの糖尿病患者の血液を手にしていた。

シーマスは床から天井までガラス張りの大きな窓の前を行ったり来たりしている。ディナー・パーティーのときに着ていたタキシード姿のままだが、ネクタイは緩めていた。ふたりは長年の友人だ。シーマスをヴァンパイアにしたのはイーサン自身で、これほど近しい人を怒らせたことを申し訳なく思った。

だが、アレクシスの件については後悔していない。五〇年ぶりに血がわき、生き返った心地がしているのだ。

「きみが思っているほどの災難でもないと思うけれどね……。そもそもブリタニーはぼくに興味がないんだから」

「口説きもしなかったくせに！　姉ではブリタニーの代わりは務まらない。ヴァンパイアの血が流れていないからな。この時期に女性とつき合う理由は、相手がヴァンパイアの血を引いていればこそじゃないか」

女性とつき合うにはもっとましな理由がいくらでもある。「きみの言うとおりアレクシスは不浄の者《インピュア》じゃないが、そんなことが本当に大事なのか？　彼女は人間だ。アレクシスと一緒にいても、じゅうぶんイメージアップになる」

シーマスは納得のいかない顔をしてスマートフォンを振りまわした。「世論調査によると、有権者は合理的な思考を持った、非暴力主義の大統領を期待している。そしてインピュアたちは、きみが彼らを擁護するかどうかを見極めようとしているんだ。インピュアの悩みに関心を向けるかどうかをね。人間とつき合っても、彼らを納得させることはできない。これは、保守派のきみと、革新派のドナテッリの戦いなんだ。インピュアの数は増え続けていて、ヴァンパイアに転生する者は跡を絶たない。彼らがきみに投票しなければ、大統領の座をドナテッリに奪われるんだぞ」

「わかっている」そして本気で憂慮していた。「だが、政治的に有利だからといって女性を誘惑するなんてできない。そんなふうに女性を利用したくないんだ」

「一〇年ごとに女を変えてきたくせに。あの美人を口説くのがそんなに難しいのか？　かわいくて思いやりがあるし、少々単純ではあるが魅力的だ。なにが不満なんだ？」

イーサンは眉をひそめ、グラスをまわしてなかの血液を見つめた。「これまでだって、相手のことが好きだからこそつき合った。惹かれたから口説いたんだ。でも、ブリタニーには惹かれていない。そこが問題なんだ。気のあるふりなんてできない。愛情もないのに、彼女と寝ることはできないよ」

「急に高潔を気取るのか？」シーマスはきれいにカットされた黒っぽい髪を手でくしゃくしゃにした。

「きみにはできるのか？　シーマス、これはまちがった行為だ。ブリタニーに魅力を感じているなら話は別だが、ぼくが惹かれているのはアレクシスなんだ」

シーマスが渋い顔をする。「ちくしょう。確かにぼくにもできない。だがアレクシスは、きみの立場を有利にするどころか危うくしかねない。彼女はなんというか……率直すぎる」

イーサンは声をあげて笑った。控えめな表現だ。「そこが刺激的なんじゃないか」

「刺激の細部については説明しなくていい」シーマスは片手を上げた。「まあ、アレクシスがぼくたちの正体に気づいてよかった。妻がいないよりは、人間の妻でもいたほうがいい。しかも妹はインピュアだ。ブリタニーのことはアレクシスに話しておけよ。あとでばれたら、きっとアレクシスは怒り狂う」

「話さなければならないことはほかにもたくさんある。徐々に打ち明けるよ」そう言ったものの、なにも話さないうちに危うく一線を越えるところだった。まだその時期でないのはわかっている。たとえ体が異議を唱えようとも。アレクシスが鼻先でドアを閉めてくれたことに感謝しなくては。

「シーマス、座って飲み物でも飲んだらどうだ？　ぴりぴりしすぎだよ。こっちまで神経をやられそうになる」イーサンは血液を飲みながら、友人との会話を反芻《はんすう》した。ブリタニーと結婚する作戦を練っていたときでさえ、本気でそれが実現するとは思っていなかった。彼女とは合わないと気づく前でさえ……。

　九〇〇年以上生きてきて、イーサンは妻を持った経験が一度もない。人間だったときも結婚しなかった。今も人間と結婚するのは賢明な選択とは思えない。仲間のなかには一〇年から二〇年の短い期間だけ人間と結婚する者もいる。相手が年を取り、関係がぎくしゃくしてくると、離婚したり、相手のもとを去ったりするのだ。イーサンにとって、それは一時的でむなしい関係としか思えなかった。最終的には、結婚する前よりも孤独になるだろう。

　しかし、仲間同士の結婚もまれだ。ヴァンパイア同士では離婚が認められていないので、婚姻関係を持ったが最後、永久に添い遂げなければならない。恋の花が散ってさらに六〇〇年も束縛されるのだ。それにもかかわらず、永遠の愛を信じる者は運命の相手がいるという。たったひとつの愛があると。

　イーサンが求めているのはそれだった。永遠に情熱を満たしてくれる相手にいつかめぐり合えるのならば、生ぬるいトマトジュースみたいなつかの間の結婚などしたくない。

「先走るのはよそう。まだ結婚を考える段階じゃない。今この瞬間、ぼくはアレクシス・バルディッチに惹かれている。それだけだ」本当にそうだろうか？　アレクシスとキスをしたとき、これまでにないものを感じた。心をかき乱された。彼女のことをずっと以前から知っていたかのような不思議な感覚があった。

たとえば運命の相手に出会ったときは、そういうふうに感じるのではないだろうか？

シーマスはタキシードのスラックスのポケットに両手を突っ込んで、イーサンを観察した。「彼女をヴァンパイアにすればいい」

その可能性を考えなかったと言えば嘘になる。イーサンはアレクシスをヴァンパイアにすることについてあらゆる角度から検討し、結局は却下した。「たぶんそうだろうな。だが、それは正しい行為じゃない。わかっているはずだ」

「これはきみひとりの問題じゃないんだぞ。国民全体の問題なんだ。ヴァンパイア族の生活や将来がかかっている」

イーサンは鼻を鳴らした。「オーバーだな。ぼくごときの色恋に種族の終わりがかかっているなら、ヴァンパイア族など消滅してもしかたがない」

シーマスは笑わなかった。シーマスと仕事をしていると、こっちの思考まで硬直してくる。そこへ空手キックをお見舞いしたのがアレクシスだ。

「それなら別のことを話そう。たとえば誰がきみを殺そうとしたかについて」

「いいね。報告を聞かせてくれ。早く聞きたくてわくわくするよ」

「わくわくするだなんて、ふざけているのか？」シーマスが真顔で返す。

イーサンは苦笑してかぶりを振った。なにをしても、なにを考えても、すべてアレクシスに結びつく。「キュートと言われたのは今日二回目だ」アレクシスにそう言われたときは、うれしさに胸が締めつけられた。

そんな自分に驚いて顎をさする。

事態は中年期の焦り《ミッドライフ・クライシス》よりもはるかに深刻らしい。ぼくはアレクシスに恋をしてしまったようだ。

気づけば花束を手に膝をつき、愛を告白しているかもしれない。アレクシスのために詩を書いて、髪をひと房分けてくれと頼み込むかもしれないし、彼女をベッドに誘うことで頭がいっぱいになって、忠実な猟犬のようにあとをつけまわすかもしれない。

ぞっとする。

そんなみっともないまねはしたくない。九〇〇年以上、恋に落ちずにやってこられたのだから、あと九〇〇年も同じようにできるはずだ。

ただし、アレクシスが運命の相手だとしたら話は別だ。もしそうなら、ぼくに選択権はない。

アレクシスと唇を合わせたとき、頭がくらくらして幸せに胸がはちきれそうになった。彼女がため息をついただけで期待に体はこわばり、魂を抜かれたようになった。

くそっ。近い将来、恥ずかしいまねをするのはまちがいなさそうだ。

「話すことなんてないったら」アレクシスは客室を歩きまわりながら、同じせりふを繰り返した。もう三度目だ。彼女はいまだにイーサンのスウェットパンツとTシャツを着ていた。

「食事といっても、レセプションみたいなちゃんとした集まりで、タキシードを着た堅物がわんさかいたの」

そしてイーサンが撃たれ、ヴァンパイアであることを告白し、わたしにキスをした。でも、それはブリタニーが期待している事件とはちがう。

「それよりあなたはどこにいるの？　空港の滑走路に立っているような音がするわ。頭上をジャンボジェット機が飛び交っているみたい」

「中庭にいるの。実際、頭の上をジャンボジェット機が飛んでいるわ」

「いい加減に寝なさいよ。明日は仕事があるんでしょう？」アレクシス自身は仕事がないことを神に感謝した。ファンタジーでいっぱいの頭で、セクハラ事案を処理するのは不可能だ。大統領選挙で再選を目指すヴァンパイアだなんて。寝言は寝てから言ってほしいわ。

「明日は日曜だから仕事は休みよ。本当におもしろいことはなかったの？　イーサンは姉さんに気がある様子だったのに。キスをしようともしなかった？」

「一度だけね」ちょっとした唇のふれ合いについてはできれば隠しておきたかったが、ずばり質問されては嘘をつけなかった。アレクシスの人生において、ブリタニーとの絆《きずな》はもっとも大切なものだ。妹にはいつも真実を話してきた。母親が麻薬の過剰摂取をしたときでさえ。

携帯電話の向こうから、耳をつんざく悲鳴が聞こえた。「アレックス！　それなら……」

突然、なにかがこすれるような音がして、アレクシスはこめかみをさすって妹が話を再開するのを待った。ああ、恥ずかしい。ヴァンパイアにキスをしただなんて。禁欲は女を妙な行動に駆りたてる。「ブリタニー、携帯電話を落としたの？」

「大丈夫よ。姉なの。でも、ありがとう。やさしいのね」

「いったい誰と話しているの？」たぶんアパートメントの隣人だろう。午前一時に妹が中庭で悲鳴をあげたので、不審に思って様子を見に来たにちがいない。

「え、なに？　ああ、姉さんとイーサンがうまくいってうれしいわ。彼には姉さんみたいな人が必要なのよ」

イーサンによると、彼が必要としているのは妻で、アレクシスにその気はない。昔から、自分は結婚しないと思っていた。別にイーサンからプロポーズされたわけではないが、万が一結婚したくなったとしても、一度死んだ男なんて願い下げだ。

「そうね、イーサンはいい人だわ。さあ、もう寝かせてくれる？」

「もちろん。アレックス、明日は会える？」ブリタニーが電話を持つ手を替えたのか、再び雑音が入った。「まだ行かないで、もう切るから」

「誰と話しているの？」せっかくヴァンパイア集団から引き離したのに、また妙な男とつき合われてはかなわない。

「あなたと話しているのよ」ブリタニーがくすくす笑う。「ちがうわ。あなたじゃなくて、姉さんよ」

アレクシスはうめいた。「ねえ、今日は疲れていて頭がまわらないの。愛しているわ。おやすみ。ちゃんと戸締まりをするのよ。また明日ね」

「おやすみ、アレックス。愛しているわ」

電話を切ったアレクシスは、バスルームへ行って歯を磨いた。

心がざわついて眠れそうにない。彼女は携帯電話でパソコンに来たEメールを確認することにした。「一七通しかないわ。助かった」

しかもくだらないものばかりだ。誰かに手を握ってもらわなければ考えることもできない同僚からのメール、チケットサービス会社からのヤニー（ギリシア人ピアニスト。作曲家）のライブの案内、そしてどこかからの招待メール……。

「なにかしら？」アレクシスは招待メールの上にカーソルを持っていった。「送り主は……〝救世主《ザ・リディーマー》〟ですって？　ポルノじゃなさそうね」理性は無視しろと告げていたが、好奇心のままにクリックする。

〝こんにちは！　あなたは〈ヴァンパイア・スレイヤーズ・ドットコム〉に招待されました。われらの目標は忌まわしき不死の者たちをこの世から撲滅することです。メーリングリストに登録して、一緒に対策を練りませんか？　この招待は七日間有効です〟

なんですって？　アレクシスは内容を読み返した。「なにこれ、気持ちが悪い」送り主の〝ザ・リディーマー〟をダブルクリックすると、メールアドレスが表示された。〝ザ・リディーマー・アット・ヤフー・コム〟救世主を名乗るだなんて、この送り主は自分を神と勘ちがいしているらしい。

アレクシスは窓に目をやり、カーテンをきっちりと閉め直した。高層階にいるのはわかっていても安心できない。メールを読んで、誰かに監視されているような気味の悪さを覚えた。

「どうしてわたしのことがわかったのかしら？　メールアドレスやイーサンの正体まで」ルームキーと携帯電話を持ったまま廊下へ出て、イーサンの部屋をノックする。彼にメールを見せないと。

返事はなかった。力いっぱい六回ノックをしても、反応はない。そういえば、ヴァンパイアは昼間に眠って夜に働くのではなかったかしら？　そうなると、イーサンはどこにいてもおかしくない。

「もう！」アレクシスは足音も荒く自分の部屋に戻り、ミニバーからコーラを取り出した。プルタブを開けて一気飲みすると、鼻につんときて涙がにじむ。彼女は小さな応接スペースの長椅子に腰を下ろした。

〝登録する〟のボタンをクリックする。

四時間後、アレクシスはついに眠気に負け、携帯電話を握ったまま、長椅子の上で眠りに落ちた。

11

イーサンはあっという間に眠りから覚醒《かくせい》し、上体を起こして周囲の状況をうかがった。戦士の息子に生まれた彼は何度も戦火をくぐり抜けてきた。それに加えて、ヴァンパイアとしての危険回避能力も備わっている。人間はもちろん、若いヴァンパイアなら素手で殺すこともできるだろう。それでも長年の習慣で、枕《まくら》の下にひそませたナイフに手を伸ばす。

イーサンは片手を枕の下に入れたまま、一糸まとわぬ姿でベッドに横たわっていた。全身が冷たい湖につかっているかのようだ。そのとき、乱暴なノックの音が響いた。「イーサンってば、起きなさいよ！」

イーサンは緊張を解いて息を吐き、目をこすった。脅威などではない。神聖な眠りとプライバシーを屁《へ》とも思っていないアレクシスだ。返事をしないでいれば、そのうちあきらめるかもしれない。イーサンが眠りの大切さを自覚したのは、大人になって時間と金と安全を得てからだった。彼にとって八時間の睡眠は、誰にも邪魔されたくない貴重な時間だ。

頭の重さからいって、まだ四時間ほどしか眠っていないと思われた。

廊下に静けさが戻る。イーサンは息を詰めて待った。アレクシスは部屋に戻ったのだろうか？　そうだといいが。これこそ人間とつき合う際の厄介な点だ。彼らは太陽が出ているあいだに活動する。イーサンにしてみれば、相容《あいい》れない習慣だった。

ふと、今ならアレクシスも警戒を緩めているかもしれないと思い、神経を集中して彼女の思考に耳を澄ました。しかし、なにも聞こえてこなかった。感情や思考の断片はおろか、機嫌の良し悪《あ》しさえわからない。

ヴァンパイアとしての最大の能力が発揮できないとなれば、ただの人も同じだ。イーサンは歯がゆかった。

いや、もしかすると、アレクシスはもう自分の部屋へ戻ったのかもしれない。

「イーサンったら！　出てきてよ。話があるの！」

イーサンの期待は裏切られた。彼はうめき声とともにベッドを出て伸びをした。体がだるくて重い。昨日の夜、大量に血液を失ったせいだろう。もしくは、頑固で声の大きいちび女にたたき起こされたせいだ。

イーサンは服も着ないでドアへ向かった。無理やり起こしたのだから、裸でも文句はないだろう。

アレクシスの驚く顔を想像すると、子供のように胸が高鳴る。九〇〇年以上という歳月を経ても、女性に関してはほとんど成長した気がしなかった。

にやけているのを自覚しつつ、イーサンはドアを開けた。

アレクシスの手が空中で静止する。彼女はジーンズと、胸のラインを際立たせるタンクトップを着ていた。ぴったりとした布地の下で息づいている薔薇《ばら》のつぼみを口に含んで、やさしく嚙みたいという衝動に駆られる。アレクシスをあえがせたい。

「やっぱりいたのね？　寝ていたの？」うるさくノックしたことなどすっかり忘れた様子でアレクシスは目をしばたたいた。

「ああ。なにかぼくで役に立てることでも？」イーサンはドア枠に寄りかかって腕組みをし、足首を交差させた。

アレクシスの視線が下方に落ちる。赤くなって身を縮めるかと思いきや、彼女はそこを無遠慮に眺めまわした。少し頭をかしげ、目を見開いている。驚きよりも好奇心が勝っているらしい。

イーサンの一部が好奇心に応えた。

アレクシスが下唇をなめ、カールしている髪を耳にかけた。思考は読めなくても、彼女が欲望を感じていることはわかる。欲望でなければ、性的好奇心と言ってもいい。

「それって朝立ち？」アレクシスはイーサンの脚のあいだを見つめた。

「たぶんね」

「ふうん」喉の奥でうなる。「感銘を受けたと言っておくわ」

それを聞いたイーサンは、閣僚に演説を褒められたときより、戦場での勇敢さを仲間にたたえられたときより、長老のヴァンパイアから指導者として認められたときより、誇らしく思った。

「入ってくれ」アレクシスの腕をつかんで部屋のなかへ導く。「引っぱらないで」

彼女は例のテコンドーの技でイーサンの腕を払った。「部屋に入るよう促しただけだ」

「引っぱってなんかいない」イーサンは言い返した。

アレクシスが大げさにくるりと目をまわした。

「いったい何時なんだい？」ようやくアレクシスが部屋に入ってくれたので、音をたててドアを閉める。

「午後三時くらいよ」アレクシスは小型冷蔵庫のドアを開け、くぐもった悲鳴とともに勢いよく閉めた。「いやだ！　血が入っているじゃない。ダイエット飲料が欲しかったのに」

イーサンは胸をかきながらソファに座って、わざと股を広げた。「きみの訪問を受けるなんて光栄だよ。どういう用件だ？　会うのは夜まで待たなければならないと思っていたよ」

本当はアレクシスから会いに来てくれたのがうれしかった。うれしいからこそ、理由が気になる。

「服を着る気はないわけ？」アレクシスが腰に手を当てる。

「ないね。きみが帰ったらベッドに戻るから」

「ベッドということは、棺桶は、棺桶じゃないのね？」

「一七世紀以降はね。棺桶なんてちっとも恋しくないよ。木は寝心地がいいとは言えない」

「インターネットに、ヴァンパイアは太陽が出ているあいだは起きていられないと書いてあったわ。昏睡《こんすい》状態に陥ったみたいに深く眠ると。あなたもそうなの？」

イーサンはアレクシスをまねてくるりと目をまわしたくなった。「昏睡状態に見えるかい？」

「いいえ。眠そうではあるけど」

「だったら、それが答えだ。ヴァンパイアの基礎知識から教えなきゃいけないらしい」

「教えてよ。まずはあなたを撃った人について、なにかわかった？」

「まだだ。夜にはなんらかの情報が入るだろう」

「こういうことはしょっちゅうあるの？　命を狙われるのは」

「ほとんどないね」イーサンは安心させるように言った。「二〇〇年に一度くらいだ」

アレクシスが眉をひそめる。彼女が唇を突き出すのを見て、イーサンはディープキスをしたくなった。

「あなたたちの正体を知っている人間はいる？　つまり、あなたたちがヴァンパイアで、ラスヴェガスにヴァンパイアが暮らしているということを」

「いないよ」ヴァンパイアにとって、罪深き都市《シン・シティー》は最高の隠れ家だ。ネオンきらめくこの街では、二四時間いつでもギャンブルとショッピングと食事ができ、銀行が利用可能だ。イーサンが毎日昼間でなく夜にカジノに顔を出しても、不審に思う者はいない。

アレクシスは彼の返事に不服そうな顔をして、タンクトップの裾をつかんでばたばたとあおいだ。「みんなここに住んでいるの？」

「いや、世界中にいる。散らばっていたほうが潜伏しやすいからね。それに国籍がちがえば、言葉もちがうんだ。ほとんどのヴァンパイアは故郷の近くで、人間になりすまして生活している」

アレクシスは部屋のなかを行ったり来たりした。動揺している様子だ。彼女がすべてを知りたがっていることはわかるが、一度に情報を与えられれば混乱して逃げ出すかもしれない。それだけは避けたかった。

「アレクシス、カジノを見たくないか？　案内するよ。そのあいだに話をしよう」

「わたしはギャンブルはしないし、お酒も飲まないの。ショーも嫌い。たばこの煙やスロットマシーンの音も好きじゃないわ」

「それじゃあ、なぜラスヴェガスに住んでいるんだい？」

その質問に、アレクシスはぴたりと足をとめた。面食らった顔をしている。「わからないわ」彼女は再びタンクトップを引っぱった。「ここで育ったから……かしら。ほかの場所に住んだこともないし。それにブリタニーがいるから」

イーサンは、ブリタニーがヴァンパイアの血を引いているという話題を持ち出すべきかどうか迷った。ヴァンパイアごっこと思わせていたときに一度それに言及したが、アレクシスはすっかり忘れているようだ。だが、結局はやめておいた。「ご両親はまだラスヴェガスにいるのかい？」

アレクシスが鼻を鳴らす。「いいえ。父は生まれたばかりの女の赤ちゃん、つまりブリタニーが自分の子供じゃないと告げられて出ていったわ。つけ加えるならば、それ以降は会いにも来ないし連絡もない。わたしは法律上もれっきとした彼の子供なんだけどね」

イーサンは立ち上がった。急に服を着ていないことが悔やまれた。彼女を抱き寄せたい。アレクシスは芯《しん》が強くてタフな女性だが、心の奥深くに傷を負っている。イーサンに過去の傷と呼べるほどのものはないが、孤独については痛いほど知っていた。

「母は麻薬の過剰摂取で死んだの。ストリッパーだったわ」アレクシスは挑むような目つきで彼を見た。

イーサンは足をとめた。アレクシスは同情されて喜ぶ女性ではない。哀れまれていることを知ったら、距離を置こうとするだけだろう。「ストリッパーはいい金になるんだろう？」あくまで軽い口調を装う。「女手ひとつでふたりの子供を養うなら、賢い職業選択だ」

それは本心ではなかったが、適切な反応だった。

アレクシスが噴き出す。「黙って！　さっさとパンツをはきなさい」

きびすを返す彼女の口元が弧を描いているのを、イーサンは見逃さなかった。なにかとてつもないことに巻き込まれているようで怖くなる。

いよいよ詩集の出番だろうか？

ぼくは運命の相手に出会ってしまった。

一方のアレクシスは、ベッドルームへ向かうイーサンの形のいいヒップに向かって、工事現場の作業員がするような口笛を吹いた。筋肉質で引きしまっていて、とてもセクシーだったからだ。

イーサンは立ちどまり、肩越しにアレクシスを振り返った。「ぼくに魅力を感じていないと言いながら、きみはかなり熱心なのぞき魔になるんだな」

彼はときどき変わった表現をする。

「〝熱心なのぞき魔〟って変な言い方ね。褒めているの？　けなしているの？」アレクシスは大げさな態度で前に歩み出た。「どうも、熱心なのぞき魔のアレクシスです」政治家のようにもったいぶって手を振り、何度かうなずく。「ええ、ありがとう。お会いできて光栄です。選挙結果には大変満足しています。次の四年間も、前進と繁栄の年になるよう祈念しております」

「四〇だよ」

「四〇って、なにが？」

「四〇年間だ。大統領の任期は四〇年なんだよ」

イーサンの発言で、アレクシスは彼がヴァンパイアであるのを思い出した。この期に及んでまだだまされている気がする。ただし二〇時間前に大量出血していたイーサンが、今はぴんぴんしているのは動かし難い事実だ。贅肉《ぜいにく》のない上半身には、かすり傷ひとつ残っていない。

「ヴァンパイアは人間より寿命が長いんだもの、当然よね」アレクシスはもったいぶった態度を取り戻した。「では、次の四〇年間も、ヴァンパイア国が繁栄するよう祈念して――」

言い終わらないうちに裸の胸に抱き上げられた。「なにを――」

イーサンが彼女の口をキスでふさいだ。濃厚なキスは果てしなく続き、アレクシスはなにも考えられなくなって彼の胸にしがみついた。

「きみはぼくに火をつける」イーサンはアレクシスの首筋を唇でたどった。

彼女のジーンズに包まれた部分が活火山のように熱くなる。呼吸が浅くなって、いやおうなしに高揚した。イーサンは女をその気にさせる方法を心得ている。長年の経験のたまものかしら？「のぞき魔に欲情したの？」

「むしろ……」イーサンがアレクシスの耳に舌を入れた。あたたかく湿った感触が残る。

「ぼくはきみの魅力に逆らおうと必死なんだ」

「努力は実を結んでいないみたいね」アレクシスは大胆な気持ちになって彼のヒップをたたいた。硬く引きしまっている。

「たぶんね」イーサンはアレクシスのタンクトップを肩からはぐようにくいっと引きおろし、彼女の乳房に吸いついた。

「ああ！」アレクシスの膝から力が抜ける。胸の頂がイーサンを歓迎するようにとがった。ヴァンパイアのキスは即効性がある。

たった一日、二四時間で、なんという変化だろう。アレクシスの頭と体は恋の賛歌を歌っていた。ブラジャー越しに胸の先端を口に含まれて、体が浮き上がりそうになる。

イーサンの舌が敏感な突起のまわりに円を描いた。こわばった情熱の証《あかし》が腿のあいだにすべり込み、敏感な場所にこすれる。デニム越しでも、体の芯に衝撃が走った。アレクシスがイーサンの腕に爪を立てると、彼はさらに強く腰を押しつけてきた。

アレクシスは大きく二度息を吸って、降伏のうめきをあげた。いつからこんな軽い女になってしまったのだろう？　これではイーサンの思うつぼだわ。

彼女がそう思ったとき、イーサンが体を引いた。あまりに唐突だったので、アレクシスは危うく尻もちをつきそうになった。「すまない」彼が髪をかき上げる。

アレクシスはイーサンを見つめた。彼女の体は満たされない欲求に抗議の声をあげていた。

「今、なんて言ったの？」

「こんなことをするつもりじゃなかった。先走ってすまない」

……と裸の男は言いました、というわけ？　イーサンは肌を紅潮させ、うしろめたそうな顔をしている。

まったく！　男というのはいつの世も進化しないものらしい。「それだけ長く生きていたら、地球には、いいえ、どんな惑星にだって、キスをした直後に謝られて喜ぶ女はいないってわかると思うけど？　引っぱたかれたり、肘鉄砲を食らったり、股間を膝蹴りされたりせずに相手がキスを返してきたら、女のほうもそれを望んでいるってことよ。〝なんということをしてしまったんだ。すまなかった。ホルモンに突き動かされて、最初に目に入った女性に飛びついてしまった。こんなことをすべきじゃなかった〟なんて言われたい女はいないの！」

「あの、もう一度ゆっくり言ってもらえるかな？」

「さっさと服を着て、カジノ案内とやらに連れていって」イーサンが本気でおろおろしているのにいらだって、アレクシスはぴしゃりと言った。

「それはいい考えだ」彼はヴァンパイアの技を披露した。アレクシスがまばたきをするあいだにベッドルームへ消える。

濡れた唇をはらしたまま、アレクシスはポケットに両手を突っ込んだ。「〝いい考え〟ですって？」小さな声で言い、誰もいない部屋を見渡す。「お尻を蹴り飛ばすほうがよっぽどいい考えだと思うわ」

「聞こえたぞ」廊下の先のベッドルームからイーサンが言い返す。

「なんの話？」アレクシスはとぼけ、そのあとつぶやいた。「〝すまない〟ですって？　近いうちに、心の底から後悔させてやるんだから！」

「今からかい？」背後でイーサンがささやいた。彼の口はアレクシスの耳にふれそうなくらい近かった。イーサンが上体を寄せて彼女の腕をつかむ。衣ずれの音が聞こえるほどの距離だ。「それもなかなか楽しそうだ」

「光より速く動くのは禁止よ。目がちかちかするわ」アレクシスは彼のほうへ体を倒し、思わせぶりに背中をぶつけた。

イーサンがアレクシスのこめかみに唇をすべらせる。「〝すまない〟なんて言って悪かった」

「いいわ、許してあげる。わたしのほうも無理に起こしてごめんなさい」

「本当はそんなこと思っていないだろう？」

ジョージ・ワシントンだって桜の木を切ったことを正直に告白した。嘘はだめだ。「そうね。本当はこれっぽっちも悪かったと思っていないわ」

さっきイーサンを起こさなければ、ヴァンパイアにバイアグラが必要ないことはわからなかった。ヴァンパイア・スレイヤーからのメールを読んで、少し不安だったのだ。

別にイーサンとベッドをともにするつもりなんてないけど……。

それでも万が一のときのために、彼が問題なく務めを果たせることを知っておきたい。長いあいだ異性関係に縁がなかった独身女性としては。

自分の気持ちをごまかすのもそろそろ限界だった。なぜわたしはヴァンパイア・スレイヤーに、目下ラスヴェガスには何百人ものヴァンパイアがいることを教えなかったの？　そしてイーサンにヴァンパイア・スレイヤーのことを話すつもりでいながら、最後の瞬間に気が変わったのはなぜ？　要するに、わたしは彼を守りたいのだ。ほかのヴァンパイアも含めて。それに今のところ、イーサンとはうまくいっている。身勝手だけれど、彼との仲を誰にも邪魔されたくない。

ずっとデートをしていなかったのは、これまでに出会った男がみな薄っぺらで、男尊女卑的な考えの持ち主で、視野が狭かったからだ。

イーサン・キャリックはほぼ一〇年ぶりにわたしの興味をかきたて、眠っていた感覚を呼び覚ましてくれた。

イーサンがアレクシスのウエストへと手をすべらせ、耳たぶを軽く嚙んだ。

やっぱり彼は、女をその気にさせるのがうまい。

アレクシスはイーサンとベッドをともにしたいと思った。


リンゴは〈ヴェネチアン〉のロビーを闊歩《かっぽ》していた。呼びつけられるのは好きではない。たとえ相手がドナテッリであっても。

依頼された仕事はやり遂げた。支払いのときを除けば、これ以上依頼主と連絡を取る必要はない。そして、この面会は支払いのためではなかった。ドナテッリの使者によると、例の仕事の条件について確認するためらしい。

リンゴは〝くたばれ〟と言ってやるつもりだった。誰にも命令されたくないからこそ、単独で仕事をしているのだ。軍隊を辞めたときに上下関係とは縁を切ったし、今さら誰かのブーツをなめるのはまっぴらだ。

幸運にもホテルの警備はないも同然で、懐に忍ばせたものを見とがめられることはなかった。

確かにキャリックを始末する際には予定外の展開があったが、うまく立ちまわってチャンスをものにした。はっきり思い出せないのは、標的を仕留める数分前までの出来事だ。くすくす笑いのケルシーとヤッていたはずが、次の瞬間にはスラックスから一物を出したまま、首の筋をちがえてひとり受付にいた。

理由もなく気絶したりするはずはない。つまり、あの女が飲み物になにか入れたことになる。なのに、財布を盗まれてもいない。リンゴには女の狙いがまったくわからなかった。それを知りたい。

だがまずは、目の前のちょっとした誤解から解決しなくては。

リンゴがノックをするよりも早く、ドナテッリの部屋のドアが大きく開いた。「ミスター・ドナテッリはベランダにいらっしゃいます」

リンゴは無言のままドアマンの前を通って、スライドドアへ近づいた。ドアを開けてベランダに足を踏み出すと、むっとした熱気に襲われた。ドナテッリは日陰に置かれた錬鉄製の椅子にゆったりと腰かけ、イタリア製のサングラスをかけて片手にワイングラスを持っていた。

「リンゴ」

「ドナテッリ」

歓楽街を見つめたままドナテッリが葉巻を口元へ運んだ。「支払いはなしだ。おまえはわたしの指示どおりに行動しなかった」

リンゴは短気なほうではない。だが、〝支払いはなし〟などと簡単に言ってのけるイタリア人の態度に腹が立った。怒りをこらえて肩をすくめ、バルコニーの手すりに寄りかかる。上階のバルコニーによってできた日陰から出ると、まぶしい太陽の光が顔を射った。「こっちは言われたとおり、やつを殺した」

「特別な条件をつけたはずだ。それを満たしていない。やつの首を切断しなければ、殺したことにはならないんだ」

「銃で撃ったんだぞ。やつは死んだ」そう言いながらも、自信がなくなってきた。ケルシーに薬を盛られたのだとすれば、狙撃に失敗した可能性もある。仕留めたつもりでいた。心臓に二発撃ち込んだはずだった。だが、精度が鈍っていたかもしれない。

狙いを外したのに支払いを要求したとなれば、評判に傷がつく。今後の商売にも響くだろう。

「言い争うのはやめよう。〈アヴァ〉へ行って、本当に仕留めたかどうか確認してくるといい。明日の朝まで猶予を与えるが、それを過ぎたら別の者を雇う」

リンゴは歯ぎしりして答えた。「わかった」

今度こそ、脚の長い黒髪の女に近寄ることなく仕事に集中しよう。女はキャリアを台なしにする。リンゴはまだ死にたくなかった。

12

「それで、あなたってどのくらいお金持ちなの？」一階にあるいちばん大きなカジノに足を踏み入れながら、アレクシスは尋ねた。

イーサンはおどけた表情で彼女を見下ろした。「ぼくがどの程度金を持っていようが、きみには関係ないと思うけど？」

「教えてくれたっていいじゃない。選挙のために恋人を演じるんだから、わたしはすべてを知っておく必要があるわ」好奇心をむき出しにしてイーサンを見上げる。

「いいだろう。このカジノホテルは二〇〇〇年にオープンした。ラスヴェガスがいかがわしさを一掃して家族客を受け入れようという空気になってきたのを期に、ぼくは一九九〇年代に携わっていたベンチャー・ビジネスからホテル業界に身を投じたんだ。ここはぼくが七〇年代に経営していたころはもう少し小さな規模のホテルだった。だが改装の末、今や華やかさと豪華さにおいてラスヴェガスにあるすべてのホテルを上まわる。二〇〇〇室以上の客室に八つのバー、レストランが六つ、あらゆるサービスを受けられるスパとプールが三つ、フィットネスルームがふたつ、それに屋内ショッピング施設を備え、どこもかしこも三〇年代から四〇年代のハリウッド映画の雰囲気に統一されている。三スクリーンある映画館は、常に最新作二本と白黒のクラシック映画を上映している。おかげさまで大いに繁盛しているよ」

アレクシスは腕を組み、カジノを見渡してから、イーサンに目をやった。「このホテルはあなたの誇りなのね」

「ああ」イーサンは巨大なカジノホテルの経営にやりがいを感じていた。長く生きれば生きるほど、この世界に住む人々とのつながりを欲するようになる。自分が闇にうずもれて生きているわけではないことを証明したくなるのだ。

「これほど巨大なホテルを経営しながら、いったいいつ大統領の職務を遂行するの？」

「大統領はフルタイムじゃないからね。執務室にいるのは、週に二〇時間くらいだ。選挙対策には時間を食うけど、シーマスがしっかりスケジュール管理をしてくれている。ぼくは彼の言うとおりに動くだけだ」

「なにを言うのかもシーマスが決めるんでしょう？」

イーサンはアレクシスの声に秘められた皮肉っぽい響きを聞き逃さなかった。「自分で考えることもあるよ」

信じられないとばかりにアレクシスが鼻を鳴らす。

イーサンはむきになった。「たとえばシーマスはきみのことを大統領の恋人としてふさわしくないと言ったが、ぼくは認めてもらえなくて結構だと言い返した。ぼくが望んでいるのはきみだから」

アレクシスが目を細める。恐ろしくとがったハイヒールを履いていても、彼女はイーサンよりだいぶ背が低かった。ふっくらとした下唇を湿らす小さな舌の動きを見た彼は、カジノの案内など切り上げてまっすぐ部屋に戻りたくなった。アレクシスがイーサンから目をそらして歩き出す。

イーサンを従えてカジノに入るアレクシスの姿は周囲の注目を集めた。フロアマネージャーが慌てふためくのを見て、イーサンは午後四時にカジノへ顔を出すことなどめったにないと気づいた。さらに女連れだったことは一度もない。少なくとも自分のカジノでは。プライベートと仕事は区別したいし、ここ数カ月は選挙運動にかかりきりでデートどころではなかった。どこまでもくそまじめで退屈なヴァンパイアだったわけだ。

その結果、窒息寸前になった。禁欲なんてものは、修道士か容姿にひどく問題のある人たちに任せておけばよかったのだ。

「ミスター・キャリック！　これはこれは。どうかされましたか？」

「なんでもないよ、ジェイソン。友人を案内していただけだ」

「キャリックの恋人よ」アレクシスは右手を差し出した。「アレクシス・バルディッチ、クラーク郡の地方検事補をしているの」すっかり面食らっているジェイソンの手を握りしめる。そしてイーサンの手首をパチンとたたいた。「あなたがぼうっとしているから、自分で紹介するはめになったじゃない」

ジェイソンが目を見開く。

イーサンは彼女の言動にいらだっているのを顔に出すまいとした。「すまない。気がつかなくて」

「わたしが普段、どれだけ辛抱しているかわかるでしょう?」アレクシスはジーンズのポケットに手を突っ込んで、ジェイソンに話しかけた。「この人ったら、わたしをばかにしているんだわ」

「そんなことはない」イーサンの声が鋭くなる。

「ここで議論なんて始めないでね。そういう気分じゃないから」アレクシスはイーサンをにらんだ。「さあ、飲み物を取ってきて」

女優の才能があるとは知らなかったが、アレクシスは見事なまでに恋人になりきっている。イーサンは咳払いをした。「すまないね、ジェイソン。その、飲み物を……取りに行かないと……」

「もちろんです」

ジェイソンに声が届かないところまで来ると、イーサンはアレクシスに食ってかかった。

「きみの役割はぼくを腰抜けに見せることじゃない。ぼくは思いやりのある男だと思われたいんだ。対象はヴァンパイア限定で」押し殺した声で言う。

「ジェイソンはちがうの?」

「ちがう」

「そんなことを言われたって、わたしにはわからないもの。初対面のとき、あなたはどうやって判断するのよ？」

イーサンは彼女の手を引っぱってバーの前から移動した。「感じるんだ。においがする」

アレクシスは口を引き結んだ。「いやだ。人間はどんなにおいがするの？」

「なによりもまず血のにおいがする。対してヴァンパイアは冷たい水のにおいだ。それに力がオーラとなって放出されている」

アレクシスがぴたりと足をとめた。「それってまじめな話？　わたしって血のにおいがするの？」

また怒らせてしまったらしい。「確かに血のにおいはするけれど、それはあくまで一部だ。バニラの香りやさわやかなマンゴーシャンプーの香りもする」イーサンは上体を寄せてささやいた。「ぼくへの欲望の香りもね」

アレクシスが鋭く息を吸う。「まあ。それで、わたしにどうやって見分けろというの？」

「ぼくが教えるよ」

アレクシスはイーサンから体を離した。「なるほどね……なんて言うわけがないでしょう。いつ演技を始めればいいかわからないじゃない。あなたと一緒のときは常に横柄でいたほうが無難よ」

単にそのほうが楽しいからに決まっている。「アレクシス、ヒステリックな恋人を演じてほしいわけじゃないんだ。ぼくが目指しているのは思いやりに満ちたヴァンパイアの国であって、みんなに踏みつけにされる国じゃない」

「本当は自分の求めるものなんてわかっていないんでしょう？」

わかっているとも。彼は魅力的な笑みを浮かべた。「ぼくが欲しいのはきみだ」

「いい加減にしてよ《バイト・ミー》」

「きみを噛《バイト》むのもいいね」イーサンはアレクシスの表情豊かな瞳が好きだった。明るくなったり暗くなったり、感情の揺れに応じてくるくると変わる。思考は聞こえなくても、顔に表れた気持ちを読むのは難しくない。乱暴な物言いとは反対に、彼女の瞳は恋する乙女のそれだ。

「話をそらさないで」

イーサンは笑った。「夕食はとったのかな？　なにか用意しようか」

「まだ四時よ」

「つまりいらないってことかい？　それなら街を散策してから食事にしよう」日暮れ前に街に出るのは数カ月ぶりだ。アレクシスと一緒なら、日差しの下に出るのもやぶさかではない。

「太陽の光を浴びたらぱりぱりのフライになって、歩道に灰だけが残るんじゃなかったの？　そういうのはあんまり見たくないんだけど」

「まさか。そんなことになるなら誘ったりしない」ふたりはフロアの中央、バーカウンターから一メートル離れたところに立っていた。あらゆる方向に人々が行き交い、スロットマシーンの音が絶え間なく響いている。ディーラーと客が抑えた声でやり取りし、有線放送から音楽が小音量で流れていた。それでもイーサンはアレクシスが返す言葉に集中していた。彼にとって大事なのは、アレクシスの顔に浮かぶ欲望だけだった。

「散歩に行って食事をしたら、手搏道空手《スバドウ》の練習相手になってくれる?」

それがなにかはよくわからないが、スキンシップのきっかけになるかもしれない。「もちろんいいよ」

「選挙スタッフは抜きね?」

「ああ。明日はドナテッリとの討論があるけれどね。今日のメインイベントは、ラウンジにトム・ジョーンズが登場することなんだ」

討論の準備の代わりにアレクシスとデートするなどと聞いたら、シーマスは血管が破裂するだろう。それでもチャンスを逃したくなかった。延々と続く質問に答えたり、討論に向けた秘策を練ったりしなくても、対抗候補と対峙《たいじ》する準備はすでにできている。

ふいにアレクシスがイーサンの腕をつかんだ。「トム・ジョーンズですって? わたし、彼の大ファンなの。トムってラスヴェガスの象徴でしょう? 派手で、妖《あや》しげな魅力をたたえたいけない男って感じ。ステージに投げるショーツを取ってこなきゃ」

ショーツを投げるなんて冗談じゃない。アレクシスの下着を顔に受ける者がいるとしたら、それはぼくだ。

「だめだよ、じゃじゃ馬さん、あんな年寄りにきみのショーツをやるなんて許さない」

「あら、ガーリック、あなたは若いってわけ?」

た。


「ガーリックってなんだ?」

「あなたのニックネームよ。ニックネームで呼び合うなんて仲がいい証拠ね。ガーリックとじゃじゃ馬。どこから見ても立派なカップルだわ」

なんてことだ。イーサンは不機嫌な顔を保とうとした。絶対に笑うものか。

しかし、こらえきれなくなって笑い出してしまった。アレクシスの笑い声がそれに加わった。


日曜は仕事から完全に解放される唯一の日だ。ブリタニーのお気に入りの過ごし方は、アパートメントの住人専用のプールで泳ぎ、洗濯をして、姉のために料理することだった。ところが今週は、ヴァンパイアを捜して〈アヴァ〉のショッピング施設をさまよっている。

正確には、あるヴァンパイアを捜して……。

ブリタニーはなんとしてもコービンに会いたかった。昨日の夜、彼女が電話中に奇声をあげたとき、コービンはすぐさま現れた。とても心配そうな顔をして。ブリタニーが大丈夫だと念を押すと、コービンは彼女を屋上から下ろして去っていった。ブリタニーは彼の目がやさしい輝きに満ちているのを見逃さなかった。

それに気づいたことで、シーマスとイーサンに対して抱いていた印象は正しかったのだと確信した。ヴァンパイアにも心があるのだ。彼らは行き場を見失った魂の持ち主なのだ。血を吸う習慣さえ断てば、幸せで実り多き人生を送れるだろう。その生涯が人間よりもはるかに長いというだけで。

血を吸うことをやめたヴァンパイアがどのくらい生きられるのか、調べてみる価値はある。ブリタニーは子を思う親のような気分だった。子供の行動に問題があっても、愛していることに変わりはない。吸血は悪しき行為だが、ヴァンパイア自体は悪ではない。

目の前の霧が晴れた気がした。これでコービンの居場所さえわかれば完璧だ。〈アヴァ〉のフロントで調べてもらったものの、少なくともコービンという名前で宿泊した記録はなかった。イーサンも部屋にいないらしい。アレクシスによって、永遠の地獄から救済されていればいいのだけれど。そうなったら一石二鳥だ。イーサンは救われ、アレクシスにも彼氏ができる。いいことずくめだ。

散々ロビーをうろついても収穫はなく、もう帰ろうかと思い始めたところにシーマスが現れた。

「やあ、ブリタニー。イーサンを見なかったかい？」

「いいえ。コービンを見なかった？」

「誰だい？」シーマスが怪訝な顔をする。いつもどおりのスーツ姿で、目の下には慢性的な睡眠不足を示すくまができていた。

「コービンよ。フランス人なの」

シーマスはかすかに身をこわばらせた。「誰のことを言っているのかわからないな」

嘘をついているのが見え見えだ。

「あら、あなたのお友達だと思ったのに」

〝どうしてブリタニーが追放された者のことを知っているんだ?〟

シーマスの思考が聞こえてくる。ブリタニーは、なぜコービンが仲間外れにされているのかが知りたかった。〝仲間外れ〟という言い方が適切でなければ、村八分でもなんでもいい。

「すまないがわからない。失礼していいかな?」

「もちろんよ、シーマス」相手に打ち明ける気がないならどうしようもない。ブリタニーはあることを思いついた。ヴァンパイアの思考が聞こえるのなら、自分から呼びかけることもできるんじゃないかしら? コービンに会いたければ、心のなかで呼べばいいのでは?

ハイヒールのかかとが埋まるほどやわらかな毛足のグレーのカーペットの上を歩きながら、ブリタニーはオレンジ色のサンドレスの肩ひもを直してバッグを握りしめた。どこかもう少し人目につかない場所があるはずだ。心のなかでコービンの名を連呼しても、変人だと思われない場所が。

そのとき、誰かが彼女の腕にふれた。「ケルシー」

振り向いたブリタニーは、黒のシルクスーツに黒っぽい眼鏡をかけた男を驚いて見つめた。目が悪いのかしら?

相手はすぐ人ちがいに気づいた。「失礼。別の人とまちがえた」

「いいんです」ブリタニーはほほえんだ。

男は笑みを返さなかった。黙ってうなずく彼の体から苦悩が押し寄せてくる。それが波となって激しく砕けるのを感じたブリタニーは、歩み去る男を息を詰めて見送った。

男が廊下の角を曲がって消える。彼女は深呼吸をして身を震わせた。

それから大きな鉢植えの植物のうしろに隠れて固く目を閉じ、心のなかでコービンの名前を叫ぶ。〝コービン！　コービン・ジャン・ミッシェル・アトゥリエ、どこにいるの？　あなたが必要なの！〟ちょっと大げさかもしれないが、陪審員の同情を引いて損はないというのが姉の教えだ。

〝ブリタニー、どうした？　どこにいるんだ？〟

〝〈アヴァ〉のロビーよ〟

〝すぐに行く〟

「これって便利だわ」ブリタニーは髪を整えて口紅を塗り直した。別に遭難したような身なりをする必要はない。六〇秒もしないうちに、コービンが現れた。

一分前には別の場所にいたはずなのに。

コービンはブリタニーの手をつかんで全身に目を走らせた。けがをしたと思っているらしい。「どうしたんだ？　気分でも悪いのか？」

ブリタニーはにっこりした。「いいえ。ただあなたに会いたかったの」

「なに《クワ》？」コービンが手を離す。「本気で言っているのか？　そんなのはだめだ。失血死しかけているみたいな調子で呼びつけておいて、なんでもないだなんて」

「怒らないでよ。あなたを見つける方法がわからなかったんだもの」コービンは今日も黒を基調とした完璧にコーディネートされた服を着ている。「せっかく会えたんだから、遊びに行きましょうよ」

「遊ぶ？　なにをして遊ぶんだ？」コービンが困った顔をした。

「なんだっていいの。あなたのことが知りたいのよ。いろいろ教えて。なんでも打ち明けてくれていいのよ。わたしが親友になってあげる」

「親友が欲しいなんて言った覚えはないし、きみに打ち明けたいこともないね」コービンはひらひらと手を振った。「話がしたいなら、コービン・アトゥリエさまじゃなく、精神科医を呼ぶんだな」

ブリタニーは唇をとがらせた。コービンは本当にすてきだけれど、もったいぶったところがある。長椅子の上で女性を愛撫するコービンの姿が脳裏によみがえった。自分があの女性の立場だったらどんな気分がするだろう？　彼に唇で首筋をたどられ、手で腿をなでられたら……？

「やめろ！　その口も、妄想も！」コービンは驚愕していた。「きみはぼくの正体をわかっていない。自分のことすらわかっていないんだ」

今さらなによ。「だからわかろうとしているんじゃない。ずっと質問しているのに、なにも教えてくれないのはそっちでしょう？」

コービンは腕組みをして、廊下に目をやった。唇は薄く、顎に三センチくらいの白い傷跡がある。そのせいで、上品な骨格と端整な顔立ちをしていても、世間知らずのお坊ちゃんには見えなかった。

「教えて……あなたはなぜ追放されたの？　そこまで悪人のはずがないわ。つまり、刑務所に入れられたとかそういうことじゃないはずよ。人妻と寝たの？　それとも大物に盾突いたとか？」

「そんなくだらない理由じゃない」コービンはブリタニーに視線を戻し、歯を食いしばった。「ぼくはある女性を殺した。だから追放されたんだ。キャリックは問題を起こさない限り、ぼくがここにいるのを黙認してくれる。だが、仲間に受け入れられることはない」

ブリタニーはコービンの発言が理解できなかった。「女性を殺した？　それってどういう意味？」

「人間を殺すのはタブーだ。そういう掟なんだ。ぼくはそれを破った」

ブリタニーはかぶりを振った。「でも……」コービンから殺意はまったく感じられない。悲しみや孤独、そして迷いは読み取れるが、怒りはなかった。殺意や悪意や暴力は彼にそぐわない。なにか事情があるはずだ。そんな話は信じられない。

「これ以上ぼくにちょっかいを出すと、ふたりとも厄介なことになる。誰かに見られる前に、さよならを言おう。ぼくがよこしまなことを考える前にね」

「コービン」彼がなにかを隠しているのは、自分の左上の奥歯が虫歯になっているのと同じくらい確かだった。コービンが無慈悲で残酷な殺人者のはずがない。

ブリタニーに体を寄せてコービンがささやいた。「用心するんだ、かわいい人《マシェリ》。いずれは彼らがやってくる」

そう言って、彼は消えた。

しかしブリタニーはいまだにコービンが隣にいて、自分の頬にふれている気がしてならなかった。混乱を静めるためにまぶたを閉じ、切ない思いを噛みしめる。

彼に惹かれる気持ちが強すぎて、恐怖を感じる余裕などなかった。

コービンになんと言われようと、彼の力になりたい。

目標が妹から姉に変わった途端、イーサンは本領を発揮し始めた。

アレクシスの反応も悪くない。彼は必死だった。豪華なディナー・ビュッフェでは、ワインを片手に九回もお代わりに行くアレクシスにつき合った。それからカジノホテルを案内し、繁華街を散策し、最後はホテルの一階にあるレストランの上に造ったプライベートガーデンへといざなう。砂漠に自生する植物を利用して大型空調機の目隠しになるよう設計された庭は、ひと目につかない居心地のいい場所だった。

空調機のたてる低い音が通りの騒音をかき消してくれる。チーク材でできた椅子や、海色のクッションを置いたふたり掛けのベンチもあった。太陽は沈みかけているので、耐えられないほど暑くもない。アレクシスはハイヒールを脱いだ。

彼女にとってハイヒールは背の低さを隠すための必須《ひっす》アイテムで、普段ならどんなことがあっても脱いだりしない。けれどもイーサンはアレクシスの身長が九歳児並みであることをすでに知っているので、今さら隠す必要もなかった。彼女はふたり掛けのベンチいっぱいに体を伸ばし、肘掛けから足を突き出してすっかりくつろいでいた。

イーサンは向かい合ったベンチに腰かけて足首を交差させ、イギリスでの子供時代についてアレクシスに話した。話題が母親のことに移る。「母はきみと同じブロンドで、とても白い肌をしていた。小柄で繊細で、やさしい声をした人だったな。アングロサクソン人がノルマン人を統治しやすいよう、一六歳になったときに父に嫁いだんだ。父は母より年上で、結婚当時三〇代だった。きびきびした指導者タイプだよ。ぼくが思うに、母は父にとって地上で唯一頭が上がらない人物だった」

「わたしみたいに気の強い女性だったのね」

「そうだな」イーサンは頭のうしろで手を組んで目を閉じた。「母が死んで九〇〇年以上も経つのに、いまだに鮮明に思い浮かべることができるんだ。ぼくに歌を歌ってくれたときの甘い声が今も耳に響くよ。とても善良な人で、ぼくはそんな母を心から愛していた」

アレクシスは胸がかき乱される思いだった。愛していた人々を一〇〇〇年近くも前に残らず失うというのはひどくつらいにちがいない。自分自身の孤独が彼の孤独と重なった。

「すばらしいお母さまだったのね」アレクシスは足を揺らしてため息をついた。自分の母親の話を誰かにしたことは一度もない。ブリタニー相手でも皮肉しか出てこなかった。そろそろ乗り越えなければならないとわかっていても容易ではない。だから、人には話さないようにしていた。それでも、イーサンなら理解してくれる気がする。彼はあらゆる経験を重ね、さまざまな人間を見てきたはずだ。四人も夫がいながら一度も幸せになれなかった女の話を聞いたからといって、驚きはしないだろう。

アレクシスは母の生き方を見て、結婚などろくでもないと確信した。母のような苦しみやもめごとを背負い込むのはごめんだ。

「わたしの母は……そうね、子供を持つべきじゃないタイプだった。悪い母親とは言わないけど、いい母親ってわけでもなかったわね。自分勝手で……わかる？　男を取っ替え引っ替えしていた。単純にその人が好きだからということもあったし、ショービジネスの世界でチャンスをくれるからという打算的な動機のときもあったわ。子供の誕生日も、先生との面談の日も忘れるし、わたしの友達にストリップ・クラブの割引券を配って〝お父さんにあげて〟なんて言う人だった」

「それはきついな」

アレクシスは肩をすくめた。「ええ。でも、もっとひどい環境に置かれている子もいるのよね。わたしはそういう子供たちを見てきたの。ひどい虐待を受けた子たちを……。彼らと話して、証人席に座らせるのが仕事だもの。それに比べたらわたしなんてずっとましなのに、どうしていつまでも母にこだわってしまうのかしら」

「きみが妹さんをとても大切に思っていて、彼女を守るためならなんでもするからじゃないかな？　ヴァンパイア・スレイヤーになるのもいとわないだろう？　なのにお母さんも含めたほかの大人たちは家族を大事にしないから、それが理解できないんだ」

アレクシスは沈みゆく太陽に目を細め、再びため息をついた。イーサンの発言は的を射ているように思えた。なにより彼に打ち明けたことで気持ちが楽になった。それが怖くもあり、ぞくぞくするほどうれしくもある。

わたしはこの人を好きになれる。ベッドをともにすることだってできるだろう。

だけど、恋に落ちてはいけない。その理由は四〇〇個以上ある。

たとえば……人間とヴァンパイアのカップルには健康保険が適用されない。

それに、いつかわたしの体がたるみ、しわができ、自力でトイレにも行けないおばあさんになっても、彼はセクシーなままなのだ。

だいいち、血を飲むような男と一緒になることを、職場の上司は快く思わないにちがいない。地方検事局の体面にかかわる。

でも、話をするくらいなら害はないんじゃない？　イーサンと過ごす一週間まであきらめることはないわ。

「あなたの言うとおりかもしれない……」アレクシスはビルの陰に座っているイーサンを見つめた。「ところで、なぜ日光を浴びても死なないの？」

「さあね。ひどく疲れるけれど、死にはしない。ぼくたちは夜の住人だが、十字架を押しつけられてもだえ苦しむ邪悪な悪魔じゃない。思うにヴァンパイアというのは、人類の遺伝子が突然変異を起こして生まれたんじゃないかな？　それを解明するのは政治家ではなくて、科学者の仕事だけど」

「突然変異体《ミユータント》だってじゅうぶん怖いわ」

「どうでもいい」

アレクシスは笑った。「それだけ長生きなんだから、三〇回くらいは結婚した？」この質問が微妙な雰囲気をもたらす危険性については承知していたが、彼がただの女好きではないことを確かめもせずに再びキスを許すわけにはいかなかった。軽いキスならともかく、ディープキスはだめだ。

寿命の長さはモラルを無視していい理由になり得ない。

「結婚は一度もしたことがない」

それは喜ばしいことなのだろうか？　運命のミス・ヴァンパイアが現れるのを待っているのならいいが、気ままな独身生活を楽しみたいだけだとしたら？

「きみは？」

そう返されて、アレクシスは面食らった。たった三〇年しか生きていない自分の過去が問題になるとは思ってもみなかった。「ないわ。早く一人前の仕事ができるようになりたくて必死だった。仕事で会う男性は弁護士か犯罪者のどちらかで、全然興味が持てなかったし。ちびで人一倍気が強くて、桃みたいなヒップをした女を魅力的と思う男ばかりじゃないのよ」

イーサンは鉢植えのオレアンダーの葉をもてあそんだ。「白状すると、ぼくも独立心の強い女性と親しくつき合った経験はないんだ。むしろやさしくて女らしいタイプを選んできた。

でも、きみに出会って、自分がどれだけ損をしてきたかがわかったよ。しとやかな女性といると心が安らぐけれど、この年になるとかわいい笑顔だけでは物足りなくてね。知的な会話も楽しみたい。きみは両方を兼ね備えている」

下心が見え見えだ。アレクシスは大げさにくるりと目をまわした。

「だいたいきみのヒップは桃という感じじゃないよ。そりゃあ、服の上からしか見ていないがね。もしかして、産毛が生えているとか？」イーサンがにやりとする。

彼と話していると、一〇代の少女みたいに舌を突き出したくなる。「そんなことがあるわけないでしょう。服を脱いで証明するとでも思っていたならおあいにくさま。確かにわたしは頑固で負けず嫌いだけど、どんなヒップをしていようとあなたには関係ないわ」

「最初に言い出したのはきみじゃないか」

「腹立たしいから正論で返さないで」アレクシスは体を起こした。「ともかく奥さんはいないのね？　いろいろな女の子と遊びまわるのが好きなの？」

「それは正しくもあり、まちがってもいる。この人だという女性に出会えたら、結婚していたと思うよ。だけど、出会えなかったんだ」

それはつまり、魂を分かち合う相手《ソウルメイト》を探しているということだ。アレクシスもそういう相手に遭遇していたら、たとえ実際に仲睦《なかむつ》まじい夫婦をひと組も見たことがなくても結婚しただろう。夢以外でそんな相手に会うわけがないけど……。「子供は持てるの？」

「人間の女性とならね。ただ、仲間からはひんしゅくを買う。ヴァンパイアの女性は子供を産めないんだ」

なるほど。男は一〇〇〇歳でも精子を作れるのに、女はそうはいかないのね。

「そうなると、人間の女性とのあいだに子供が生まれたらどうなるの？ 吸血人間？ マンパイア？ 母乳じゃなくて、哺乳瓶《ほにゅうびん》入りの血液を飲むとか？」自分で言っておいて寒けがした。イーサンが血を飲むことは理解しているつもりだ。血液バンクの血を。そうしないと生きていけないから。だが公園で遊ぶ五歳の子供に牙があって、昼寝前のおやつ代わりに血を飲むところは想像したくない。

「まさか。哺乳瓶入りの血なんか飲まないよ」イーサンがぎょっとした顔で頭を振った。

「なによ？ 論理的な推測じゃない」

「不浄の者《インピュア》は人間として育てられるんだ。生涯、自分がインピュアであることを知らずに終わる者もいる。それでも普通の人間より生命力が強く、めったに病気にかからないし、とても長生きする。一一〇歳くらいまで生きた人がニュースになったりするだろう？ 彼らはみんなインピュアだ」

「そうなの？」それなら悪くない。血を吸わなくても病気知らずで長生きできるなら、立候補したいほどだ。

「インピュアは日焼けしやすく、スポーツ万能だ。ときどき血の涙を流すことがあるが、たいていは鼻炎が原因だ」

「ちょっと、ブリタニーが同じような症状になったことがあったわ。本当に気味が悪かった

んだから。あの子、風邪なんかめったに引かないのに、引いたと思ったら目がはれて、血の

「血のまじった液が出てきたの。それを見た母は震え上がったわ」ブリタニーにティッシュを渡すたびに母親が吐きそうになっていたのを思い出して、アレクシスは笑った。

イーサンはなにも言わない。

アレクシスはイーサンを見た。「なによ？　本当に奇妙だったのよ。あんなにかわいらしくてスポーツ万能のブリタニーが、目をぱんぱんにはらして」

イーサンがなにか言いたげにアレクシスを見る。「なに？　なぜそんな目で見るの？」

突然、アレクシスは最初に会った夜に言われた言葉を思い出した。ブリタニーはヴァンパイアの血を引いたハーフだと。そんなはずはない。絶対の自信があった。しかし今しがた自分が言ったことは、インピュアの特徴とされるものとぴったり一致している。

「やめてよ。なにを考えているかわかったわ」アレクシスの顔が熱くなった。かわいい妹がインピュアだなんてとんでもない。誰になんと言われても認めるつもりはなかった。ニンニク好きのブリタニーがヴァンパイアの血を引いているはずがない。「なにも言わなくていいわ。ただの偶然よ。ブリタニーはわたしの妹だし、母は衝動的な人だったけど、ヴァンパイアに引っかかったりしないわ」

「どうしてそう思うんだ？」イーサンが落ち着いた声で尋ねた。「ぼくたちは一見、普通の男だ。人間社会に溶け込んでいる。体力もあるし、魅力的な容姿をした者もいる。道徳心の強いやつもいれば弱いやつもいる。きみのお母さんがヴァンパイアと気づかずに誘惑された

可能性は高い」

アレクシスはなぜか腹が立った。自分がイーサンと過ごすのはよくても、ブリタニーがヴァンパイアの血を引いているということは受け入れたくない。そんな恐ろしいことはとても信じられなかった。もしブリタニーがインピュアだとしたら、自分には決して立ち入れない世界の住人だということになってしまう。

そう、それがいちばん怖い。

「きみの話を聞く限り、お母さんはつき合う相手を質問攻めにするタイプじゃないね」

その指摘はアレクシスの自尊心を傷つけた。恥ずかしさと怒りが火花を散らす。「ちょっと、たとえそうだとしてもわたしの母親よ。問題の多い人だったけど、見境なく男と寝るような尻軽女じゃなかったわ」

イーサンはベンチにどさりと腰を下ろした。「アレクシス、すまない。侮辱するつもりはなかった。ただお母さんは衝動的で細かいことを気にしない人のようだ、と言いたかったんだ」

アレクシスの怒りは火花が散ったときと同じく急速にしぼんだ。「ごめんなさい。わかっているの。あなたの言うとおりよ。クラブで会った男とすぐに関係を持つなんて、あの人らしい。愛していると思い込んで、相手の素性を尋ねもしなかったのよ。わたしが耐えられないのは……」

「もしブリタニーがインピュアだとすれば、自分との関係はどうなるのか、ということだろう？」

アレクシスの目に涙が込み上げた。イーサンがこんなにも早く核心を突いてくるとは思わなかった。彼はわたしの気持ちを察してくれている。「そうよ」

イーサンが立ち上がってそばにやってきた。アレクシスの前にしゃがみ込み、彼女の手をやさしく握る。「きみがブリタニーのお姉さんであることに変わりはない。彼女にとって、きみは世界でいちばん大事な人だ。それはなにがあっても変わらないよ。じゃじゃ馬で、この郡で最高の地方検事補であることも」

調子のいいことばかり言って。そう言い返そうとしたが、言葉にならなかった。

イーサンが親指でアレクシスの手の甲をなでる。「それに、きみはとても魅力的だ。ヴァンパイア国の大統領とつき合うことを真剣に検討してくれるとうれしいんだけれどね」

男の腕にぶら下がるような女にはなりたくない。でも、イーサンはわたしが女性だからといって過小評価したり同情したりしない。誠実で、たくましい体に表情豊かなブルーの瞳をした魅力的な男性だ。その瞳は今、晴れた日の空のごとく澄みきっている。たとえ一時的だとしても、彼はわたしを欲しているのだ。

これ以上流れに逆らって、相手をじらすつもりはなかった。

認めたくはないけれど、わたしは思っていた以上に母に似ているのかもしれない。

アレクシスははなをすすった。「わたしにはなんでも管理しようとする癖があるの。だから、妹にとって大事な問題に自分がかかわれないなんて耐えられないのよ。ブリタニーがインピュアだと納得したわけじゃない。あの子は血が好きじゃないもの。ステーキもハンバーグもよく火を通したものを好むし、けがをして血が出ると大騒ぎするし……」

イーサンがアレクシスの髪を耳にかけた。そのしぐさはいつもアレクシスをくすぐったい気持ちにさせる。背が低いにもかかわらず、アレクシスは守りたいと思わせるタイプではないらしく、母親も、教師も、恋人も、彼女を甘やかしてはくれなかった。

それなのに人間の血を糧にして生きるヴァンパイアが、彼女を抱きしめ、励まし、壊れ物を扱うように接してくれる。

アレクシスはそうされるのが好きだった。イーサンのことが好きだった。

「大統領とつき合う件については……大統領がそれでいいなら、わたしもいいわ」

イーサンがにっこりした。アレクシスの手の甲にふれていた手を、誘うように手首のほうへ上げていく。「大統領はもちろんいいに決まっている」

「だったら、つき合ってもいいと伝えておいて」

「きっと喜ぶよ」イーサンはふたりの距離を詰め、口を開いて顔を下げた。

アレクシスは期待に胸を高鳴らせて目を閉じた。イーサンの唇がそっと覆いかぶさってきた。尊敬とやさしさのこもったキスだ。かつてこんなふうにキスをしてくれた男性がいただろうか？　自信に満ちていながらも、相手への気遣いが感じられる。体のなかのあらゆる感情が呼び覚まされ、アレクシスは彼をもっと身近に感じたくなった。

もっとキスをしてほしい。舌を絡めて。

素早くイーサンの首に腕をまわして体を近づけた。しゃがんだまま彼女を抱える体勢になっても、イーサンはびくともしなかった。

キスが急速に熱を帯びる。イーサンの舌がアレクシスの唇を割り、わが物顔で口内を探索し始めると、彼女はうめき声をあげた。胸の頂が痛いくらいに硬くなり、下腹部が締めつけられる。アレクシスはイーサンにしがみついて体を押しつけた。服が邪魔だ。けれども、イーサンの高まりを見たり感じたりしなくても、彼が自分と同じくらい興奮しているのがわかった。

イーサンの呼吸が浅く、荒くなる。湿ったふたつの唇がむさぼるように何度もぶつかり合った。敏感になった胸の先を指でつままれ、アレクシスは鋭い快感に体を震わせた。イーサンが唇を離さなければ、戸外に置かれたベンチの上で全裸になるのもいとわなかっただろう。そんなことになったら、ラスヴェガスにあるおよそ二万の客室から丸見えだ。

「イーサン」

「なんだい、BB?」

「BB?」アレクシスは体をさまよう手の感触にぼうっとなりながら尋ねた。イーサンはTシャツの上から彼女を愛撫している。「BBってなに?」

「じゃじゃ馬《ボール・バスター》では長すぎるからね。それにBBなら、勇敢《ボールド》で美しい《ビューティフル》という意味にもなる」

「なるほどね。すてき」アレクシスは再び迫ってきた唇を避け、彼の脚に自分の脚を絡めた。自制心を取り戻さないと。戸外でセックスするつもりはない。「でも、まずはトムのところへ連れていって。コンサートが始まる時間でしょう、ガーリック？」

ブラジャーのホックをもてあそんでいたイーサンがうめいた。「アレクシス、トムは省略して、まっすぐ部屋へ行こう」

アレクシスは抱擁から抜け出し、体のうずきを無視してドアへ向かった。イーサンと離れるのはつらいが、あとになれば自分の決断に感謝するはずだ。こんな無防備な状態でイーサンとベッドをともにしたら、彼から離れられなくなってしまう。

彼女は陽気な笑みを繕った。「あなたは永遠に生きられるでしょうけど、トムとわたしはちがうの。彼に会う機会はこれが最後かもしれないのよ」

13

よりによって今夜、キャリックがいまいましい習慣を崩すとは！　リンゴはブラックジャックのテーブルで腕時計に目をやった。これで三度目だ。キャリックは毎晩一〇時にカジノに現れる。今夜まではそうだった。そもそもリンゴにとっては、このカジノに足を踏み入れること自体が非常に危険な行為なのだ。犯行の夜、監視カメラに姿が映っていただろうし、発砲騒ぎで警備は強化されているにちがいない。

発砲により騒動が起きたのはまちがいなかった。弾薬が二発なくなっているということは、引き金を引いたということだ。ただ、それがキャリックに当たったのかどうかは、いまだ謎《なぞ》に包まれている。当人がカジノに現れないのではわかるわけがない。単なる遅刻かもしれないし、はたまたすでに死んでいるのか、負傷しているのかもしれない。しかし、キャリックや〈アヴァ〉に関する報道はなく、発砲事件も話題にのぼっていない。リンゴは混乱していた。

あらゆることが不吉な方向に向かっている。リンゴのセールス・ポイントは射撃の腕を活《い》かした迅速で鮮やかな殺人だ。海兵隊でも狙撃兵をしていたので、ある意味この道ひと筋と言ってよかった。

素手で人を殺すことはないし、ロープや鈍器のように力任せで、殺害後、自身が汚れる恐れがある道具も使わない。人を殴って体力を消耗したり、自分のなかの凶暴性を露呈したりするのも気に入らなかった。その点、銃なら服や靴に血はつかないし、五〇パーセントの確率で被害者はなにが起きたかもわからないまま死ぬはずだ。

そもそもドナテッリが妙な要求をすると知っていたら、この仕事を引き受けたりはしなかった。標的の首を切断するより、速やかに射殺したほうが喜ばれると思ったのに。だいいち、人間の頸部を切る方法など知らない。ちょっと調べてみたところ、地獄のように血なまぐさいことはわかった。

ドナテッリには喉をかき切る程度で満足してもらうことになるだろうが、それすら気が進まなかった。他人の体にふれるのがいやなのだ。このままキャリックが現れなかったら、明日の朝、もう一度チャンスをくれとドナテッリに頼みに行くか、自分がやられる前に姿を消すか、もしくはドナテッリの息の根をとめるしかない。どの選択肢も心躍るとは言い難い。

「また会ったわね」

ちくしょう！　リンゴは今度こそケルシーを無視しようとした。ケルシーが小さなヒップを隣の椅子にのせる。こんな女にかかわってる場合じゃないのに。

「わたしのこと、覚えてないの？」ケルシーは傷ついた声で言い、リンゴのジャケットの袖を引っぱった。

リンゴはまっすぐ座ったまま、顔だけを彼女のほうへ向けた。今夜のケルシーは胸元の布がクロスしているセクシーな赤いドレスを着ていた。くすくす笑いをする代わりに唇をとがらせている。

「残念ながら覚えているよ」

「失礼な言い方ね」

そもそも礼儀正しい男を探しているなら、ギャンブルのテーブルに座っている男に声をかけるべきではない。「いよいよこれからってときに、あんたが逃げ出したことも覚えてる」

「あまりに展開が速くて怖くなっちゃったの」ケルシーが真剣な声で言った。爪を嚙み、前かがみになって不安そうにリンゴの顔色をうかがう。「本当にごめんなさい。許してくれない？　あんなふうに逃げ出すべきじゃなかったわ」

この女はおれを間抜けだと思っているのか？「つまりこうか？　あんたはヴァージンで、ああいうことは初めてだったと？」リンゴは次のラウンドに参加しようとディーラーのほうへチップを寄せ、嘲りを込めてケルシーを見た。「なんのゲームを仕掛けているのか知らないが、別の阿呆《あほう》を見つけな。同じまちがいはしないことにしているんでね」

「わたしだってそうよ。約束するわ。今度は怖《お》じ気《け》づいたりしない。なにが待っているかはもうわかったもの」

彼はケルシーの言っていることがわからなかった。いったいなにが待っているというのだろう？　おれは不能でもなければ、とびきりでかい一物も持ってない。変わった方法でセックスしようとしたわけでもない。

ケルシーはおかまいなしにリンゴのほうに体を寄せてにっこりした。「名前を教えてよ」

リンゴは彼女の顔に葉巻の煙を吹きかけた。「名前なんてないね」

「じらさないで。ねえ、いい子だから、お願い」

そんなにしたいならひとりでしろと言ってやりたかった。絶頂に達する六〇秒前に逃げ出す女なんて最低だ。おかげで鎮痛剤をショットグラスで一気飲みしたような気分を味わった。しかし、その一方でケルシーのなにかが気になって、完全に無視することができなかった。屈託がなくて、いかにも頭が足りなそうなところが憎めない。かわいそうになる。

そこまで考えて、リンゴはイタリア製の革のサンダルの先まで貫くほどのショックを受けた。他人に同情するなんておれらしくない。

「だめだ。ほら二〇ドルやるから」リンゴはケルシーの手にチップをのせた。「どこかへ行って、ほかの話し相手を見つけろ」

ケルシーは不満そうな声をあげたが、リンゴは無視してテーブルに向き直った。彼女がチップを手にしたまま立ち上がる。

ようやく厄介払いができると思いきや、ケルシーはリンゴの肩にしなだれかかってきた。リンゴは身を硬くした。体にふれられるのは嫌いだ。ジャケットの下には銃が忍ばせてある。

ケルシーの手を振り払おうか、その場を立ち去ろうか迷ったとき、彼女が緊迫した声でささやいた。「あなたには殺せない」

リンゴは凍りついた。チップもゲームも放棄して立ち上がり、ケルシーの手首をつかむ。痛みを覚えたのか、彼女が息をのんだ。

ケルシーの手首をつかんだまま、リンゴは静かに言った。「ちょっと散歩をしよう」

彼女は怯えた目をしたが、助けを呼びはしなかった。

リンゴが引っぱると、抵抗もせずについてくる。死を目前にしたやせっぽちの子羊のように。

ステージ上のトム・ジョーンズに向かってアレクシスのショーツが飛んだ。イーサンはそんな行為を許した自分が信じられなかった。

〝これまで我慢ばかりで羽目を外したこともない。ここでショーツを投げさせてもらえなければ、ひねた怒りっぽいキャット・ウーマンになってしまう〟とアレクシスは主張した。

イーサンは彼女の展開する論理についていけず、黙ってうなずくしかなかった。上昇するエレベーターのなかでふたりきりになってみると、アレクシスのローウエストのジーンズの中身が気になってしかたがない。

ジーンズは縫い目がざらざらするし、脱がせるのが面倒なので好きではなかった。ぴちぴちのデニムを苦労して引きはがすよりも、足元にふわりとすべり落ちるサテンやモスリンのドレスのほうがよほど色っぽい。しかし、老若男女問わずジーンズをはく時代だ。

アレクシスがショーツをはいていないと思うと、イーサンのジーンズにも異変が起きた。簡易テントが設営されている。

「最高に楽しかったわ」

「楽しんでくれてよかった」

「トムとボディガード以外は女性ばかりで、居心地が悪かったんじゃない？」アレクシスが振り向いて、イーサンの胸に手を当てた。「でも、あなたはこのカジノのオーナーだから、それほど場違いには見えなかったわよ」

「場違いに見えても死ぬことはない」イーサンはアレクシスのウエストをつかみ、今夜こそ彼女のなかに深く身をうずめるのだと誓った。発情した女たちに囲まれたあとだけに、それ以外の結末は受け入れられそうにない。

「あと、ショーツを投げようとしたとき顔に当てちゃってごめんなさい」アレクシスはにっこりすると、人差し指と中指を足に見たててイーサンの胸をたどった。

「全然気にしていないよ。本当に」サテンの布切れを自分のポケットに押し込みたいのはやまやまだったが、結局それは大きな弧を描いて年老いたセックス・シンボルの足元に落ちた。アレクシスがトイレへ駆け込んでショーツを脱いだときは嫉妬したものの、おかげで今、彼女は下着をはいていない。

あのジーンズの下は素肌なのだ！　それが重要だった。

とくに自分の手がアレクシスの腿のうしろをたどって、ジーンズの内側に潜り込もうとしているとなれば……。アレクシスが引きつるように息を吸った。イーサンがふっくらしたピンクの唇を味見しようと上体を寄せたとき、エレベーターがチンと鳴ってドアが開いた。

「ちくしょう！」イーサンが悪態をつくと同時に、アレクシスがぱっと身を離した。

彼女は自分の部屋へと一目散に走り、カードキーを差し込んだ。アレクシスはいつもバッグを持っているわけではなく、手ぶらのときは鍵や免許証を直接ポケットに突っ込んでいる。女性には珍しい習慣だ。イーサンが知っている女性の多くは、ドラッグストアが開けるほどさまざまなものをバッグのなかに詰め込んでいる。

イーサンは自室に入るアレクシスのほうへゆっくりと近づいた。下腹部がこわばっていて歩きにくい。ヴァンパイア・パワーを全開にすれば、彼女が抵抗の声をあげようが、息を吸う前に抱き上げて服を脱がせることもできる。だが、そうはしたくない。アレクシスにリードさせたかった。仕切るのが好きなアレクシスに。

しかし、ドアを通り抜けた途端に胸を蹴られ、イーサンは彼女にリードさせようと思ったことを後悔した。鋭い痛みが体を貫き、口から空気がもれる。

「どうして蹴るんだ？」アレクシスが蹴った足を戻して構え直すのを見て、イーサンは尋ねた。

「練習相手になってくれる約束でしょう？」アレクシスは小さな足で前後に跳ねながら言った。「だけど、撃たれた部位を蹴っちゃったわね。忘れていたの。ごめんなさい」

イーサンは、アレクシスがまだヴァンパイアと人間のちがいを理解していないことに気づいた。撃たれるくらい、ヴァンパイアにとってはどうということもない。それに心配をされるならともかく、哀れみをかけられるのは大嫌いだった。いずれにせよ、アレクシスはヴァンパイアを過小評価している。

イーサンはいらだった。

「きみが相手にしているのは、一〇〇〇歳近いマスター・ヴァンパイアだぞ。第一回十字軍遠征ではトルコ人と、一〇〇年戦争ではフランス人と戦った。もちろん一〇〇年間ぶっ続けでね。ふたつの世界大戦ではドイツとも戦ったよ。ちびの地方検事補に胸を蹴られたくらいで倒れるものか。前日に同じところを撃たれていたって関係ないね」

アレクシスはぽかんと口を開けていたが、片方の手のひらを勢いよく突き出した。イーサンは彼女の動きを察知して防ぎつつも、自分の発言の意図が相手に正しく伝わったかどうか不安になった。

アレクシスをけがさせないよう手加減しながら防御するイーサンに対して、彼女はくるりと回転して膝の下を蹴りつけた。

イーサンは思わず顔をしかめた。戦場で戦ったのはずいぶん昔にはちがいないが、向こうずねを蹴られたくらいでひるむなんてなまっている証拠だ。

「ちびの地方検事補ですって？　よくも言ったわね！」

こういうときに相手の心が読めたら、次の攻撃が予測できるものを。いよいよ服を脱いで身を任せてくれると思ったのに、見当ちがいもいいところだ。

事態がさらに悪化した場合に備えてイーサンはドアを閉め、鏡張りのクローゼットから離れて広々としたリビングルームへ移動した。アレクシスから目を離さないようにしてゆっくりと後退する。

「侮辱するつもりじゃなかった。ぼくはきみが考えているほど意気地なしではないと言いたかったんだ。きみだってそうだろう？　度胸があるところを何度も見せてもらったからわかる」

アレクシスが返事の代わりに蹴りと突きを繰り出す。イーサンは慌てて防御した。相手の考えが読めればなんということはない攻撃なのだが、動きを予測できないうえに、彼女を傷つけないよう力を加減しなければならないので、完全に食いとめるのは無理だった。ほとんどの攻撃は避けられたものの、肩に蹴り、みぞおちに突き、非常に敏感な部分の近くに肘打ちが入った。

「もういいだろう、BB。バフィーなんか目じゃない」イーサンは降参とばかりに両手を上げた。「ヴァンパイアの尻に蹴りを入れたんだから」次はアレクシスのヒップをベッドに入れられたらいいのだが……。

アレクシスがにやりとする。背筋がぞくりとしたイーサンはようやく理解した。彼女にとって、これは一種のゲームなのだ。そしてまだ終わっていない。アレクシスはまだ満足していない。

イーサンの口角が上がった。戦闘本能が刺激され、血がたぎる。アレクシスの体内を血液がどくどくと流れていくのがわかった。いつもより鼓動が速い分、香りも濃厚だ。

「まだ手打ちにしないのかい？　続きがあるのか？」

「あら、今のは準備運動よ」アレクシスが例の奇声を発する。鉄の棒で鼓膜を串刺《くしざ》しにされたみたいだ。

アレクシスが飛び蹴りをするのはわかったが、足を払ったら彼女がバランスを崩して倒れると思い、イーサンはうしろに体を引いた。

「さすがヴァンパイア、素早いわね」アレクシスはカーペットの上に軽やかに着地した。

「すばらしいわ」そう言って握りこぶしを解いた。どうやら終了らしい。満足したのだ。

イーサンが肩の力を抜いて手を開いた瞬間、顎に衝撃が走った。歯が舌にめり込み、血の味がして、頭蓋骨がかたかた鳴った。驚異的な跳躍力で、アレクシスの小さな足がイーサンの顎を蹴り上げたのだ。しかもそれは強烈なパンチとセットだった。イーサンは頭を振って、彼女に焦点を合わせた。

「よし、手加減はやめだ。今のは真剣に腹が立ったぞ」

「手加減ですって？　冗談はやめてよ。お手上げのくせに」

アレクシスは再び攻撃を仕掛けたが、今度はイーサンも心の準備ができていた。アレクシスが右に踏み出して手刀を繰り出す。イーサンが防御するとアレクシスが左に動いたので、イーサンは彼女の手首をつかんだ。突き出された手のひらを避け、右、右、左の連続攻撃をとめる。するとアレクシスが体を翻したので、彼は蹴りをよけるために身をかがめた。ところが彼女は蹴ると見せかけて、反対の足を突き出した。イーサンは手のひらでそれを払った。アレクシスの額に汗がにじむ。彼女は目を細めて戦いに集中していた。互いに円を描くように動いて間合いをとりながら、イーサンは攻撃のタイミングを計るアレクシスを見つめた。不思議と愉快な気分だった。彼女は戦士としても一流だ。体が熱くなる。彼は興奮していた。

運動したことによる高揚感と、絶対に負けたくないという競争心がイーサンを駆りたてた。デートのあいだじゅうくすぶっていた情熱が、巧みに組んだ薪《まき》に火をつけたように一気に燃えあがった。スパーリング自体が性的な意味を帯びてくる。

それはいささか乱暴な前戯だった。イーサンの息は乱れ、下腹部はすっかりこわばっていて、今にも爆発しそうだった。血液への渇望と性的欲求に牙がうずく。だが最初のひと噛みは、アレクシスを組み敷いて情熱に身もだえさせてからだ。

しばらく一定の間合いを保って旋回したあと、アレクシスが踏み込んできた。すかさず防いだものの、雨のように繰り出される突きと蹴りから身を守っているうちにイーサンは汗が噴き出し、どんどん手足が重くなった。どちらが優勢なのかわからない。アレクシスは的確な攻撃を粘り強く繰り出し、何度か突きが決まった。イーサンとしては不本意だったが、彼女はそのことでますます発奮した様子だった。

足払いをされてイーサンがよろめいたとき、アレクシスはにやりとしてすかさず彼の胸を親指で押した。バランスを失ったイーサンがコーヒーテーブルに膝をぶつけてよろめく。アレクシスは大きな声で気合いをかけて突きを放ったが、当たったと思った瞬間、イーサンに手首をつかまれた。

ふたりは一緒に床に倒れた。イーサンの上にアレクシスが落下し、うめく。イーサンは彼女に立ち直る隙を与えず、反転して体を押さえつけた。アレクシスがイーサンのヒップを蹴って体の下から抜け出す。ふたりはカーペットの上をごろごろと転がり、コーヒーテーブルにぶつかってもみ合っていた。腿とふくらはぎが密着する。どちらも降参しなかった。

「最終的にはセックスをすることになるぞ」イーサンが言うと、アレクシスは彼の額を手のひらで押さえつけた。

「望むところよ」彼女が荒い息を吸い、乳房の先端がイーサンの胸をかすめた。

その気になれば、アレクシスの体を部屋の向こうまで吹き飛ばすこともできる。だが、イーサンは公正に戦いたかった。ヴァンパイアの力に頼らず勝ちたかった。力を使わなくても次の段階に進むことは可能だ。彼は仰向けになったままアレクシスを自分の膝にのせ、彼女のTシャツをつかんだ。軽く力を入れると、Tシャツが首元まで裂けた。

「なにを……」アレクシスの抗議の声がうめき声に変わった。イーサンがブラジャーのフロントホックを外して、あたたかで弾力のある乳房を愛撫したのだ。

アレクシスの目がうつろになり、瞳孔《どうこう》が広がった。鼻の下はかすかに汗ばんでいる。彼女はそのままイーサンに上体を寄せて唇を押しつけた。アレクシスに唇を噛まれ、高まりに腰をこすりつけられて、イーサンの体は痙攣した。

ふたりは舌を絡ませ、貪欲《どんよく》に唇をむさぼった。彼の親指の下で、アレクシスの胸の頂が硬くとがる。部屋のなかには、興奮した息遣いと激しい鼓動、そして太い血管を流れるアレクシスの血のにおいが充満していた。イーサンが仰向けにすると、アレクシスが彼の腿を蹴った。

「だめ、わたしが上よ」

「好きにするといい」イーサンは欲望にかすれた声で言った。今や興奮は最高潮に達していた。これほどまでになにかを欲しいと思ったのは数百年ぶりだ。なにがなんでもアレクシスをものにしたい。

　彼女の瞳は欲望と自信にきらめいていた。

「オーケー」アレクシスはイーサンの体を引っくり返そうとした。しかしイーサンは彼女の上になったまま動かず、顔を近づけて胸の頂を舌で転がした。

アレクシスは身を震わせて瞬間的に目を閉じたが、すぐに見開いて彼の肩を押し、仰向けにしようとした。イーサンの腿に脚を絡め、悪態をつきながら格闘する姿に、彼は声をあげて笑った。

「惜しいな」

「癪に障る《バイト・ミー》わね」そう言ったあと、アレクシスはぴたりと動きをとめた。「いい加減にこの口癖はやめないと」彼女はイーサンから離れ、体を揺らしてかつてTシャツだったものの切れ端を脱ぎ、ブラジャーの肩ひもを落とした。

　イーサンも自分のシャツを引き裂いた。「招待と解釈しておくよ」

アレクシスが彼の口を手でふさいだ。「噛んで《バイト・ミー》と言ったこと？　そんなつもりはないわ」イーサンは彼女の指をくわえて吸った。アレクシスが身をよじる。

「今のはそんなに悪くないけど」彼女は認めた。

「今のは噛んだんじゃない。くわえて吸ったんだ」イーサンはアレクシスの指を自分の口から出して乳房のほうへ下げさせ、胸の頂のまわりに円を描かせた。「ぼくが噛むときは、きみにもわかる。全身で感じるだろう。一〇〇〇の舌で体じゅうをたどられている感じがするはずだ。きみはやめないでと懇願する」

アレクシスの口からあえぎ声がもれた。彼女はジーンズのファスナーをおろし、片手で脱ごうとした。「噛まれてもヴァンパイアになったりしないでしょう？」

「ならない」イーサンが手を添えて引っぱると、アレクシスのジーンズは裏返しになって下げられていく。素肌があらわになったとき、イーサンの頭からドレスやスラックスのほうがいいなどという思いはすっかり消えていた。彼は口のなかにたまった唾をのみ込む。

アレクシスは信じられないほど美しかった。めりはりのあるなだらかな曲線と鍛えられた筋肉が絶妙なバランスを保っている。実に現代女性らしい。イーサンは彼女の体を見て、自分の性を強く意識した。

アレクシスが足首のところで引っかかっているジーンズを乱暴に蹴ると、乳房が魅惑的に揺れた。イーサンは彼女の体を押さえ、片方の先端を口に含んだ。まさに夢見た味だ。甘いと同時に塩辛さもある。とがった乳首がからかうように歯にこすれた。

このままではすぐにクライマックスに達してしまいそうだ。イーサンは体を引いて身をかがめ、アレクシスのショーツを脱がしてしなやかな彼女の体に両手をはわせた。「きみは美しい」腿の付け根のカールをなでる。「金色の天使だ、食べてしまいたいよ」彼は潤った部分にキスをした。

アレクシスはそれだけで達しそうになった。体の関係を持つのはもう少し待ったほうがいいなどという考えはとうに忘却の彼方《かなた》へ消えていた。今、ここで激しく愛し合いたい。彼女は低い声を発してイーサンの髪をつかみ、再び唇を近づけた。イーサンはわたしのなかにある情熱を刺激する。おしゃべりをして、ショーを見て、激しくこぶしを交えるうちに、彼への思いがどんどんふくらんで理性をのみ込んでしまった。今はどうしようもなくイーサンが欲しい。彼を迎え入れるためならなんでもする。そうしなければ、この渇望を癒《い》やせない。

熱いキスの合間にアレクシスはささやいた。「あなたもジーンズを脱いで」腰に手をはわせてボタンを探るがうまく外せない。そこで、引きしまったイーサンのヒップをつかんだ。彼のキスはサルサソースのように刺激的だった。舌がアレクシスの舌のまわりに円を描く。そのとき彼が突然体を引いたので、アレクシスは抗議の声をあげた。イーサンがすかさず身を寄せる。

彼のジーンズは消えていた。

そしてヴァンパイアのあの部分ときたら！　信じられないほど大きくて硬いものが、アレクシスの下腹部に当たっている。「ジーンズはどうしたの？　蒸発させたとか？」

イーサンが思わせぶりに腰を動かす。「いいや、きみはまばたきをしただろう？　そのあいだに脱いだんだ」

動作が速すぎる。「素早いところを見せつけたいの？」けれども彼の裸のヒップをなでまわしているうちに、そんなことはどうでもよくなった。

「ちがうよ。それくらいきみが欲しいんだ」

その答えは気に入った。「コンドームもつけた？」

イーサンが動きをとめる。「いや」

「だったら早く取ってきて」現実的なことは考えたくないが、そういうわけにもいかない。九〇〇〇年以上ものあいだ、イーサンがどこでなにをしてきたかは神のみぞ知るだ。今すぐ知りたいとも思わない。

見事な裸体をさらしてイーサンが立ち上がった。

「どこへ行くの？」彼がコンドームを持ち合わせていないのかと思い、アレクシスはパニックを起こしそうになった。彼女が持っているはずはない。

「ジーンズのポケットにひとつ入っているけど、予定外に遠くへ飛ばしてしまってね」

ひとつですって？　それで足りると思っているの？　だいいち、ジーンズはどこへ消えたのかしら？　まさか廊下？

廊下というのはあながち見当ちがいでもなかった。ジーンズは部屋の反対側のミニバーにぶらさがっていた。脱ぐ動作にさえ気づかなかったことを思うと怖くなってもいいところだが、今は深く考えないことにした。

　イーサンが財布からコンドームを取り出して戻ってくる。一瞬アレクシスは、ヴァンパイアの財布にはほかにどんなものが入っているのか知りたくなったが、彼がこちらに向き直った途端、質問はあとにしようと決めた。立派なものが迫ってきたからだ。

「大統領万歳！」彼女は熱っぽい声で言い、分厚いカーペットの上でじれったそうに脚を動かした。

　イーサンが声をあげて笑う。すてきな笑い声だ。まるで暑い日に喉を潤すビールのように心地よい。「ハミングを始めたりしないだろうね？」

「それはしないけれど、どうにかして敬意を表さなければならないと思ったの。最高だわ」今、考えていることがそのままイーサンの頭に伝わってもかまわなかった。むしろ、そのほうが手っ取り早いかもしれない。

「あんまり刺激されると、ゆっくりやさしくしようという決意が揺らいでしまう」イーサンは床に膝をつき、彼女のふくらはぎをつかんで脚を開かせた。

「ゆっくりやさしくなんて無理だと思うわ。次からだったらわからないけど」アレクシスは目を閉じてキスを受けた。イーサンの舌が彼女の下唇をたどる。彼は首筋に鼻をすりつけると同時にアレクシスのなかに指を深く入れ、敏感な突起をなでた。

「やっぱり次回にしましょう。今は速くて激しいのがいいわ」舌で首筋をたどられ、アレクシスは息をのんだ。次の瞬間、牙が突きたてられる感触にぎょっとする。

「ああ！」アレクシスは体を引こうとしたが、イーサンは彼女をしっかりとつかんでいた。首筋を吸われるのに呼応して、腿のあいだに鋭い衝撃が走る。さらに強く吸われると、秘めた部分が潤い、欲望がはちきれんばかりにふくれ上がった。イーサンの頭越しに部屋がゆがんで見える。アレクシスは目をつぶり、息を吐いて快楽の声をあげた。

「ああ……そうよ！」息を吸い、イーサンの指に腰を、硬くてあたたかな胸に乳房を押しつける。

極限までじらされているようだ。肌をくまなく愛撫され、あらゆるくぼみを刺激されて情熱を搾り取られながらも、いちばん満たしてほしい部分だけがお預けを食らっている気分だった。

「もっと！」アレクシスは彼の下で身をよじり、カーペットの上で体をそらした。

イーサンが抱擁を解き、指を抜いて唇を合わせた。舌を侵入させると同時に、一気に彼女を貫く。

アレクシスはすさまじいクライマックスに身を震わせた。あまりの衝撃にイーサンの体をつかむことすらできない。自分の口から悲鳴がもれるのがわかる。彼女は次々と襲いかかる愉悦の波にもまれながら、自分のものとも思えない声で叫んだ。

「わたしったら本当にお手軽ね」情熱の余韻に浸りながら、アレクシスはつぶやいた。イーサンは攻撃をやめていなかった。アレクシスは息を吸い、幸福感にぼうっとしたまま目にかかった髪を払った。

イーサンはアレクシスのなかに入ったまま仰向けになり、胸と膝で彼女の体を支えた。

「今度はきみが動いてくれ。ぼくを至福のときに導いてほしい」

それは挑戦だった。アレクシスは両手をついて体勢を保った。まだじゅうぶん潤っているが、体がだるくて力が入らない。イーサンに目をやると、天使というよりも戦士のように厳しい顔をしていた。複雑な人だ。彼にはたくさんの顔がある。そしてどうすればわたしを気持ちよくさせられるかを知っている。

アレクシスは迷わずカーペットに爪を食い込ませて上体を支え、イーサンの上になった。最初はゆっくりと動いていたが、やがて徐々に動きを速めていく。途中から無我夢中になり、ふたりは同時に歓びの声をあげた。体と体がこすれる音が鞭《むち》となって動きを加速させる。イーサンが歯を食いしばるのを目にして解放のときが近いことを知ったアレクシスは、激しく腰を落として彼と同時に絶頂を極めた。

イーサンがアレクシスの腕を痛いほど握りしめ、彼女のなかで痙攣する。腕の痛みなどどうでもよかった。ヴァンパイアとのセックスは最高だ。

いくつもの国が生まれ、滅んだのではないかと思うような長い時間が経過したあと、アレクシスは彼の胸に崩れ落ちた。水が欲しい。一〇年くらい眠り続けられそうなほど、体力を消耗していた。

イーサンは不規則に呼吸しながら、彼女の髪を手でくしけずった。「今度はぼくが敬意を表す番だ。信じられないほどよかったよ」

アレクシスはイーサンの胸に顔をつけてにっこりした。彼がどれほど経験を積んできたかを考えると、今のは最高の褒め言葉だ。「やっぱりね」

イーサンがアレクシスの頭のてっぺんにキスをした。体の奥から奇妙な感情が込み上げてきて、彼女は喉が詰まった。気恥ずかしくなって、イーサンにのしかかったまま彼の腕を軽くつねる。「なぜ嚙んだの？ 空腹に耐えられなくなった？」

別に気にしているわけではない。気にすべきなのかもしれないが、イーサンの言ったとおり気持ちがよかったし、痛みも残っていない。全身がしびれるほどの満足感があった。

「食事とは関係ないよ。きみの血を味わっただけで、飲んではいない」

「なんのために？」お菓子とまちがえられなかったのはいいことだ。

「しるしをつけたんだ。ぼくのものだと」イーサンはアレクシスのヒップに手を置いて、自分のほうへ引き寄せた。

問題の多い発言だが、悪い気はしない。男が女を求めるというのはそういうことなのだ。

「ほかのヴァンパイアに〝手を出すな〟って知らせるため？」

「〝手を出すな〟とか〝立ち入り禁止〟とか〝ちょっかいを出したら殺す〟ってところかな。単純に征服欲の表れでもある。あらゆる場所にふれて、ぼくのものにしたかった」

アレクシスの胸はひそかに高鳴った。「それなら、今回は許してあげる。だけど、いつでもできると思ったら大まちがいよ」

体をずらしてイーサンにぴったりと寄り添う。彼の体は完璧にフィットするマットレスみたいだ。

「わかったよ」イーサンが彼女の耳を噛む。

アレクシスは顔を上げて彼をにらんだ。

「きみの言うとおりにする」イーサンは顔を寄せ、今度は彼女の下唇を噛んだ。

「やめてよ」また興奮してしまう。気のないふりをするのも大事なのに。

「やめさせてごらん」

イーサンは荒々しく転げまわりたいのだ。そして、アレクシスは荒っぽいことならお手の物だった。

14

壁に押しつけられたケルシーは、唇を引き結んで顔をそらした。リンゴの膝が女の細い脚のあいだに楔《くさび》のように割り込む。

廊下を通りかかった人がいたら、これからお楽しみのカップルだと思うだろう。だが、リンゴが感じているのは、注意深く築いてきた秩序正しい生活が崩壊するのではないかという冷たい恐怖と危機感だけだった。「どういう意味だ？　またごまかそうなんて思うなよ。この場であんたの首をへし折ってもいいんだ」

本気ではない。ケルシーを傷つけるつもりはなかったし、実際は脅迫するのも気が進まなかった。だが、ほかに選択肢はないのだ。もはや頭の鈍い黒髪の女に同情している余裕はない。

ケルシーは艶めいた唇をなめた。乱れた吐息がリンゴの顔にかかる。むっとする甘い香りがした。女が好むフルーツジュースのような香りだ。

「あきらめて。成功するはずがない。誰の命令かわからないけど、あなたはつかまっても、彼は死なない」

リンゴは赤いドレスのウエスト部分をきつくつかんで彼女を見つめた。鼓動が速い。ケルシーはあのイタリア男を知っているのだ。そうでなければ、つじつまが合わない。問題はどうして知っているのかということだった。おれははめられたのだろうか？　ケルシーは最初からおれの気をそらすために近づいたのか？

ドナテッリの野郎、とんだゲームに巻き込みやがって！

「おまえはやつの女か？」

「ミスター・キャリックのこと？」ケルシーがダークブラウンの目を大きく見開く。「いいえ、ミスター・キャリックは誰ともデートしてないわ。これまでは、ってことだけど。ブリタニーのお姉さんが現れるまではね」

「キャリックじゃない。もうひとりのほうだ。あんたをおれに接近させたほうの男だよ」冷静に話そうと思っても、いらだちに声がかすれた。

「なんの話？」ケルシーが身を守るように肩をすくめた。「あなたがミスター・キャリックを殺そうとしているのは、心の声を聞いてわかったのよ」

心の声？　やっぱりこんな女を相手にするべきじゃなかった。英語がわからないふりをして、ひと晩だけイタリア人を気取ればよかったんだ。

「イタリア語ならわかるわ。母がイタリア人だから」

「なんだって？」リンゴは彼女のウエストから手を離した。イタリア人のくだりは声に出していないはずだ。

「英語がわからないイタリア人のふりをしても無駄よ。わたしはイタリア語を話せるの」

「どうしておれの考えていることがわかった？」ついでに、スラックスのファスナーを全開にして、呆然自失の状態で取り残されていた理由も知りたい。この女が隣に座ったとき、おれはなにか飲まされたのだろうか？

「あなたはなにも飲んでなかったわ」

「おれはひと言もしゃべってないぞ！」リンゴは目を細めた。ケルシーは先ほどまでの不安そうな表情と打って変わって、なにか期待するような顔つきをしていた。リンゴは超能力を信じていない。入隊して以来、ほとんどなにも信じていなかった。

「入隊って？」ケルシーが目をしばたたく。「ああ、陸軍とかそういうの？」

リンゴの顔から血の気が引き、彼は息が苦しくなった。肩甲骨のあいだを冷たい汗が伝う。

「おまえは……おれの考えてることがわかるのか？」

ケルシーはうなずいた。「心を読むのは苦手なんだけど、相手があなただと、なんていうか……あれよ、原稿を一行ずつ流して、アナウンサーに教える装置、ほら、画面には出ない……」

リンゴはこめかみを押さえ、額にかかった髪を払った。ケルシーが言いたいことはわかる。だが、心がそれを受け入れるのを拒否していた。「テレプロンプター？」

「それ、それ！」ケルシーは腕を伸ばして彼の胸にふれた。

リンゴは反射的に身をこわばらせたが、ケルシーの手は軽く胸部をなでただけだった。

「心配しなくても、告げ口なんかしない。でも、二度とやらないって約束してくれなくちゃ。何度やっても同じだもの」

「なぜだ？」頭のなかが混乱して、どこから整理すればいいかわからなかった。なにもかもが異常だ。この仕事を引き受けてから、すべてが狂ってしまった。バランスが取れない。

「警備なら出し抜ける」

「無理よ。ミスター・キャリックはふれてはならない人《アンタッチャブル》だから。わたしの言葉を信じて」ケルシーはリンゴの肩に手を移動させ、にっこりした。もはやみじんも怯えていない。「あなたの名前を教えてくれるといいんだけど」

リンゴは頭のなかを空にしようとした。正体を知られたくない。ふと〝カイル〟という名前が浮かぶ。弟の名だ。

「〝カイル〟？　あなたはカイルって雰囲気じゃないわね」ケルシーはくすくす笑った。「むしろマリオって感じ。いずれにせよ、最後が〝O〟で終わる名前のほうがイメージに合ってるわ」

リンゴのスペルは末尾が〝O〟だ。みぞおちが冷たくなる。この女は本当におれの心が読めるのだ！

自分自身の心を探るのも好きではないのに、そこへ他人が入り込んでくるなんて冗談じゃない。

イーサンはシーマスが送ってきたヴォイスメール三通を無視して、血液をグラスに二杯飲み干した。肉体的に疲労したせいで喉がからからだ。彼はアレクシスとの交わりを思い返した。彼女が脚を絡ませ、快感の声をあげたときのことを。

出会ったときから情熱的な女性だとは思っていたが、期待どおりだった。次はぼくがリードして誘惑する番だ。イーサンは眠ってしまったアレクシスを残し、食事をするために自室へ戻ってきたところだった。アレクシスにとっては睡眠時間でも、イーサンにとっては活動時間だ。カジノのなかにいれば昼間も太陽を浴びずに生活できるので、夜型を通すことにこだわる必要はないものの、一〇〇〇年近くも生きてきて今さら生活は変えられない。

ヴァンパイアは年を重ねるごとに強靭《きょうじん》になるため、九〇〇歳にもなると太陽の光はそれほど問題ではなくなってくる。アメリカの北部や東部に住んでいたなら、一日じゅう太陽の下にいてもなんということはないだろう。ラスヴェガスでは丸一日というわけにはいかないが、一、二時間なら大丈夫だ。いつもより早い時間にアレクシスに起こされたのに、眠気はまったく感じなかった。

むしろ体じゅうにエネルギーが満ちている。ここのところ仕事続きで、半分眠りながら歩いている状態だった。この選挙に勝たなければならないのはわかっている。それでも仕事の鬼になっていたことを思い知らされた。今のぼくから仕事を取ったらなにも残らない。私生活とのバランスを見直さない限り、いつか燃え尽きてしまうだろう。

しわだらけで、ユーモアのセンスとも女とも縁のない、気難しいヴァンパイアになってしまう。そんな未来を想像するとぞっとした。そうならないためなら、なんでもする。たとえシーマスの怒りを買うはめになっても。

〝いい加減にしないと本気で怒るぞ〟それがシーマスから来た四つ目のヴォイスメールの出だしだった。受話器を耳に当てたまま、イーサンはくっくっと笑った。数百年しか生きていないくせに、シーマスはすでに偏屈者になりかけている。

イーサンは汚れたグラスをシンクに置いてリビングルームへ戻った。一年の大半をこの部屋で過ごすので、客室とはいえ使いやすいように改装してある。ベッドルームには豪華な風呂を備えつけ、書斎やリビングルームも造った。簡易キッチンには小型の冷蔵庫と、グラスを洗うための食器洗い機を完備している。アレクシスにラスヴェガスらしくないと指摘されたとおり、イーサンはイギリスの屋敷内のインテリアで多く見られる重厚で暗めの色調が好みだった。

ところがヴァンパイアにとって、イギリスの田舎は潜伏しやすい場所ではなかった。その点、ラスヴェガスは完璧だ。

暑すぎるし樹木も生えていないが、なにごとにも妥協が必要だ。イーサンは、つかの間罪深き都市《シン・シティー》にやってきては去っていく人の流れが気に入っていた。ここは、言わば永遠に現実を放棄した街だ。

ノックの音が響いた。シーマスならもっと丁寧に、歯切れよくノックするだろう。今しがたのノックはすねた子供のような音がした。

……ということはアレクシスだ。

「イーサン？」アレクシスが呼びかける。

イーサンは裸足《はだし》のまま、ヴァンパイアに備わった速度で戸口へ移動し、彼女が名前を呼び終える前にドアを開けた。「やあ、どうぞ。あと数時間は眠っていると思っていた。まだ夜中だからね」

彼のスウェットパンツと〝どうぞご勝手に〟とプリントされたTシャツを着たアレクシスは、いかにも寝起きでかわいらしく色っぽかった。「わたしを避けているんじゃないの？目が覚めたらあなたがいなかったから、あなたも一度寝たら終わりの男かと思って腹が立ったわ。体を重ねる時間があるなら、もう少し一緒にいてくれてもいいでしょう？ドライブ・スルーじゃないんだから」

イーサンは必死で笑いをこらえた。「ぼくはそういう男じゃない。ただ、夜は眠れないんだ。きみの眠りを邪魔したくなかったから、食事をとって仕事をしようと思っただけだよ。朝いちばんにきみを起こして、愛し合ってから眠りにつくつもりだった」

アレクシスが鼻にしわを寄せた。「いやね、これじゃあちがう時間帯のシフト勤務で働いている者同士みたい。わたしが夜中まで起きているか、あなたが昼間眠らないように努力するかのどちらかしかないわね」

イーサンもそれについては考えていた。「ぼくが夕方の五時か六時には起きるようにして、きみも夜の一時とか二時に眠るようにしたら、デートをする時間はたっぷりあるよ。共働きをしているほかのカップルと同じ程度には」

　アレクシスはリビングルームの壁に寄りかかった。「わたしたち、カップルなの？」

「デートをしただろう？　セックスもした。つまりはカップルだと思うけれどね」

「そうね、シフト勤務の問題も折衷案が見つかったことだし。それなら、つき合っているってことで決定ね」あくびまじりに言う。

「眠たければベッドに戻っていいんだよ。それとも新鮮な空気を吸いに、空でも飛んでみるかい？」

「飛ぶって？　どおゆう意味？」アレクシスのろれつが怪しくなる。まぶたが今にも閉じそうだ。「こうもりに変身したりしないわよね？　そんなことになったら、さすがに腰が抜けると思うわ」

「こうもりというよりスーパーマンかな。一度に三、四キロは飛べる。飛ぶというよりも、空中を走るイメージだ」

　アレクシスは壁から体を起こしてTシャツの裾を引っぱった。「本気で言っているの？　ヴァンパイアはみんな飛べるの？」

「ぼくみたいに経験を積んだヴァンパイアはね」誇らしげな口調に自分でも驚いた。格好をつけたがる年ごろはとうに過ぎたと思っていたのに。

「つまりは年寄りってこと？」

　彼女の言葉を聞いて、イーサンの虚栄心は吹き飛んだ。アレクシスは簡単に感心してはくれない。「若いヴァンパイアも飛び上がったり飛び下りたり、浮いたりすることはできる。だが、平行移動はできないんだ」

「すてき。夜の散歩をするなら、バッグを取ってきたほうがいいかしら?」

「靴くらいは履いたほうがいいね」彼の財布はジーンズのポケットに入っていた。飛行速度が速いので、どんな格好をしていようと人間に見られる心配はない。

アレクシスはすぐにスニーカーを履いて戻ってきた。ふたりでバルコニーへ出る。最上階にあるイーサンの部屋は、ホテルに四部屋しかない大きなバルコニーつきだった。

彼女が手すりから身を乗り出し、冷たい夜気を吸い込んだ。「それで、どうするの? ウェンディになったつもりで楽しいことでも考える? それとも妖精の粉が出てくるとか?」

「楽しいことを考えたいならそうするといい。だが、『ピーターパン』と一緒にされるのは心外だな」

アレクシスが笑った。「あなたは少年には見えないものね」

少なくともそれはわかってくれていたらしい。「ぼくの正面に来て、こっちを向いてくれ。腕をぼくの背中に、脚もぼくの脚にまわすんだ」

アレクシスは彼に飛びついて、腰よりかなり高い位置に脚を巻きつけた。「そうじゃないよ。今は足を地面につけていていい。あんまり上にしがみつくと、体のあいだに風が入ってきついからね。きみを落としたくはない」

「そう思ってくれてうれしいわ」彼女は体を下にずらした。

「そうだ。ぴったりくっついているんだよ」

アレクシスがなまめかしく体をこすりつけてきたので、イーサンの心はひどくかき乱された。「やめたほうがいい。下腹部がこわばったら風の抵抗が増す」

声をあげてアレクシスが笑った。「いくらなんでもそれは言いすぎよ、ガーリック」

イーサンは無言で膝を曲げ、彼女の体をしっかりと抱えてバルコニーから飛び下りた。

アレクシスは金切り声をあげてイーサンにしがみついた。「すごいわ！　浮いている！」

「だろう？」イーサンは速度を上げ、全神経を集中して夜気を貫いた。思いきり力を使うと気分がいい。自分が自分であることを肯定できる。解放された気分だ。

腕に感じるアレクシスの重みが、ひとりでないことを思い出させてくれた。

運命の相手に出会えるとは予想外だった。今夜の出来事を詩に書けるかもしれない。

一方のアレクシスは、最初のうちはついてきたことを後悔したものの、高速でバイクを飛ばすような爽快《そうかい》さにすぐさま夢中になった。彼女はイーサンの太い腕に支えられて、半分仰向けになって飛んでいた。髪が風になびいて顔にかかる。

『タイタニック』のジャックとローズも目じゃないわ。なにしろ空を飛んでいるんだから。

アレクシスはイーサンのコットンシャツにしがみつき、彼の足首に自分の足を絡めた。まぶたを閉じると、風の感触と砂漠の香り、そして午前三時にもかかわらず活動している街のざわめきが感じられる。まるでジェットコースターか、オープンカーに乗っているか、バンジージャンプで飛び下りたときみたいだ。

イーサンがわざと高度を上げたり下げたりするので、アレクシスは笑ってしまった。以前から決まりきった日常を脱して新しい体験がしたいと思っていたが、まさにその願望がかなったのだ。

このままでは恋に落ちてしまう。真っ逆さまに、特急列車のように。

彼はわたしが男性に望むすべてを備えている。これでイーサンが人間だったら……。そのことはいつか大きな障害になるかもしれない。

イーサンが速度を緩め、空中で立った姿勢で静止した。アレクシスの背中に硬いものが当たっている。彼女は風に乱れた髪をかき分けて、方向感覚を取り戻そうと周囲を見まわした。イーサンに支えられ、わずかに傾斜のついた壁に押しつけられていることしかわからない。

「ここはどこ?」

彼がアレクシスのヒップに腕をまわして抱え上げた。「〈ルクソール〉の正面にあるスフィンクスだ。ぼくたちは首の上にいる」

アレクシスは急に怖くなって腕を振りまわし、足を突っ張った。

「危ないよ」イーサンは腕に力を入れて彼女の体をエジプトをテーマにしたラスヴェガスのカジノホテルにあるスフィンクスに押しつけ、唇を合わせた。

アレクシスはそれどころではなかった。地上から何メートルも上空にいるのだ。イーサンの腕が外されたが最後、苦痛に満ちた死が待っている。

今までだって飛んでいたと言われればそのとおりなのだが、怖いものは怖い。アレクシスは死を意識した。

「力を抜いて。きみはそんなに臆病者だったのかい？」イーサンがささやいて、彼女の耳に舌を入れる。

アレクシスの体はイーサンが期待したとおりの反応を示した。胸の先端がとがり、ショーツが湿って、腿が開く。頭がうしろに傾き、呼吸が浅くなった。

「わたしは臆病者なんかじゃないわ」じゃじゃ馬かもしれないけれど、臆病者ではない。イーサンの言葉で恐怖がやわらぎ、パニックが消えた。彼は楽々と支えてくれているようだし、壁に押しつけている分、負担も軽減されているはずだ。

「確かにきみは臆病者じゃない」夜の闇のなか、イーサンの唇は彼女のそれと同じくらい赤かった。顔は一部が陰になっていて、瞳は背後の闇と同じ色だ。「きみはすばらしいよ」

今度はアレクシスもキスを楽しんだ。彼の舌が口内を探ると、頭のてっぺんからつま先まで電流が走る。イーサンのキスは最高だ。絶妙な強さで唇を押しつけられ、彼女はすぐにでもどちらかの部屋に戻りたくなった。

「おいしい。新鮮で甘いね」

「果物みたい」

「果物の味なんてほとんど思い出せないよ。ぼくにわかるのはきみの味だけだ」

ああ、なんて巧みなキスなのかしら。アレクシスは目を閉じた。宙に浮いたまま、時間も場所も忘れて欲望のままに求め合うなんて。イーサンの口が首筋をはい、胸の頂を含む。

Tシャツ越しに乳首を甘嚙みされ、スウェットパンツのなかに手を差し込まれて、アレクシスはうめき声をあげた。

「下着をつけていないじゃないか」イーサンが責めるように言った。

「ひと晩じゅうつけていなかったんだもの。今さら必要ないでしょう?」アレクシスは体を弓なりにそらしてイーサンの肩をきつくつかんだ。

「おかげでやりやすいけれどね」彼はアレクシスの秘めた部分に指を差し入れた。

「ああ、気持ちがいい」どのくらいの高さなのか定かではないが、ヴァンパイアの力強い腕だけに支えられて絶頂へと押し上げられている。大学時代の恋人に豚のレスリングに連れていかれたときも含めて、これほど奇妙なデートは生まれて初めてだった。

「こんなことをして危なくないの?」彼女は腰を押しつけ、あえぎながら尋ねた。

「もちろん」イーサンが再びTシャツ越しに乳首を吸い上げると、アレクシスの体の内部に引きつるような衝撃が走った。「なにをしてもいいが、まだ達してはだめだ」

「だめなの?」あと三秒でまさにそうなるところだったのに。胸を吸われ、体にふれられ、指を入れられて、アレクシスは引き返すことのできない高みへと急速にのぼりつめていった。意志の力を総動員して巧みな愛撫から逃れようとしても、逃げる場所などない。背中は壁に押しつけられている。

それなのに、イーサンは容赦なく攻めたてた。二本目の指が押し込まれたとき、アレクシスはスフィンクスの胴体につけた足に力を込めて体を離そうとした。しかし結局は重力に負け、さらに深い侵入を許すはめになった。

「イーサン、やめて。わたし……」

「なんだい？」イーサンはかすれた声でささやき、指と指の間隔を広げた。奥深くまで指を入れ、頬や首に荒い息を吹きかけつつ胸の頂をついばんでいる。

「ああ！」抵抗できるはずもなかった。アレクシスは唇を噛みしめて限界を悟った。「そんなことしておいて……我慢しろだなんて……」

まともに話すことすらできない。肺の空気はことごとくあえぎに変わり、目を閉じないでいるのがやっとで、頭のなかは真っ白になった。

「だめだよ、アレクシス」イーサンがそう言って、脚のあいだの敏感な突起をつまむ。

「もう遅いわ」アレクシスは思いきり頭をそらし、一瞬、動きをとめたかと思うと、すさまじいクライマックスに身をゆだねた。それは全身を貫き、体を引き裂いて粉々にした。歓びの波にのまれて、大きな叫び声がもれる。

スフィンクスの体に足を突っ張らせ、イーサンの腕をつかみ、アレクシスは快感の波間を漂った。彼女が体の力を抜き、浅い呼吸をしながらイーサンにもたれかかると、彼はようやく指を抜いて勝ち誇った顔で笑った。

「本当はのぼりつめさせたかったんでしょう？」アレクシスはイーサンの口の端にキスをした。

「ああ、心から」イーサンもアレクシスと同じくらい満足げな顔をしていた。

同じくらい高揚しているようだ。

彼がアレクシスの体にしっかりと腕をまわし、スフィンクスから離れた。「見つかる前に帰ろう」

誰かにスフィンクスの上にいるところを見られたとしても、ヴァンパイアと空を飛んで、この世のものとは思えないほどのクライマックスを与えられたとは知られるはずないが、アレクシスはあれこれ想像されるのはごめんだった。

「あなたに任せるわ。どこへでも連れていって」

すっかり満たされた彼女は、弱々しくイーサンにしがみつき、夜間飛行に身を任せた。


ブリタニーは眠れなかった。誰かに見られている気がしていたからだ。別に妄想癖があるわけではないし、怖い映画を見たあとでさえ不眠に悩んだことはない。アレクシスはときどき不眠症になることがあったが、ブリタニー自身は一度も経験がなかった。むしろ頭が枕につく前に眠ってしまうタイプだ。

日曜の夜、ブリタニーは白いシーツをかぶって自室のベッドに横たわり、天井を見上げていた。いつもより少しだけ鼓動が速い。サマーリンにあるアパートメントは、明るい外灯と最新式の防犯窓と、インターフォンもしくは暗証番号によってのみ開閉するエントランスが備わった安全な建物だ。ドアも窓も鍵をかけたし、不安になったり悪い予感を覚えたりする理由はない。

〈アヴァ〉を去ったことがうしろめたいのかしら？　やはりコービンをひとりにするんじゃなかった。彼を助ける方法を真剣に模索しなければ。過去になにをしたにせよ、あの人は追放されるような人間ではない。そうだわ、イーサンに相談してみたらどうかしら？　なにか解決策が見つかるかもしれない。

コービンは苦しんでいる。

そのことがブリタニーの心を暗くしていた。

いかなる意味においても、ブリタニーは他人に苦しめられたことがない。それゆえ苦しんでいる人を見ると放っておけないのだ。麻薬の過剰摂取で死んだ母親も苦しんでいた。アレクシスは自分自身の心の痛みで手いっぱいなために気づいていなかったが、母が悩んでいたのは事実だ。信じるべきでない人を信じ、何度も火傷《やけど》を負った。幸せをつかもうと必死にもがき、男やセックスや酒やダンスに高揚を求めた。

母親の目に絶望の光が浮かぶのを見るたび、ブリタニーは母をかわいそうに思った。彼女は六歳にして母の苦悩を察していた。

ブリタニーは枕をたたいて寝返りを打った。そのときになって、厚いカーテンを閉め忘れていたのに気づいた。レースのカーテンは月の光をさえぎりもせず、彼女の足元で揺れていた。そのせいで眠れなかったのかもしれない。ブリタニーはシーツを蹴った。月明かりのせいでなければ、パジャマがめくれ上がっているからか、はたまた考えることがありすぎるためだ。

アレクシスも苦しんでいるが、その苦しみはまた別物だ。親に拒絶されたことに傷つき、近づいてくる男性をことごとく蹴散らしている。再び傷つくのが怖くて、誰とも親しくなれないでいるのだ。

たとえ姉がイーサンとつき合うことになったとしても、関係は一時的なものになるだろう。いずれ姉がブレーキを踏むのは目に見えている。お似合いなふたりだけに残念だった。ただ、うまくいったとしても、彼がヴァンパイアだということがいずれ悪影響を及ぼすかもしれない。

ブリタニーは目を見開いたまま、すりきれたハート形の枕を抱きしめた。いっそ〈アヴァ〉まで車を飛ばそうかしら？　そう考えると、背筋を指でなでられたような感じがした。それを行ったほうがいいと解釈すべきか、やめたほうがいいと解釈すべきか、彼女にはわからなかった。

ブリタニーのベッドルームの正面に位置するガレージの屋根に腰かけ、コービンは葛藤していた。どうしてぼくはこんなことをしているのだろう？　物陰からこそこそと女性の部屋を観察するなんて。欲しいなら、さっさとものにすればいい。

ちょっと血を吸うだけだ。

救済の日が近いのはわかっている。それはまちがいない。

ブリタニーが鍵を握っているのかもしれない。

〝彼女の部屋へ入れ〟と自分に命令する。

ところが体は一ミリも動かなかった。

あまり猶予はない。ドナテッリが選挙に勝てば、ぼくはラスヴェガスにとどまれなくなる。辺境の地へ追いやられる可能性が高い。アラスカで、ヘラジカや熊《くま》といった毛むくじゃらの生き物の血を吸って生きることになるかもしれない。

コービンの繊細な神経が悲鳴をあげた。ラスヴェガスのけばけばしさも大して好きにはなれないが、少なくともここには文明化された便利な生活があり、まともな仕立屋もいる。一九世紀のパリとまではいかないものの快適で、美しい女性もたくさんいる。

コーラスガールの血を吸うのとヘラジカの血を吸うのとでは比較にならない。

コービンはため息をついてガレージの屋根から下りた。

そして、ブリタニーのベッドルームへの侵入を開始した。

15

アレクシスは疲れているはずだった。この二四時間で三時間ほどしか眠っていないのだから。しかし眠りはいっこうに訪れない。むなしい努力の末、彼女はついに寝るのをあきらめてテレビをつけ、〈エム・アンド・エムズ〉を求めてミニバーを襲撃した。ヴァンパイアを恋人にする際の難点は、相手がまったく空腹を感じないことだ。

一方のアレクシスは、五分おきに食べ物のことを考えるタイプだった。ブルーにコーティングされたチョコレートを口に放り込んで、携帯電話に手を伸ばす。イーサンからは、シーマスと打ち合わせをするあいだ彼のベッドで待っていてくれと言われたのだが、やはり自分の部屋のほうが落ち着けた。部屋が隣同士というのは理想的だ。いつでも会えるし、好きなときにひとりになれる。

メールボックスを確認すると、ヴァンパイア・スレイヤーから何通もEメールが届いていた。こちらから情報発信したわけでもないのに、すっかり狙いをつけられたらしい。管理人はもちろん、メーリングリストに登録している人なら誰でもアレクシスにメールを送りつけられるのだろう。このメールアドレスはアレクシスが個人的に利用しているフリーメールで、仕事で使っているものではない。ハンドルネームも〝チビ一九九四〟にしてあった。それでもちょっとしたコンピューターの知識さえあれば、彼女の身元を突きとめるのは不可能ではない。

こんなグループにかかわるべきではなかったのかもしれない。しかし、彼らがラスヴェガスに住むヴァンパイアのことを実際に知っているのかどうかを確かめておきたかった。

〝まだ結論を出すには早い〟と地方検事補の頭脳は主張しているが、アレクシスの心は、単なる頭がどうかした集団だという結論に傾きかけていた。ただし個人のメールアドレスを調べ上げられるのだから、なんらかの組織的活動をしているのはまちがいない。

〝メッセージ一六五三二……死に損ないを殺すためにはどんな杭を使えばいいのでしょうか？　お返事待ってます。ヴァンプヴィクセン〟

アレクシスは〈エム・アンド・エムズ〉を三粒口に放り込んだ。「だいたい杭でヴァンパイアが死ぬの？　あとでイーサンに確認してみないと」

そう、わたしがデートしているのはヴァンパイアだ。これはファンタジーでもなければ映画でもない。脳に動脈瘤《どうみゃくりゅう》ができたわけでもない。わたしは地層並みに歴史のある男と体の関係を持っている。アレクシスは〈エム・アンド・エムズ〉を口いっぱいに頬張った。こんなことをしているから、いつまでたっても結婚できないんだわ。

いい男は既婚者か、ゲイか、自分より四〇センチ以上も背が高いか、ヴァンパイアか……。まったくいやになる。

そう思いつつも、結婚した自分を具体的に思い描いたことはなかった。そういう生き方はブリタニー向きだ。ただ、長くつき合える気のいい恋人やパートナーがいたらすてきだと思うし、めくるめくセックスに対するあこがれはある。しかし、現実に手に入るのはイーサンと過ごす一週間だけだ……。それが終われば彼は大統領選挙に集中し、わたしは地方検事補の仕事に戻る。イーサンはあと一〇〇〇年も生き長らえ、わたしはじきにしわくちゃでよぼよぼで物忘れが激しくなるのだ。

最高じゃない?

〝ヴァンパイアと杭についての回答……ぼくはトランシルヴァニア産のオーク材から削り出した手作りの杭を使っています。直径五センチ、長さは六〇センチです。値段は高いけど効果的だし、オンラインで注文すれば送料無料で届きますよ。ロック〟

オーケー、ロック、役に立つ情報をありがとう。

「次は子猫《キティ》……? キティって……」アレクシスはくるりと目をまわした。「ずいぶんかわいらしいハンドルネームね」

〝わたしの場合は〈ザ・ホーム・デポ〉で合わせ釘を買うわ。一本五〇セントくらいだけど、じゅうぶん役に立つわよ。うまくいくといいわね。キティ〟

その杭の標的となるのがイーサンやほかのヴァンパイアたちだと思うと、ひどく心がかき乱される。ヴァンパイア・スレイヤーを名乗る連中が正気かどうかはともかく、自分の……とても好きな男の胸に杭が打ち込まれるところは見たくない。

このゲーム——すでにゲームではなくなっているけど——におけるわたしの役割は、ヴァンパイア・スレイヤー——退治者——ではなく、ヴァンパイア・プロテクター——守護者だ。プロテクターは言いすぎかもしれない。むしろ番犬？　いいえ、どんな理由であれ、犬にたとえられるのはごめんだ。〝特別な友達〟というのはどうだろう？　なんだか『セサミストリート』のパラノーマル版みたいだわ……。

ともかく、イーサンには五体満足でいてほしい。その理由についてはわかりきっている。右から物音がしたので、アレクシスはそちらを向いた。テレビの音なんかじゃない。ドアのほうから聞こえた。誰かがカードキーを差し込む音だ。アレクシスは飛び上がって携帯電話を長椅子に放り投げ、物陰に身をひそめた。バッグはどこだったかしら？　まさかヴァンパイア・スレイヤーの連中が勧誘に来たの？　そうだとしたら、とんでもなく気味が悪い。

相手の不意を突くほうが有利だと考えたアレクシスは、ドアが開いて人影が見えた瞬間に蹴りを繰り出した。

そこにいたはずの人物が消え、自分の脚が空を切ったところで、侵入者がイーサンだと気づいた。

「普通の女性は、キックじゃなくてキスで恋人を迎えるんだよ」

小憎らしいことに、イーサンはすでに彼女の背後にまわっていた。アレクシスはせり上がった心臓を元の位置へ戻そうと努めながら、恋人に向き直った。「そりゃあそうかもしれないけど、普通の女性はヴァンパイアとデートなんてしないもの。どうして真夜中にノックもせずに入ってきたの？」

それは彼女の独立心を著しく損なう行為だった。わたしにマスターキーを渡すという条件に合意したんじゃなかったの？　ヴァンパイアが署名した契約書が、法廷で有効と見なされるかどうかは疑問だけど……。

「連続殺人犯かレイプ犯、はたまたストーカーか強盗だと思ったわ。正当防衛よ」

「そうだろうとも。きみが自分の身は自分で守れることがわかってうれしいよ。だけど次は、断然キスがいいな」

イーサンは自分の部屋にいるかのように長椅子に腰を下ろした。ちょっと待って。この部屋は実際に彼のものだ。なんていまいましいの。

「きみはもう眠っていると思ったから、ノックをして起こしたくなかったんだ」

アレクシスは腕組みをして、黙ってイーサンを見つめた。今の発言にはとうてい納得できない。「そもそもわたしが眠っていると思ったなら、なぜ部屋に来たの？　わたしが寝ているあいだに噛みつくつもりだったとか？　そんなのは絶対にお断りだから。わたしの合意がない限り、噛みつくのは禁止よ」実際は、何度合意してしまうかわからない。大人のおもちゃと一緒だ。使うのを許したが最後、男は毎回使いたがる。

イーサンはコーヒーテーブルの上に足を上げ、平然としていた。「噛むつもりなんてなかった。もちろん倒錯プレイをするつもりもない。すごくそそられるアイデアだけどね。きみが安らかに眠っていることを確認したかっただけだ。天使みたいな寝顔を見て安堵のため息をついたら、シーマスとの長く退屈な打ち合わせに戻るつもりだった」

彼は無邪気な顔で笑った。

アレクシスは両手で首を絞めるまねをしてみせた。「ミスター・プレジデント、ちゃんとしたスピーチ・ライターを雇っているの？　説得力ゼロよ」

「表現力はともかく、真実だからね。それから――」

やっぱり続きがあった。「ようやく本心が聞けるのね？」アレクシスはさりげなく長椅子に近づいて、イーサンに見られないように携帯電話を回収した。ヴァンパイア・スレイヤーのメーリングリストを読みあさっていたことを知られたくない。彼に誤解されたくなかった。寝首をかこうとしている二重スパイだと思われたら大変だ。

イーサンは片手を伸ばし、アレクシスを引っぱって自分の膝に座らせた。「まだ出迎えのキスを待っているんだけどな」

素肌にデニムがこすれて気持ちよかったが、ごまかされるつもりはなかった。イーサンがやってきた本当の理由が知りたい。わざわざ夜中に忍び込まなくても、月曜の五時、ライバル候補との討論会の前に会う約束をしている。アレクシスは彼の首に腕を巻きつけた。

「起きていたのは眠れなかったからよ。ねえ、イーサン、まじめな話、どうしてこの部屋に来たのか教えて」

イーサンがため息をつく。「たぶんなんでもないとは思うが……ぼくがきみの心を読めないのは知っているだろう？」

「ええ、少なくともそれについては神に感謝しているわ」

イーサンの眉間にしわが寄った。「人間の心を読めなかったことなんてないんだけどね。ヴァンパイア同士は心を閉ざすことができるが、人間はできない。ブリタニーの声だって聞こえたんだ。ところで今日、ブリタニーと話したかい？」

彼はさらりと言った。ほとんど過剰なまでのさりげなさで。アレクシスの頭に警報が鳴り響く。「いいえ、昨日の夜なら話したけど。真夜中過ぎに。なぜ？ なにが聞こえたの？」

ブリタニーになにかあったら、わたしは……わたしは干からびて、風に吹かれて散り散りになってしまう。

「叫び声みたいなものが聞こえたんだ。大きな声だった」イーサンは額をこすった。「なぜそんなものが聞こえたのかわからない。ブリタニーはここにいないし、いずれにしても特定の人の声だけが聞こえることなんてないのに」かぶりを振った。「でも、あれはブリタニーの声だった。シーマスと選挙の対策を練っているときだ。だから様子を見に来たんだよ。きみがどう思うか知りたかった。ブリタニーに電話をかけてみたらどうかな？　たぶんなんでもないとは思うが……」

ヴァンパイア・スレイヤー……彼らはわたしの存在を知っていた。イーサンによると、ブリタニーは不浄の者《インピュア》だが、ブリタニー自身は自分がインピュアであることを知らない。〈ザ・ホーム・デポ〉で購入した五〇セントの合わせ釘から身を守るすべがない。

アレクシスは携帯電話を取り上げ、ブリタニーにかけた。

「あなたはなぜわたしのベッドルームにいるの？」ブリタニーはシーツを引き寄せ、コービンに向かって目をしばたたいた。窓から侵入してきた男の正体に気づいたのは、リノまで聞こえそうな悲鳴をあげたあとだった。

「きみはなぜ起きているんだ？」コービンはブランド物のスラックスの膝を払って、不機嫌に尋ねた。

ブリタニーはヴァンパイア社会から追放された男性が、高価な服を買うお金をどうやって工面するのか疑問に思った。肘をついて体を起こし、早鐘のような鼓動が静まるのを待つ。コービンだったら怖くない。少しも怖くない。「誰かに見られている気がして眠れなかったの」

コービンはぽかんと口を開けてから慌てて閉じた。頬がかすかに赤くなる。

「わたしのことを見ていたでしょう？」本来は怯えるべきところだが、ブリタニーはむしろうれしかった。コービンは本当にハンサムだ。彼女はにっこりした。「わたしが好きなのね？」

「ばかな《ペット》、ぼくは研究者で……追放された者だ。やせっぽちの女に恋などしない」コービンは部屋のなかを行ったり来たりして、ブリタニーの机の上からピンクの羽根飾りがついたペンを取り上げ、眉をひそめて元の位置に戻した。

「それなら、なぜ窓から忍び込んできたの？」ブリタニーは横を向き、片肘をついて頭を支えた。眠っていなくてよかった。ただし、アパートメントのセキュリティーについて管理人にひと言文句を言ってやらないと。最新の防犯窓とやらはまったくの役立たずだ。

「研究のためには、倫理を無視しなければならない場合もある。あとこのくらいで答えがわかりそうなんだ」彼は親指と人差し指でわずかな隙間を作った。「きみと知り合えたことは、人間とヴァンパイアのつながりを解明するうえでとても幸運だった」

つまり、わたしは貴重な研究対象というわけね。期待していたほどセクシーな理由ではないけれど、まあ光栄だわ。「なんの研究をしているの？」

コービンは胸の前で手を交差させ、口を閉じた。緑がかったグレーの瞳が暗く陰ったところをみると、なにやら葛藤しているらしい。

ブリタニーの浮かれた気分はすっかり消えた。コービンの苦悩を感じたからだ。「なによ？　なんなの？」

「救済だ」コービンがかすれた声で言った。「呪いを解くための」

「呪いって？」ブリタニーは心もとなくなって、上体を起こした。

「ヴァンパイアの呪いだよ。ヴァンパイアに転生した者を人間に戻す方法が、あと少しでわかりそうなんだ」コービンはそう言って、身構えるようにブリタニーを見た。ばかにされると思っているらしい。

「コービン……！」ブリタニーは感極まってささやいた。それこそ彼女が望んでいたことだ。〈アヴァ〉をしつこくうろついていた理由はそれ以外にない。イーサンたちを救いたかった。人間の血を吸う習慣を断ってほしい。

あんなにいい人たちなのに、永久に液体しか飲めないなんてかわいそうすぎる。だいいち人間を餌にしていて、魂の平和が訪れるとは思えない。

「そんなことが可能なの？」

「ああ《ウィ》」コービンは顎をこすった。「〝アンチエイジングが盛んな時代に、ひ弱な人間に戻りたいと思うヴァンパイアなんているわけがない〟と言わないのか？　自分も贈り物《ギフト》が欲しいと？　ギフトと言いつつ、実は呪いなんだが」

「言うはずがないわ」ブリタニーは両脚を振って勢いをつけ、完全に起き上がった。「言うもんですか。あなたは正しい。あなたがしようとしているのは勇敢で尊いことよ。賛同する人はたくさんいるはずだわ」

コービンはため息をついてブリタニーの隣に腰を下ろした。「きみは心からそう思っているんだね。でも、ブリタニー、きみみたいな人は珍しいんだ。多くの人間は欲に駆りたてられている。もっと力が欲しい、美しくなりたい、愛されたい、長生きしたいと。彼らは悪魔のギフトが約束するものを喜んで受け取る。ところがそれは呪いで、果てしない孤独をもたらすんだ。ある時点できみとつながりのある人すべてが地上を去り、過去を知っている人も、記憶を共有している人もいなくなる。時間や人間とのつながりがわからなくなるんだよ」

それがどんなにつらいかがひしひしと伝わってきた。親指を金槌で打ちつけてしまったあとのずきずきする感覚のように。ブリタニーは彼の手にふれてやさしく握った。「わかるわ。永遠と直面すると、過去とのつながりも、将来の目標も失ってしまうのよね」

「そのとおりだ《セ・ヴレ》」コービンは手を引き抜こうとしたが、ブリタニーはしっかりと握っていた。

「本気で離そうと思えばできるんだぞ」コービンがフランス人らしく尊大に言う。

「知っているわ」ブリタニーは彼の肩に肩をぶつけた。「でも、本気でそうしたいとは思っていないでしょう？　救済方法を見つけるお手伝いをしたいの。わたしになにができるかしら？」

答えは薄々わかっている。血だ。ブリタニーは身を震わせた。

「きみの予想は正しい」コービンが彼女に向き直った。「きみの血がいるんだ」

ブリタニーは鋭く息を吸ってパジャマの首元をつかんだが、ようやく鎖骨が隠れる程度で、ほかの多くの部分の肌と同じように首はむき出しのままだった。「あの実験キットを持っている？」

腕の血管から血を抜かれるのなら、それほど悪くはないかもしれない。赤十字の献血と同じだ。献血は一度もしたことがないけど……。注射針が怖くて気絶してしまうのだ。

「持っているが、車に置いてきた」

「車はどこにあるの？　わたしはひと晩じゅう起きて待っているわけにはいかないわ。明日は仕事だもの。わたしは歯科医なの」一方的にしゃべり続ける。

「歯科医なのに針が怖いのか？」

「自分が扱うのは平気よ」ブリタニーは気合いを入れるために何度か深呼吸をして、大したことじゃないと自分に言い聞かせた。ヴァンパイアを救うためだ。ちくっと刺されるのが怖いから協力しないなんて、わたしはそこまで身勝手な根性なしじゃない。

「本気で怖いんだな」コービンがブリタニーの手を握り返す。「震えているし、肌が冷たい。恐怖がびりびり伝わってくるよ。思考も乱れている」

「心なんか読めなければいいのに。あんまりいい気分じゃないもの」ブリタニーは咳払いをして、心臓が口から飛び出さないことを祈った。「それと、針でなにかする前に、わたしを催眠状態にして」

「きみには効かない。やってみたけど、だめだった」

「どうして？」催眠状態になれたら、怖い思いをすることもない。二一歳の誕生日にコスモポリタンを三杯立て続けに飲んだときみたいに、なにもわからなくなるはずだ。

「アルコールはだめだ」コービンは彼女を鋭く見据えた。「アルコールが入ると実験結果が変わってしまう。それと催眠状態にできない理由はわからない。何度も試したんだが」

「なんのために？」ブリタニーはコービンの告白にショックを受けた。催眠状態にしてなにをするつもりだったのだろう？　ああ、酔っ払ってしまえば採血くらいなんでもないのに。酒を飲んで浮かれ騒ぐのは彼女の流儀ではないが、この際なんでもいいから力を借りたかった。そのくらい針が苦手なのだ。

「警戒しなくていい。ぼくが言っているのは、まずいところを見られたときや、きみが軽率な発言をしたとき、それからぼくを呼んだときなんかに、なんというか……きみを催眠状態にしてなだめようとしたんだ」

「なだめる？　やさしいのね」ブリタニーは深く息を吸った。「あなたのこともなだめてあげたい。あなたを見ていると、正しくありたいと願う強い気持ちとそれに伴う葛藤が伝わってくるの」彼女は胃が浮き上がるような感覚に耐えた。「血はあげる。約束するわ。でも、お願いだから手早くやってね。袋いっぱいに血を吸い上げるあいだ、じっと座っていられる自信はないわ」

覚悟はできた。ブリタニーはきつく目を閉じ、コービンのほうへ腕を差し出して顔をそむけた。痛みに目を開けても、針や血管やそこを流れる血、そして針の刺さった肌を見なくてすむように。

「まずは道具を取ってこないと」

ブリタニーは大きく息を吐いた。「そうだったわね。急いで取ってきて。考える時間ができると気絶しちゃうかも。そのほうがあなたにとっては楽かもしれないけど」彼をちらりと見た。「コービン？」すでに部屋のなかには誰もいなかった。

まばたきをする間もなく、コービンが窓から入ってきた。黒いブリーフケースを手にしている。なんだか気味が悪い。連続殺人犯みたいだ。

「どうしてすぐに連続殺人犯を思い浮かべるんだ？」コービンはナイトテーブルの明かりの下でブリーフケースを開けた。

「わからない」ブリタニーはコービンの背後からブリーフケースのなかをのぞいた。「アメリカ人だからかしら？　たぶんそうだと思う」

コービンが彼女のほうに向き直った。ゴム手袋をはめ、注射器を持って。ブリタニーの全身からいやな汗が噴き出した。体が勝手に動いてベッドから飛び下り、大きく二歩あとずさりする。

「大丈夫だよ」コービンが言った。「大したことじゃない。素早くやるから、ちくりとするだけだ」

「最初の恋人もそう言ったけど、大嘘だったわ」ブリタニーのヒップが柳細工のドレッサーにぶつかる。彼女はドレッサーの上の写真立てが揺れたことにも気づかなかった。注射器を持ったコービンが怖い。

彼は注射器を持ったほうの手を脇に下ろした。「きみが望むなら、気を紛らすこともできる。いつもはそうするんだ」

「どういう意味？」そう言ったそばから、トイレの前で口づけるふたりの男女の姿と、相手の女性がもらした快感の声がよみがえった。「まさか！　この前みたいに？」

　コービンはうなずいて、確かな足取りで彼女との距離を詰めた。表情が断固としたものに変わる。獲物を品定めするハンターの目だ。

　恥ずかしいことに、ブリタニーは高揚感を覚えた。手が自然と胸を覆い、形ばかりの抵抗を示す。

「そう《ウィ》、この前みたいに。ただし、きみが望むならだ」コービンが身を乗り出してブリタニーのむき出しの肩に腕をすべらせ、彼女の香りを吸い込んで耳元でささやいた。「してほしいかい？」

　ブリタニーは震えた。もちろんお断りだ。そんなのは正気じゃない。衝動的すぎる。だが、単に注射器を刺されるよりもはるかに気持ちがいいはずだ。コービンはフランス人だから、女の気を紛らす方法を心得ているにちがいない。「……してほしいわ」

　コービンがかすかに笑う。「いい返事だ、ブリタニー。ぼくはきみが欲しい」

　彼はブリタニーの体にいっさい手をふれず、唇だけを重ねた。ブリタニーが想像していたよりもずっと性急で情熱的なキスだった。コービンの舌がブリタニーの唇をこじ開けると、彼女の下腹部に引きつるようなうずきが生まれた。ブリタニーはドレッサーに手をついて攻勢に耐えた。恐怖は消え、生々しい欲望がレーシングカー並みの速さで渦を巻く。

　部屋のなかにあえぎ声が響いた。コービンが唇を離したとき、ブリタニーはそれが自分の声だったことに気づいた。もっと長くキスをしていたかった。数秒ではとても足りない。しかしコービンは体を引くどころか、彼女の脚を大きく広げ、あいだに割って入った。その動きが単なるキスよりもずっと親密な行為を予感させ、ブリタニーは期待に息をのんだ。「コービン……」

「なんだい、いとしい人《マ・シェリ》」コービンが彼女の首筋に唇をすべらせ、胸のふくらみをたどると、もう一度荒々しく唇を重ねた。

ブリタニーはこれまでにいろいろな男とキスをしてきた。男女関係に関して保守的な姉にはとても言えない数だ。けれどもコービンのキスは、まるでダブル・チョコレート・アイスクリームをひとかじりしたときや、グラスの底に残ったウォッカを飲み干したときのような衝撃があった。

「やめないで」

コービンがキスを続けながらブリタニーの腕をなで、軽く押した。彼女の腹部に彼の欲望の証が……エッフェル塔のような形をしたものが当たる。ブリタニーは頭のなかが真っ白になり、なにをされてもいいと思った。部屋は薄暗かったが、月の光がコービンの顔を、真剣な瞳を照らしている。

「やめないよ。きみがやめてと言うまでは」

ドレッサーになにかを置く音がして、ヒップのあたりにこすれる感触があった。次の瞬間、コービンが両手で彼女のウエストをつかんだかと思うと、そのまま胸を包んで両方の頂を硬くとがらせた。採血は終わったのだ。彼はゴム手袋をつけていない。

「そうだ、もう終わった」コービンは耳たぶを噛んだ。「嘘じゃなかっただろう？　痛くなかったはずだ」

もう一度耳を噛む。「ええ」コービンがパジャマの下に手をすべり込ませて乳房を包んだので、ブリタニーはあえいだ。「でも、終わったらやめるんじゃないの？」

「やめないでと言ったじゃないか」

「そうね」ブリタニーは頭をのけぞらした。「やめないで」

コービンがショーツのなかに手を忍ばせ、潤って期待に脈打っている場所に沈め、ふたりは同時にうめき声をあげた。肩に鋭い痛みが走り、ブリタニーはコービンに噛まれたことに気づいた。彼はブリタニーの肌にぽつんと浮かんだ血をなめた。

今度こそやめてと言わなければならない。倒錯的なプレイになってきた。けれども、そんなことは言えなかった。それどころか、体はもっと欲しがっている。コービンに血をなめ取られたとき、全身にぴりぴりする快感が走った。

欲望が極限に達し、いても立ってもいられない。

「もう一度して」ブリタニーは彼の指に下腹部を押しつけた。

コービンはもう一方の手で彼女のパジャマを脱がせた。両方の胸の先端を口に含んでから、やわらかなふくらみに牙を立てる。ブリタニーは身を震わせてのけぞり、彼の手をつかんで自らに押し入れると、予期せぬクライマックスに身をよじらせた。

「ああ！」ショックと快感に声が裏返る。こんな体験は初めてだ。

コービンがブリタニーを抱え上げ、すぐ脇のベッドに横たえた。ヴァンパイアの餌食になってはいけない理由をブリタニーが思い出そうとしているあいだに、コービンは彼女のショーツを下げ、腰骨のあたりに吸いついた。ブリタニーは脚を浮かせて落ち着きなく動かし、彼の髪をつかんだ。ついさっき味わったクライマックスのせいで、余計に敏感になっている。完全に満たされたくてたまらない。

ヒップに嚙みつかれたブリタニーは体を痙攣させた。牙を立てられ、なめられるのは、交わるのと同じくらい官能的だった。唇と舌と手を使って、全身を愛撫されているのと同じだ。コービンが顔を上げ、彼女の血で染まった唇をぺろりとなめる。

ブリタニーは絶頂の一歩手前の状態で、すっかり潤って震えていた。自分たちが置かれた状況に戸惑いながらも、荒々しい歓びを楽しんでいた。

コービンの舌が秘めた部分の核にふれた瞬間、ブリタニーは叫び声をあげた。「コービン、お願い、もっと！」彼の牙が敏感な場所に、そして腿に刺さる。コービンはブリタニーの首筋に嚙みつくとともに、彼女のなかに身を沈めた。ブリタニーは感極まってコービンの背中に爪を立てた。

コービンが彼女のなかに熱いものを注ぎ込む。ブリタニーは新たなクライマックスにかすれた叫び声をあげた。初めて自分の体を完全に理解できた気がした。

ふたりの人間がこれほど激しく、原始的に交われるなんて知らなかった。

けれども目がくらむ感覚は、絶頂と同じ程度の時間しか持続しなかった。

背中がシーツにつき、コービンに傷ついた肌をなめられると同時に、ブリタニーは彼を見上げて目をしばたたいた。あらゆる感情が搾り取られ、残ったのはぼんやりとした羞恥心《しゅうちしん》だけだった。のぼりつめたとき以上の速さで現実が戻ってくる。ばか、ばか、ばか！　わたしったらなんてことをしたの！

避妊もせずにヴァンパイアとベッドをともにした。それが現実だ。

そのとき、携帯電話が鳴った。コービンが素早く身を離して彼女に背を向け、スラックスをはく。ブリタニーは頬が燃えるように熱くなった。ヴァンパイアに奪ってくれと迫るなんて、恥知らずの尻軽女とはまさにわたしのことだ。

ナイトテーブルに置いた明かりで、アレクシスからの電話だとわかった。朝の四時に、いったいなにがあったのだろう？

ブリタニーは携帯電話をつかみ、不安そうな声で言った。「もしもし？　どうしたの、姉さん？」

「どうもしていないわ。あなたのほうこそ、どうかしたんじゃないかと思ったの。イーサンが、なにか厄介ごとに巻き込まれているんじゃないかって言うから」

「なぜそう思ったの？」ブリタニーは力を抜いてシーツを引き上げ、体を隠した。実験道具をブリーフケースにしまうコービンのほうは見ないようにする。

「イーサンが……あなたの驚いたような声を聞いたんですって。叫び声だったたって」

アレクシスの声は心配そうだったが、ブリタニーはヒステリックな笑いをもらしそうになった。イーサンは〈アヴァ〉にいながら、わたしのクライマックスの叫びを聞いたというの？　あまりの恥ずかしさに言葉もない。

「ええと……大丈夫よ」ブリタニーはようやく言った。「でも、心配してくれてありがとう。もう少し眠るわ」そもそも眠ってはいなかったけれど。「明日、電話をくれる？」

「本当に大丈夫なの？」

大丈夫じゃないわ！　「ええ。愛しているわ、アレックス」

「わたしもよ」

ブリタニーは電話を切ってシーツに潜り、枕を顔に押しつけて体を震わせた。コービンの顔をまともに見られない。

このままわたしが無視していれば、彼は消えてくれるんじゃないかしら？

もう一度スラックスのファスナーが閉まっていることを確かめてから、コービンは枕で顔を隠しているブリタニーを見つめた。自分のふるまいがひどく恥ずかしかった。実験対象を快楽の相手にしたことなど一度もないのに。完全に自制心を失ってしまった。

ブリタニーは誠実で思いやりがあり、自分の美しさに無頓着《むとんちゃく》なところが魅力的だった。肌もあらわなパジャマ姿で跳びまわっていながらも、下心はみじんも感じられない。やせっぽちには興味がないなんて嘘ばっかりだ。

針に対する恐怖心を紛らすために誘惑するとは、まったく愚かな行動だった。ひと口味わったら自制できなくなり、さらに欲しくなった。

コービンはブリタニーのベッドルームを出て闇に目を慣らした。人間よりはるかに優れた夜間視力を活かして、キッチンを探す。

「帰るの？」ブリタニーがくぐもった声で呼びかけてきた。どうやら帰ってほしいらしい。

「きみに飲み物をと思ってね」冷蔵庫のなかはきれいに整理され、小さなボトルがたくさん並んでいる。中身がまったくわからないものもあった。コービンはオレンジジュースに目をとめた。血を失ったあとは糖分を摂取したほうがいい。

失った？　いや、ぼくが奪ったのだ。八回も噛んでしまった。八回も。おまけに、噛むたびに、少量とはいえ血を吸った。なんて甘美だったのだろう。ここ数百年で最高の交わりだった。生涯でいちばんかもしれない。思い出すだけで下腹部がこわばる。

コービンはこぶしを握りしめた。「ああ、ぼくはどうしようもない間抜けだ！」

「どうしたの？」

「なんでもない」ベッドルームに戻ると、ブリタニーは先ほどとまったく同じ姿勢で横たわっていた。「これを飲んでくれ。気分がよくなる」ジュースの入ったグラスをナイトテーブルの携帯電話の横に置く。

「気分は悪くないわ」

ブリタニーは動かなかった。枕の脇からいく筋か黒髪が見えている以外は、すっぽりとシーツに覆われている。手は固く握られていた。

「帰ったほうがよさそうだな」コービンはぎこちなく立ち上がった。さよなら《オ・ルヴオワール》のキスをするとか、すばらしいひとときだったと言葉をかけるべきかもしれない。恋人を納屋に連れ込んだはいいが、次はどうすればいいのかわからなくなった少年のような気分だ。

「バイバイ」ブリタニーがシーツの下から手を出して振る。

これほどの不安と恥ずかしさを感じるのは何年ぶりだろう？　コービンはそんな自分に嫌気が差した。

彼はブリタニーの部屋をあとにした。ばかは死んでも直らないと自分をののしりながら。

16

「まだ心配なんだろう？」

アレクシスは皿にのった卵をフォークですくった。「ええ」食べるのをやめて目をこする。ふたりは……というよりアレクシスは、出勤前にイーサンの部屋で朝食をとっていた。「ブリタニーは大丈夫だと言ったんじゃないのかい？」イーサンはストロベリーダイキリに酷似した液体をひと口飲んだ。

「そうだけど……」アレクシスはジャケットの前ボタンを外し、背もたれに寄りかかった。「あなたに話さなければならないことがあるの」妹のことが気がかりで、あれから一睡もできなかった。気分は最悪だ。シャワーを浴び、化粧をしようと鏡に向かって初めて、ひどいのは気分だけでないとわかった。

頼れるのはイーサンしかいない。そう思った自分に当惑しつつも、彼にすべてを打ち明けようと決めた。

イーサンが警戒するようにアレクシスを見た。赤い液体の入ったグラスは唇の手前に掲げたままだ。「なんだい？」

「この前の夜、ヴァンパイア・スレイヤーのメーリングリストに入らないかという誘いのメールが送られてきたの。送り主の正体も、どうやってわたしのメールアドレスを調べたのかもわからない。でも、連中がブリタニーのことを知っていたらどうすればいいの？　あの子に真実を話すべきかしら？　サマーリンでひとり暮らしをしているのは心配だから、ここに呼んだほうがいいかもしれない」最愛の妹に〝そういえば、あなたのパパはヴァンパイアらしいわよ〟と告げるのを想像すると、気分が悪くなった。だが、ブリタニーを守るためならばしかたがない。

「ヴァンパイア・スレイヤー？」イーサンがおどけた顔をした。「現代の人気者はつらいな。インターネットのせいで、狂信者にいちいち対応しなきゃならないんだからね。ブリタニーの身に危険が迫っているとは思わないが、彼女をここに滞在させるのはまったくかまわないよ」

「よかった。ありがとう。しばらくこっちへ来させるわ」

「来させる？」イーサンが眉を上げる。

なによ？　なにかまちがったことを言った？　「だってあの子の安全のためだもの。それと、ヴァンパイアについてもっと教えてほしいの。すべてを知ったうえで、ブリタニーに告げるかどうかを判断したいから」

「いいだろう。なにが知りたい？」イーサンが背もたれに体を預けた。どこから見ても完璧なイギリス紳士だ。紳士にしては感情の起伏が激しいし、血を飲むけれど……。

「あなたはどうしてヴァンパイアになったの?」アレクシスは卵に視線を戻し、円テーブルを覆う白いリネンのテーブルクロスの上で皿の位置を直した。

「第一回十字軍遠征のあとのことだ。故郷へ帰ろうとしたところを待ち伏せされた。トルコ人にとらえられて、食事も与えられないまま暴行され、最後は喉をかき切られた。ところが看守がぼくをヴァンパイアに転生させて、ほかの死体と一緒に牢《ろう》から出してくれたんだ」

感動的な話だ。「なぜ彼はあなたを助けたのかしら? 何百人もの囚人の死を見てきたでしょうに」

イーサンがにやりとする。「彼じゃなくて彼女だよ。そうだな、ぼくの打たれ強さに感銘を受けたようだった、とでも言っておこうか」

アレクシスはあきれてくるりと目をまわした。「つまり、看守はあなたに恋をしたってわけ? それで、その人はどうなったの?」

イーサンの顔から笑みが消えた。「まだ若いヴァンパイアだったが、それきり会っていない。女だということがばれて、ギロチンにかけられたんじゃないかと思う」

「なんてこと! あなたが気の毒だわ……」アレクシスはテーブル越しにイーサンの手にふれた。彼女の言葉に偽りはなかった。突然、ヴァンパイアに転生させられたというのに、疑問に答えてくれる仲間もいないなんて、どんなに心細かったかは想像もつかない。映画や小説では、必ず先輩格のヴァンパイアがいるものだ。「これまでたくさんの人に会ったんでしょうね。何百万人という数かしら?」

イーサンがアレクシスの手を握り返した。「どうしてぼくたちが政府を立ち上げたと思う？　法と秩序のためというのはもちろんだが、根っこにはヴァンパイアの抱える本質的な孤独があるんだ。どれほどたくさんの人と出会って親しくなっても、人間はいずれ死んでいく。一方ぼくたちは果てしない孤独を抱え、特異な世界に縛られて生きるしかない。ぼくはみんなの協力を得て、人間とヴァンパイア、そして不浄の者《インピュア》や若いヴァンパイアのあいだに橋をかけたいんだ。そうすることによって、健全で実り多い社会を実現したい」

アレクシスはイーサンの顔を見て眉を上げた。「それってシーマスが書いたスピーチ？」

いかにもという感じだ。

「そうだ、今夜のためのスピーチだよ。どう思う？」イーサンはアイルランドの農家を思わせる安楽椅子に身を沈めた。

「とりわけ最後の部分が大げさすぎない？」

「ぼくもそう言ったんだが、シーマスときたら骨をもらったテリア並みに融通がきかなくてね。ときどき、ぼくじゃなくてあいつが大統領に立候補すればいいのにと思うよ」

「シーマスってきまじめなのね」仕事を休んで、ゴルフで一ラウンドまわったら、少しは頭がやわらかくなるんじゃないかしら？「大衆の心をつかみたいなら、自信に満ちた態度をとらないとだめよ。あなたが立派に職務を務めてきたことをアピールして、現在、大多数の国民が……つまりヴァンパイアが満足に暮らしているのだから、その流れを変えるべきじゃないと訴えるの。インピュアに媚《こ》びても無駄よ……それにしてもインピュアっていやな名称ね。ともかくインピュアは〝お互いに愛を持って接しよう〟みたいなきれいごとでは納得しないわ」

「そうかな？」

アレクシスはイーサンの鷹揚《おうよう》なところが好きだった。喜怒哀楽は激しいが、せっかちではない。就寝前なので濃紺のスウェットパンツと体にぴったりした白いTシャツを着ており、その姿は涎が出そうなほどセクシーだった。

彼の膝のあいだにアレクシスは自分の足をのせた。イーサンは彼女のつま先が股間をかすめても、顔色ひとつ変えなかった。おもしろくなってきたわ。彼が脚のあいだをこわばらせつつあるところがとくにいい。アレクシスは心のなかでにんまりした。

「ええ、あなたは情に訴えるタイプじゃないもの。シーマスがお涙ちょうだいのスピーチを用意しているのなら、あきらめてもらうのね。民衆が求めるものを与えられるかどうか、率直に伝えたほうがいいわ。お茶を濁さず、相手の望みをずばりと突くのよ。たとえば〝インピュアの健康保険加入を実現します〟みたいに」

イーサンがうなずく。「ぼくもそのほうがいいと思う」

「だったらそうして」アレクシスは彼の情熱の証をつま先で刺激してにっこりした。

イーサンがひんやりした指で彼女の足をつかみ、股間からどける。彼はゆっくりと体を起こすと、唇を開いてアレクシスに身を寄せた。イーサンの瞳が深いコバルトブルーに陰るのを見て、アレクシスは息をのんだ。

彼が全身から発している男らしいエネルギーに刺激され、唇をなめる。

「一緒に暮らそう、アレクシス。ずっと」

なんですって？　アレクシスの足が床に落ちた。「なに？　なんて言ったの？」

「一緒に暮らそう。選挙のためじゃなく。きみはぼくの運命の相手だ」

この人はなにを言っているの？　アレクシスは喉が詰まりそうになった。「どうしちゃったの？　なんでいきなりそんな話題になるのよ？」そして、なぜわたしは目まいがするような幸福感に包まれているのだろう？

イーサンが彼女の手を握って先を続けた。「きみにふれた瞬間から、これまでとはちがうものを感じていた。たくさんの女性とつき合ってきたが――」

「わざわざ思い出させてくれてありがとう」アレクシスは言い返した。みんなわたしより背が高くて、黒っぽい髪をしていたにちがいない。

「きみといるときほど満ち足りた気持ちになったことはない。ぼくはきみに恋をしてしまったんだ」

アレクシスは息をのんだ。胸を矢で射抜かれたみたいだ。「まあ、イーサン」涙で目がちくちくする。なにがあっても泣かなかったわたしが今、イーサンを前に涙ぐんでいる。わたしも恋に落ちたのかもしれない。大いにあり得るけれど、結論を出すにはまだ早すぎる。

イーサンが不安そうに眉をひそめた。「アレクシス？」

彼女は首を振って唇を噛み、言葉を発そうとした。涙を見られないよう激しくまばたきをする。「わたしも落ちかけているわ」

〝恋に〟とは口にしなかったものの、言ったも同然だ。

「本当かい？」イーサンはひどくうれしそうな顔をした。

「ええ、ガーリック、残念だけどそうなの。あなたになんらかの感情を抱いているみたい」

アレクシスは咳払いをして彼の手を握った。はっきり認められたらどんなにいいだろう。心を曇らせる不安を――自分は永続的な関係に向いていないのではないかという疑念を――吹き飛ばして、イーサンの胸に飛び込めたら……。

「でも、あなたと暮らすことはできない。だって、どうなると思う？　一緒にいられるのは一〇年か、長くて一五年でしょう？　結婚したカップルの末路をいやになるほど見てきたの。欠点をあげつらって、互いをおとしめて……。一〇年後にあなたを憎んで別れるのはごめんだわ。あなたから憎まれるのもね」

イーサンが眉根を寄せる。

「つまり、なんて言ったらいいか……」アレクシスは適切な言葉が見つからずに唇を噛んだ。「イーサン、わたしは結婚したいと思っていないの。そりゃあ、まだ結婚を申し込まれたわけではないけど、最終的にはそうなるでしょう？　結婚しなかったとしても……つまり一緒に暮らすというのは永続的な関係を結ぶことで、それは結婚と同じで互いの領域に踏み込む行為だわ」

アレクシスは深く息を吸い、混乱した頭を整理しようと努めた。「母の話をしたでしょう？　だけど、母を憎いと思った日のことはまだ聞かせていなかったわね？　ブリタニーとちがって、わたしは母を憎んでいるの。あの人は本当に身勝手で、愛していると言いながら、自ら大切な人との関係を壊していた」

　こんなことを人に話すのは初めてだ。ブリタニーにさえ打ち明けたことがない。でも、イーサンには知ってほしかった。わたしがこんなふうに考えるようになった理由を理解してほしい。なぜ自分が立ち直れないほど傷ついていると思うのかを。

「母は四度結婚したわ。最初はわたしの父だった。二度目の夫は長生きしなかったけど、かえってラッキーだったわ。だって、怖かったから。バイクを乗りまわして、タトゥーだらけで、いつも酔っ払っていた。わたしが九歳になったとき、母はビルと結婚したの。ビルはとてもいい人だった。保険会社に勤めていて、ちゃんとした家を持っていて、わたしたちは彼の家に引っ越したわ。ビルはわたしとブリタニーを自分の娘のように愛してくれた。イーサン、本当なのよ。彼の目を見ればわかった。他人の子供を愛せない男もいるけど、ビルはちがったの」

　アレクシスの頰を大粒の涙が伝ったが、彼女はそれをぬぐいもしなかった。「わたしは幸せだった。生まれて初めてまっとうな生活を送ることができた。ガールスカウトの父と娘のダンスにビルを連れていったときは自慢だったわ。でも、一〇歳のわたしにはわからなかったけど、母はビルがわたしたちに愛情を注ぐのが気に入らなかったの。自分への注目が減るから。ビルがわたしたちをかわいがればかわいがるほど、母は彼につらく当たった」

アレクシスは黄褐色の塊になった卵を見つめて話し続けた。「わたしが一二歳のとき、母は、ビルが娘たちに性的虐待をしていると警察に通報したの」

「なんてことだ!」アレクシスの手の下でイーサンの手がびくりと動く。「それで、どうなったんだ? きみたちが危害を加えられていないことはわかったんだろう?」

「警察官はわたしが彼をかばっていると考えたの。もうすぐ一三歳だから、義父に疑似恋愛をしていて、黙っていたら結婚してやるとでも言われたんだろうって。げすの勘繰りよ。プロだと言いながら、わたしの話も、性的虐待の事実はないという検査結果も、ことごとく無視した。母を憎いと思ったのは、母がブリタニーを混乱させて、取り調べで都合のいいことを言わせたと知ったときだった。〝うん、パパはわたしをくすぐるのが好きよ〟とか、〝パパはわたしの着替えを手伝ってくれるわ〟なんて具合に」アレクシスは身震いした。「はらわたが煮えくり返ったわ。ブリタニーはまだ六つで、なにが起こっているかわかっていなかった。あの人たちは父親が子供に対して日常的にすることを、わたしの母がやろうとしないことを、汚らわしい行為だと解釈したのよ」

彼女は憎しみや怒りを繕いもせず、かすれた声で続けた。「そのとき、わたしは地方検事補になろうと決めたの。でたらめな世界に真実を見つけたかった。結婚なんかするものかとも思ったわ。そして、二度も父を奪った母を決して許さないと誓った」

「ビルは刑務所に入れられたのか?」

イーサンの声は思いやりに満ちていたが、アレクシスは顔を上げられなかった。「幸い刑務所は免れたの。でも、わたしたちと連絡を取るのは禁じられた」涙で視界がかすむ。アレクシスは目をぬぐった。「母が死んだとき、わたしはビルを捜したわ。だけど、半年前に心臓発作で亡くなっていたの。新しい奥さんが、ビルが大事にしていた箱を見せてくれた。わたしとブリタニーの写真や、父の日にわたしたちが作ったカードが詰まっていた。母のもとにわたしたちを残してきたことをとても悔やんでいたって……」

アレクシスの声が嗚咽に変わる。彼女はそんな自分を恥ずかしく思ったが、イーサンが立ち上がって体に腕をまわしてきたときは抵抗しなかった。彼の膝に座り、胸に顔をうずめられるのをうれしく思った。

人前で泣いたことなんてなかったのに、ここへ来て、三〇年近く抑え込んできたものが一気に噴出したようだ。弱い自分は嫌いだが、強いふりを続けるのが苦しくなるときもある。タフな顔を保ち続けるのは容易ではない。

地方検事局はまだまだ男性社会で、相手にする犯罪者も男だ。アレクシスはかつて上司に命名された〝ブロンドの鬼検事〟役を楽しんでいた。

だけど、今は……。

イーサン・キャリックの腕のなかで丸くなって甘えたい。たまには世話を焼かれる側になってみたかった。

イーサンはアレクシスの背中をなでて慰めの言葉をつぶやき、そうすることしかできない自分をふがいなく思った。女性に泣かれるとどうしていいかわからない。女性というのはあらゆることに涙するからだ。幸せなときも、悲しいときも、笑うときも、事実をごまかすときも、怒るときも泣くし、嘘泣きをすることさえある。それから苦痛の涙も。長く生きていると、信じられないほどたくさんの苦しみを目撃するものだ。

だが、アレクシスの涙を見たときほど動揺したのは一度きりだった。

ヴァンパイアに転生したのち、故郷であるイギリスへ戻ると、ちょうど妹のグウェナが亡くなったところだった。すべての子供を看取《みと》ったイーサンの母は、最後の娘の体に覆いかぶさるようにして立っていた。イーサンを見た母は、長男は聖戦で亡くなったはずだと言った。母の青白い頬を涙が伝った。その瞬間、イーサンは心臓を抜き取られ、剣でたたき切られたような気がした。

今はまさにそのときと同じ気分だった。アレクシスを助けることも、彼女の悲しみを癒やすこともできない。男としてそれは苦痛だった。

「きみに生を授けた女性が、母親になるすべを知らなかったことを残念に思う」イーサンはシルクのようにやわらかなアレクシスの髪に唇をつけた。「だが誰かがビルに尋ねていたら、彼はきみたちの人生にかかわれて幸せだったと答えたはずだ。結果はどうあれ、それは変わらないんじゃないかな」

アレクシスの嗚咽が小さくなる。「わたしもそう思うわ」

「それなら、自分が母親の影響を受けすぎていることもわかるだろう？　彼女にそこまでの価値はないよ」そもそも母になる資格のない女性だったのだ。だが、そういう女性が母親になってしまうことはある。イーサンには決して理解できない人生の謎だ。

「それもわかっていると思う。でも、口で言うほど簡単に割りきれないのよ」

「確かに簡単じゃないだろうね。だけど、ぼくは長く生きてきた過程で学んだことがあるんだ。ぼくたちはときどき、必要以上に物事を複雑に考えてしまうものだと」イーサンはアレクシスのスカートのベルトをもてあそび、親指で背中をなでた。自分が彼女に対してどれほど深い感情を抱いているかを実感し、驚いていた。「きみをせかすつもりはなかった。でもぼくは、自分の直感を信じられる程度には人生経験を積んでいるつもりだ。本物と妄想を見分けられるくらいには長生きしたと思うよ。ぼくのきみに対する気持ちは本物だ。一緒に暮らしてほしいなんて女性に頼むのは初めてなんだ」


愛していると口にしたことはあっても、心の底からそう思ったことは今までなかった。しかし、ここでアレクシスに愛を告白したところで信じてはもらえないだろう。〝これまでつき合った女性たちに対しては単なる口説き文句だったけれど、きみに対しては本気なんだ〟などと言っても、アレクシスの心を勝ち取ることはできない。


ストレートに結婚しようと言わなかった理由もうまく説明できなかった。なにかが彼にプロポーズを思いとどまらせた。拒絶されるのが怖かったのだろうか？

「別に焦っているわけじゃない。ただ、きみとならうまが合うと思ったんだ。きみこそ理想の女性だと。ふたりでいれば、この先ずっと笑って過ごせるだろう。きみに対するぼくの情熱は消えることがない。ぼくの言っていることがわかるかな？」まるでシーマスが得意とする詩的なスピーチみたいだ。

イーサンの額には玉のような汗が浮かんでいた。拒まれる可能性が高いと知りながら、相手に心をさらけ出すのは怖い。

だが、これ以上気持ちを隠してはおけないし、隠したくもなかった。思いは言葉にしたとおりだ。九〇〇年以上も生きていれば、欲しいものを見つけたら直感でわかる。ふたりはめぐり合う運命だった。イーサンにとってアレクシスは心が読めない唯一の人間であり、精神的にも肉体的にも彼をひれ伏させることのできる女性だ。

「あなたの言いたいことはわかるわ」アレクシスがイーサンの胸に頬をつけたまま言った。声はかすれているが、もう泣いてはいなかった。「でも、わたしたちが共有できるのはほんの一〇年かそこらよ。あなたを深く知ったあとで失うなんて耐えられない」

イーサンはため息をつき、アレクシスの髪に顎をうずめた。手に入らないと知るために出会ったのではない。そんな運命は受け入れられない。彼女が差し出してくれるものなら、なんでも受け取るつもりだった。「それなら、ぼくたちにはなにがあるんだ?」

「今よ。わたしたちにあるのは今この瞬間だけだわ。選挙が終わるまであとどのくらいかしら? 六週間? それ以上はなにも約束できないわ。どうしても無理なの」

アレクシスの心臓が早鐘を打ち、血液が猛烈な速さで血管を流れていく。イーサンはアレクシスの恐怖を、そのむせ返るようなにおいをかぐことができた。彼女につらい思いはさせたくないが、ここで引き下がるわけにもいかない。たった六週間しか一緒にいられないなんて、残酷すぎる。あと一〇〇〇年は続くであろう一生のうちのたった六週間なんて……五万二〇〇〇週と比べたら無に等しい。

その無が、すべてになるかもしれないのだ。

「きみを転生させる」そう言った途端、イーサンは後悔した。悪魔のギフトを人に勧めたことなどない。ほとんどの人間は不死の魅力に抵抗できないし、アレクシスがそのために自分とつき合うのかと思うと耐えられなかった。永遠の命というおまけを抜きにして、ぼくだけを求めてほしい。彼女自身の意志で。

アレクシスが体を引いてイーサンを見つめる。「あなたったらどうかしてしまったの？悪い血でも飲んだ？頭がどうかした人から血を吸ったとか？ヴァンパイアになったら、わたしは地方検事補を辞めなきゃならないのよ。将来ブリタニーが産む子供たちとも遊べなくなる。チョコレートも食べられない。いやよ、ヴァンパイアになんてなりたくないわ」

彼女はイーサンの肩を押して立ち上がり、泣きはらした目をぬぐった。「仕事に行かないと。続きは今夜にしましょう。八時には戻るわ、いい？」

アレクシスは髪をうしろに払い、唇と目の下をナプキンで拭くと、バッグをつかんで部屋を出た。彼女の背後で、ドアが静かな音をたてて閉まる。

「落ち着け、キャリック」イーサンはまず顎を、次いで胸をこすった。その部分に痛みがあるのは撃たれたせいにちがいない。

初めてのプロポーズと愛の告白は散々な出来事だった。

焦るあまり、ばかなことを口走ってしまった。衝動的で、気味の悪いことを……。

悪い血を飲んだせいじゃない。

アレクシスを愛しているせいだ。

マスター・ヴァンパイアともあろう者が、恋に浮かれて愚かな行動に走るなんてまったくお笑いぐさだ。

イーサンは発作的に、アレクシスが残した果物の入った皿を手にして投げつけた。皿がバルコニーへと続く窓ガラスを割って飛んでいくのを見て爽快感を覚える。ガラスの破片とともに、果汁や果肉があたりに飛び散った。

そのときになって、バルコニーの向こうに消えた白いセラミックの皿が通りに――通行人の頭上に落下するかもしれないことに気づいた。

「しまった！」彼は部屋を横切ると躊躇なくバルコニーから跳躍し、一〇階を通過したところで皿をつかんだ。

ところが勢いがつきすぎて、とまることもできなければ、上昇することもできなかった。イーサンはぐしゃっという音とともに地面に激突し、鼻と両手首を骨折した。痛みが全身を貫く。どこからか女性のヒステリックな悲鳴が聞こえた。

ちくしょう、愛ってやつは痛いものだ。

文字どおり彼が恋に落ちたことを知っても、アレクシスは感激してくれそうもない。

17

ケルシーはヘルペスみたいだ、とリンゴは思った。いちばんいやなときに再発して、悩ましいかゆみをもたらすからだ。

「ハイ！」ヘルペスが息を切らして立ち上がる。髪はポニーテールにしているが、昨日の夜と同じ赤いドレス姿だ。

リンゴはケルシーを無視してホテルの客室を出た。昨夜は二回も彼女の尾行をまいたのに、なぜか居場所を突きとめられてしまった。あの様子では、〈シーザーズ・パレス〉の廊下で夜を明かしたにちがいない。

おれの思考を読みたいなら、このひと言を読むがいい。〝あっち へ行け！〟

「今朝、ミスター・キャリックがホテルから転落したの」ケルシーが背後から言った。「一階の張り出し屋根から突き落とされたんじゃないかって」

「なんだって？」リンゴは凍りついた。

「わたしだってひと晩じゅうあなたの部屋の前に座ってたわけじゃないのよ。そこまでばかじゃないわ」ケルシーはにっこりして肩をすくめた。「着替える時間がなかっただけ。ミスター・キャリックは今朝七時ごろ、〈アヴァ〉の前の歩道でぺちゃんこになっているところを発見されたの」

「死んだのか？」そうだとしたら好都合だ。もしくはこのうえなくまずい。

「いいえ。自分の不注意で落ちたと言ってるわ。でも、あのイタリア人にはあなたがやったと言えばいい。そうすれば怒られないでしょう？」

リンゴは頭が混乱してケルシーに背を向けた。彼女と話していると心が乱れ、キャリックの事故がなにを意味しているのかを冷静に分析できない。「なぜおれの思考に割り込んでくる？　なぜおれを助けるんだ？」

ケルシーは唇を嚙んだ。今日は口紅をつけていない。深紅の口紅がないと、これまでよりも幼く傷つきやすそうに見えた。「あなたの考えてることが容易に聞こえる理由はわからない。あなたを助けるのは、こんなごたごたから手を引いてほしいからよ」

ケルシーが手を上げて彼の頰をなでた。リンゴは体を引いた。誰にもさわられたくない。彼女が浮かべる哀れみの目つきも我慢がならなかった。

「わたしにはあなたの苦しみがわかる」ケルシーのダークブラウンの瞳に同情がにじんだ。

「そのイタリア人に、おれは手を引くと言ってきて。それで終わりにしましょう」

リンゴの喉から引きつるような笑いがもれた。この女はおれの頭のなかを簡単にのぞけるくせに、明白な事実が見えていない。「かわいいケルシー、もう手遅れなんだ」

アレクシスは妹の無事を確かめようと、その日三度目となる電話をかけた。カジノに戻る前にブリタニーの元気な姿をひと目見たい。イーサンに子供時代の話をぶちまけて動揺しているせいもあって、余計妹に会いたかった。彼から一緒に暮らさないかと言われ、真剣な交際を申し込まれたのに、断ってしまったこともある。

しかし待ち合わせのメキシコ料理店に、くまができて青い顔をしたブリタニーが現れた瞬間、アレクシスは自分の悩みを忘れた。弱々しい笑みはまったくいつものブリタニーらしくない。元気いっぱいの一〇〇ワットの笑顔がトレードマークなのに。

「ああ、ブリタニー、いったいなにがあったの？」アレクシスはマルガリータをひと口飲んで、こめかみを押さえた。頭痛がする。アルコールはやめておいたほうがいいかもしれないわ。でも、おいしいことはまちがいない。

「それに、スカーフをそんなにきつく巻いて。窒息しそうに見えるわよ」ブリタニーの首元を飾る黒とブルーグリーンとオリーブ色のしゃれたスカーフは、絞首刑用のロープのようだった。

彼女は首元に手をやってスカーフをいじった。「患者の顔にかかるといやだから。たまにはちがうスカーフをしてみたかっただけ」

そう言って、レストランじゅうに視線を泳がせた。頰には赤みが差している。なにを隠そうとしているのだろう？

「イーサンは？　彼といて楽しい？」ブリタニーが尋ねた。

もちろん楽しい。アレクシスは唐辛子形の小さな器をもてあそび、おどけて話をはぐらかそうとした。しかし、意図せずイーサンの申し出についてもらしてしまった。「……一緒に暮らそうって言われたの」

ブリタニーが目を見開く。「なんですって？　本当なの？」

「ええ」頬が真っ赤になっているにちがいない。それは半分空にしたマルガリータのせいではなかった。「正気とは思えないでしょう？」

ウエイターがアレクシスの前にブリトーの皿を置く。彼女は料理に目を落としたが、ワカモーレソースを見ても正しい答えはひらめかなかった。

「多少常識を欠いているけど、すばらしいじゃない」ブリタニーがいつもどおり、心からの笑顔を見せる。「じゃあ、姉さんの家はわたしがもらってもいい？」

「ブリタニーったら！」破天荒な妹にとっては、出会って四日しか経たない男性と一緒に暮らすのもありなのだ。「イーサンとはまだ出会ったばかりなのよ。そんなに早く同棲《どうせい》するつもりはないわ」

「でも、愛しているんでしょう？」ブリタニーはモヒートを飲み、豆をひと粒フォークで刺した。

「なぜそう思うの？」わたしは彼を愛しているの？　そうかもしれない。たぶん……正気とは思えないけれど、そうなのだ。だが、そのことは誰にも知られたくない。「あの人はヴァンパイアよ」

「どうだっていいじゃない。まじめな話、いつか人間に戻れるかもしれないし。それも思ったより早い時期に」ブリタニーはかぶりを振った。「わたしが言いたいのは、イーサンを愛しているなら……愛しているに決まっているけど、彼も姉さんを愛しているなら……一緒に暮らそうと言い出すくらいだから愛しているはずよね？　それならどうしてチャンスをつかまないの？　やってみなさいよ。幸せになって」

問題は、アレクシス自身がどうすれば幸せになれるのかわかっていないことだ。具体的な目標があるならまだしも、〝幸せ〟というのはあまりに漠然としている。

「姉さんに話したいことがあるの」

「あなたに話したいことがあるの」ふたりはほぼ同時に言った。ブリタニーが噴き出すのを見て、アレクシスは続けた。「あなたからどうぞ」

ブリタニーは沈黙し、食事を口に運んだ。間が悪いことに、アレクシスの携帯電話が鳴りだした。「もう！　ちょっと待ってね。仕事の電話かもしれない」彼女は携帯電話を開いた。

「アレクシス・バルディッチです」

「アレクシス、シーマス・フォックスだ」

アレクシスは驚いた。「シーマス？　どうしたの？」シーマスはイーサンがデートに何時間も時間を割くのを快く思っていない。諸悪の根源である彼女に電話をかけてくるとは思ってもみなかった。公の場におけるファーストレディとしての立ち居ふるまいについて講義でも受けろというなら話は別だけど……。もしそうだとしたら、〝冗談でしょう〟と言ってやる。その気になれば、わたしは政治のいろはについての本だって書ける。それもシーマスのわざとらしいスピーチよりよっぽどましな本を。

「イーサンに頼まれて電話をかけたんだ。彼はちょっとした事故に遭ってね。きみの顔を見たがっている」

アレクシスは心臓がとまりそうになった。手にしていたチップスが砕けて皿に落ちる。

「事故ですって？　彼は無事なの？　また暗殺されかけたとか？　だからこのあいだ撃たれたときにもっと真剣に考えてって言ったのに」

シーマスがうんざりした声を出したが、それはアレクシスに対するものか、イーサンに対するものかわからなかった。「イーサンは大丈夫だ。ちょっと、その、自室のバルコニーから転落して、歩道に激突しただけだよ。救急車を拒んだからニュースになるだろうけど……。いくらお抱えの医師がいるといっても、風変わりな金持ちと噂《うわさ》されるだろうね。ともかく、彼はきみに会いたがっている」

「だったら、なぜ自分で電話をかけてこないの？」本人の声を聞いて安心したい。ブリタニーとイーサンのせいで、わたしの白髪が増えるのは確実だ。「それに、どうしてバルコニーから落ちたの？　くしゃみをしてバランスを崩したのかしら？」

「イーサンは今は寝ているが、きみがホテルに帰ってきたら起こしてくれと言われている。

詳しいことは自分で説明するだろう。ぼくは一介の選挙対策マネージャーにすぎないから」シーマスがいかにもいらだった調子で言った。

「あなた、わたしのなにが気に入らないの？」とげとげしくされるのはうんざりだ。

「なにも」シーマスは澄ました声で答えた。

ええ、そうでしょうね！「伝言をありがとう。三〇分で戻るわ」

アレクシスはメキシコ料理をふた口かじると、ブリタニーに言った。「イーサンが事故に遭ったの。無事だけど、わたしに会いたがっているんですって」自分がひどく取り乱しているのに気づいて、気を静めようとする。「彼のプロポーズを拒んでしまったんだから、そのくらいは応じないとね」

ブリタニーが眉を上げた。「アレックスったら、いい加減にしなさいよ。イーサンに夢中なくせに」

アレクシスは妹に法廷用のにらみをきかせた。「異議あり！」

二〇分後、ふたりはイーサンから渡されていたカードキーを使って彼の部屋に入った。アレクシスは妹がつき添ってくれたことに感謝した。血だらけで床に倒れていたイーサンの姿が何度も脳裏によみがえる。命に別状はないといっても、彼が前回みたいにぞっとする状態でないとは限らない。

彼女はブリタニーを従えてベッドルームへ向かった。室内はしんとしている。誰もつき添っていないようだ。ひとりくらいはついているべきじゃないの？　いくらヴァンパイアが個人主義とはいえ、大統領なんだから。

ベッドルームのドアを開けると、天蓋つきのマホガニーのベッドにイーサンが背筋を伸ばして座っていた。彼が大きく目を見開く。「アレクシス？」それから鼻をひくひくさせた。「なんだ？　ヴァンパイアのにおいがするぞ。これは……あのフランス人のにおいだ。どうしてほかの男のにおいをさせているんだ？」イーサンは険しい声で言った。

落下して鼻がきかなくなったのかしら？「なにを言っているの？」アレクシスはベッドに歩み寄った。ハイヒールを蹴り飛ばして、スーツのジャケットを脱ぐ。目の縁がうっすら黒くなっているのと青あざができている以外、イーサンに目立った外傷はなかった。痛みに苦しんでいる様子もない。

それでもアレクシスはイーサンの額に手を伸ばした。まったく、わたしったらなにをしているんだろう？　熱なんてあるわけがないのに。今朝のことがあっただけに、顔を合わせたら気まずいのではないかと思っていたが、実際に会ってみると単純に彼のことが気がかりだった。

「いったいどうしたの、イーサン？」アレクシスはキスをしたいのをこらえて尋ねた。ところが彼は甘い気分ではなかったらしい。視線がアレクシスの背後に注がれる。「ブリタニーか？　ここへ来い」

「妹に偉そうな口をきかないでよ」アレクシスはイーサンをにらんだ。

ブリタニーがみじめな顔で足を踏み出した。「こんにちは、イーサン。傷が痛まないといいんだけど」うしろめたそうな声だ。

アレクシスはいやな予感がした。

「スカーフを取るんだ、ブリタニー」

ブリタニーがため息をついて結び目をほどく。スカーフが落ちると、白い肌の上に、小さいが鮮やかな赤い点がふたつ現れた。

アレクシスは息をのんだ。

「ジャケットも」

ブリタニーは白いジャケットとノースリーブのブルーグリーンのブラウスを着ていた。下は丈の短い白のパンツとサンダルだ。彼女がジャケットを脱いだところ、両肩にもいくつか赤い点がついていた。

「まあ……」アレクシスは愕然とした。

「あのフランス男と交わっただろう？」イーサンが暗い表情を浮かべた。

それが誰にせよ、好ましい相手ではなさそうだ。

「交わるというのが適切な表現かどうかわからないし、そもそもあなたには関係ないと思うけど」ブリタニーはジャケットを腕にかけた。

イーサンが信じられないという顔になる。「あのフランス男は追放された身なんだぞ」

「でも、あなたはコービンがここにとどまるのを許しているでしょう？　研究を続けさせているじゃない」

それはイーサンが能なしだからだ。アレクシスは彼の首を絞めたくなった。妹が急進的で変わり者のヴァンパイアと関係を持ったのはイーサンのせいらしい。

ブリタニーは自分がなにをしでかしたか理解していない、とイーサンは思った。アトゥリエは彼女にしるしをつけた。ブリタニーを見たヴァンパイアは例外なく、彼女がアトゥリエのものであることを知るだろう。

ぼくがアレクシスにしたように、しるしをつけたのだ。

ヴァンパイアは人間の恋人に対する独占欲が強い。相手を愛している場合はとくにだ。そう、ぼくがアレクシスを愛しているように……。だがブリタニーはただの人間ではなく、不浄《インピュア》の者だ。それが事態を複雑にしていた。彼女の父親についてはシーマスに調べさせているが、これまでのところなんの成果も得られていない。

そのブリタニーがアトゥリエと関係したのだ。

「確かに滞在を許している。だが、あいつは仲間から支持されているわけじゃない。むしろ要注意人物と見なされているんだ」イーサンはなりゆきをじっと見守っていたアレクシスに向き直った。彼女の吐息は酒のにおいがした。今日はなにをしていたんだ？　今、なにを考えている？「BB、ブリタニーに話すんだ。すでにアトゥリエが話した可能性もあるけれどね」

イーサンはブリタニーから確証を得ようとするように彼女の顔をうかがった。ブリタニーはなんの話かわからないらしく、いらだった表情を浮かべている。

「イーサン……」アレクシスの声には懇願の響きがあった。

「なにを伝えるというの？　なにが起きているの？　アレックスとコービンになんの関係があるの？」

「コービンって誰？」アレクシスが追及する。

「例のフランス人だ」イーサンは答えた。アレクシスの考えが読めたら……そして彼女にもぼくの考えを伝えられたらいいのに。そうすれば、ブリタニーが出生の秘密を知ることがどれほど重要か理解させられる。

「わたしたちは、その……あれよ」ブリタニーが赤くなった。「彼は科学者なの。ヴァンパイアを人間に戻す方法を研究しているのよ」

「その人とセックスしたの？」アレクシスの声が高くなる。

「そうだとしたらなに？」ブリタニーは指にスカーフを巻きつけたりほどいたりした。「姉さんだってイーサンとしたんでしょう？」

「わたしの話をしているんじゃないわ！」

イーサンが咳払いをする。アレクシスは振り向いて、彼に向かって指を突きつけた。「あなたは口を挟まないで」

「議論に加わるつもりはないが、ブリタニーは自分が何者なのかを知る必要がある」

「わたしは何者なの？」

「黙っていて、イーサン」

ブリタニーを失うのではないかというアレクシスの不安は理解できる。妹には事実を教えないでおくほうが安全だと思っていることも。だが現実には、真実を知らせないことでブリタニーを危険にさらしている。

「アレクシス」イーサンはどうしてもアレクシスにわからせるつもりだった。ブリタニーに念を飛ばすこともできるが、そんなことをしたらアレクシスに殺されかねないし、一緒に暮らすどころではなくなってしまう。約束の六週間すら危うい。

「なんだか怖くなってきたわ」ブリタニーの首元がびくびくと脈打った。彼女はスカーフを神経質にねじった。

アレクシスの顔が苦しげになる。「もう！　ごめんなさい。怖がる必要はないのよ。イーサンがあなたの生物学的父親について、ある疑問を抱いているだけ」

「わたしの父親がどうしたっていうの？」

「その……イーサンの考えでは、あなたの父親はヴァンパイアかもしれないって」アレクシスは妹の手を取って強く握った。「でも、ただの臆測だから」

「そんなことがあり得るの？」ブリタニーは姉を見てからイーサンに視線を移した。「ヴァンパイアは子供を作れないんじゃないの？」

「相手が人間の女性なら別だ。生まれた子供は両方の遺伝子を持つ。不死身ではないが、極めて健康で、一〇〇歳くらいまで生きる。血を吸う必要はないものの、いくつかヴァンパイ

ア の特徴が表れる。日焼けしやすく、運動神経がよくて、人の考えを読めるんだ」相手にショックを与えずに伝える方法がわからないので、イーサンは一気に話した。「ぼくは、きみのなかにヴァンパイアの血を感じる。きみが仲間だとわかるんだ」

アレクシスが鼻を鳴らした。「ただの推測でしょう?」

だが、ブリタニーは納得した様子だった。眉間にしわを寄せてかぶりを振る。「なんだか変な感じ。でも、信じるわ。あなたが正しいってわかるの。いつも自分はほかの人となにかがちがうって思っていた。それにコービンが……コービンがわたしの血に人間とヴァンパイアのつながりを解く鍵があると言ったの。人間がヴァンパイアに突然変異した遺伝子を特定できるって。それが両方のDNAを持っているからだとは知らなかったけど……」ブリタニーは口の下に手をあてた。

アレクシスは拷問にかけられているかのような顔になった。「ブリタニー、あなたに告げるべきかどうか判断がつかなかったの。イーサンから教えられたときも、信じていいかどうか迷ったし。だけど、大した問題じゃないわ。本当よ。あなたはあなただもの」

ブリタニーは姉に向かってほほえんだ。「わかってる。大丈夫よ、本当に。話してくれてありがとう。本質的にはなにも変わらないわ。でも、合点がいくことがたくさんある」彼女はイーサンを振り返った。「わたしの父親を知っているの?」

「いいや」イーサンが首を振った。「それは今、シーマスが調べている。それときみに謝らなければならない。最初に〈アヴァ〉に誘ったのは、きみがインピュアだと知って選挙に役立つと思ったからなんだ。少数派であるインピュアの票を取り込めると思った。だが、きみに対してフェアじゃなかった。最初から時機を見て話すつもりではいたんだよ。きみが望まないことをさせる気はなかった」

イーサンは自分をこのうえなく下劣に感じた。声に出してみたことで、それがいかに身勝手な言い分かがよくわかった。

またしても選挙に出馬したことを後悔する理由が増えた。政治的な駆け引きや、それに伴う欺瞞《ぎまん》はうんざりだ。

けれども心の広いブリタニーは、励ますようにイーサンの手をたたいた。「いいのよ、イーサン。わたしはあなたがヴァンパイアだと知りながら、ここにとどまったんだもの。あなたたちを地獄から救いたかったから。ヴァンパイアが本当に呪われた存在かどうか、今はよくわからないけど、コービンが救済を見つけられるよう願っているわ。そうすれば、ヴァンパイアのままでいるか人間に戻るかを選択できるじゃない」

イーサンもある程度はその考えに賛成だった。しかしアトゥリエの研究を支援したのは、彼を目の届くところに置いておきたいためで、成功を信じていたからではない。救済の方法が発見されれば、自らの意思に反してヴァンパイアになった者や、死ぬ心構えのできた高齢のヴァンパイアにとっては朗報だ。けれども厳格な管理が必要になるだろうし、倫理上の悪夢が到来するとも思えた。一〇〇〇年近く生きてきたイーサンも、この問題に対する態度を決めかねていた。

ヴァンパイアに選択権はあるのか？　自分たちは悪魔のギフトによって地上に縛りつけられる運命ではないのだろうか？　自殺に成功したヴァンパイアはほとんどいない。自ら死を選ぶ仲間の絶望と憂鬱は痛いほどわかっている。それにしても、自分の命を絶つことが正しいのかどうか……。

死をめぐる問題は非常に複雑かつ個人的な問題であり、いつか直面するときが来るとしても、何年も先であってほしかった。

「アトゥリエの研究は微妙な問題にかかわっている。彼のそばにいると、いつか大変な騒動に巻き込まれるだろう。アトゥリエには、ヴァンパイアのクローンを作る方法を発見したという噂もある」

「なんてこと！」アレクシスの小麦色の顔から血の気が引き、これまで目立たなかったそばかすが浮き上がった。

「もしそうだとしても、コービンはクローンを作ったりしないわ。彼の研究はヴァンパイアの救済に絞られているもの」

アレクシスはイーサンの隣に腰を下ろした。「ブリタニー、わたしの言うとおり会計士と結婚して。そのコービンとかいう人は気味が悪いわ」

「あら、気味が悪くなんかないわ」ブリタニーがあたたかな声で言う。「とってもやさしくて、フランス風のアクセントがかわいいの。古風なところもあるから、わたしがレディらしからぬふるまいをすると怒るのよ」

これはまずい、とイーサンは思った。ブリタニーの口調はすっかり恋をしている乙女のそれだ。ふたりはすでに親密な関係にあると考えてまちがいない。牙の跡がその証拠だ。

アレクシスも同じことを考えてやきもきしているらしい。イーサンは彼女の背中をさすった。アレクシスがイーサンに向き直る。

「ところで、あなたはどうしたの？　本当にバルコニーから落ちたの？　けがをしたふうには見えないけど」まるでギプスをして点滴の管につながれていたほうがよかったかのような口ぶりだ。

イーサンは咳払いをした。「ちょっと物を落としたんだ。それが頭に当たって誰かが死んだりすると困るんで、バルコニーから飛んで拾おうとしたんだよ。ところが途中でとまれなくて、歩道に手首と鼻を打ちつけた。大したことじゃない」

「だったら、なぜシーマスが電話をかけてきたの？」アレクシスは怒った口調で言いながらも、イーサンの両手首の痛みを取り除くように、そして無事を確認するようにやさしくさすった。どれほど心配していたかがよくわかるしぐさだ。

それを見たイーサンは、今朝から引きずっていた不満を忘れた。アレクシスに必要なのは時間だ。そして時間ならたっぷりある。

「ニュースで知ってほしくなかったからだよ。それにきみの美しい顔を見て、痛みを忘れたかった」

アレクシスがくるりと目をまわす。

ブリタニーが楽しげに笑った。

イーサンはアレクシスの唇に素早くキスをして、体を引こうとした彼女をきつく抱きしめた。「愛しているよ」

アレクシスの頬が真っ赤になる。「あなたってまったく頭がどうかしているわ」

「アレックス！」ブリタニーがあきれた様子で言った。「まったく。イーサンにやさしくしてあげて」彼女はドレッサーの前へ行き、鏡を見ながらスカーフを結び直した。

「そうだ、やさしくしてくれよ」イーサンがつぶやいて、アレクシスの首筋に鼻をこすりつける。

アレクシスは彼の腕をつねった。「わたしも愛しているわ」そう言うと、さっさとベッドから下りて妹の隣へ行った。

イーサンは唖然としてアレクシスを見つめた。ついに認めたじゃないか！

愛の告白を受けた彼は、天にものぼる心地がした。

18

「遅刻だぞ」ドナテッリが腕時計をちらりと見た。「それも一〇時間の遅刻だ。今すぐおまえの息の根をとめてはいけない理由をひとつでいいから教えてくれ」

リンゴはドナテッリに銃を向けた。「おれが先に殺すから……というのはどうだ?」昨日は一睡もできなかった。この男さえいなくなれば、ごたごたも終わる。

ドナテッリは銃には目もくれず、クリーム色のソファにゆったりと腰かけて、小さくて醜い茶色の毛並みをした犬をなでていた。そのいかにも成金らしい光景に、リンゴは声をあげて笑いたくなった。

「こういうのはどうだ? おれはキャリックを撃ち、さらにバルコニーから突き落とした。だが、金を要求する気はない。おれは黙ってこの場を去る。お互いに会わなかったことにするんだ」

「わたしがそんな申し出を受け入れると本気で思っているのか?」

「おまえに選択肢はない」

ドナテッリがパチンと指を鳴らした。リンゴは思わず引き金を引きそうになり、最後の瞬間に思いとどまった。しかしドナテッリが口を開いた途端、思いとどまったのを後悔した。

「もしかすると、おまえの恋人が選択肢を増やしてくれるかもしれない」

汗が背中を伝い、シルクのシャツを湿らせる。「なんの話だ?」

そう言いながらも、答えはわかっていた。背後からケルシーの泣き叫ぶ声が聞こえたからだ。肩越しに振り返ると、筋骨たくましいふたりの男に両脇を固められ、ケルシーが肩を震わせて泣いていた。彼女がすがるようにリンゴを見る。

ちくしょう! 「おれの考えが聞こえるんじゃなかったのか? ホテルにいろと言っただろう!」

「ごめんなさい……あなたの力になれると思ったの」

「女というのはまったく厄介な生き物だ」ドナテッリがいかにも同情した様子で言う。皮肉たっぷりの口調だ。「わたしのように愛人を雇うべきだったな。手がかからないし、仕事の邪魔にもならない」

「ご親切にどうも。今後の参考にするよ」リンゴはボディガードたちを目の端でとらえながらドナテッリとの距離を詰め、心臓に狙いを定めた。「彼女を放せ」

男たちは言われたとおり、ケルシーをリンゴのほうへ突き飛ばした。リンゴから三メートルほどのところで、ケルシーがよろけて倒れる。続いて何発もの銃声と悲鳴が響いた。リンゴは振り向きざまにふたりのボディガードに向けて発砲した。

リンゴの銃弾は的確にボディガードたちを仕留めたが、ケルシーが背中と脇腹に一弾倉分の弾丸を浴びたあとだった。噴き出した血がドレスや腕に飛び散り、カーペットを赤く染める。リンゴはケルシーの腕を引っぱって横向きにした。見開かれた目はなにも見ておらず、呼吸もしていない。ぐったりした体からは生命の兆候がまったく感じられなかった。

ドナテッリはソファから立ち上がりもせず、脚を組んだままねずみのような顔をした犬をなでている。ケルシーの脇にひざまずくリンゴに向かって、犬がきゃんきゃんと吠《ほ》えた。

彼女の脈がないことを確かめたリンゴは、それまでため込んできたものが体の奥から一気に噴き出すのを感じた。悲しみと怒りと嫌悪が皮膚を突き破ってあふれ出る。彼は冷たくなったケルシーの頬をなで、開かれたままのまぶたを閉じてやった。

「この女を殺す必要はなかったはずだ」リンゴは低く険しい声で言った。「彼女はなんの関係もなかった」

そしておれのせいで死んだのだ。

「それどころか、彼女はすべてにかかわっていた。おまえたち、ミス・ケルシーを頼む。これ以上カーペットが汚れないようにな」

リンゴは振り返った。ドナテッリが誰に話しかけているのかわからなかったのだ。その瞬間、寒けが特大の蜘蛛《くも》のようにリンゴの背筋をはいのぼった。殺したはずのボディガードたちが、上体を起こして服のほこりを払っている。

「嘘だろ、おい……！」

それぞれ三発ずつ心臓を撃ち抜いたのだから、生きていられるはずはない。リンゴは全身が冷たくなっていくのを感じた。彼はケルシーの遺体を守るように体をずらした。彼女の亡骸《なきがら》を冒瀆《ぼうとく》させはしない。どうせごみ容器かなにかに投げ込むつもりなのだ。「彼女にふれるな」

「おまえに発言権はない」

リンゴは手を伸ばして銃を探った。ケルシーの脈を確かめたときに床に置いたのだ。

ふたりのボディガードが猛然と襲いかかってくる。リンゴは手足をめちゃくちゃに振りまわし、爪を立てて抵抗したが、難なく羽交い締めにされてしまった。黒っぽい髪をして、防虫剤みたいなにおいをさせた大男がリンゴの上にのしかかってくる。男の体で照明がさえぎられ、目の前が暗くなった。リンゴは男の膝を蹴り上げたが、男はかまわず上体を落とし、いやらしい笑みを浮かべて彼に迫ってきた。リンゴの肺から空気が押し出される。

男の唇のあいだで長い牙が光った。空気や光や音を遮断され、リンゴは人として――いや、生物としての本能的な恐怖を覚えた。首筋に鋭い痛みが走る。

リンゴは自分のうめき声を聞いた。暴力的なまでのショックと痛み、そして冷たさが意識を支配する。どこもかしこもずきずきして動けない。全身が痙攣し、細胞が崩壊していくかに感じられて、反射的に舌を嚙みきりそうになった。かすれゆく意識の向こうから、ドナテッリの声が漂ってくる。

「おまえにキャリックは殺せないと思っていたよ。殺す気がないからじゃない。わが種族は頸部を切断されない限り死なないからだ。ところがおまえは、首を切断するという野蛮な行為を嫌った。わたしはキャリックに揺さぶりをかけ、選挙の山場を前にゲームから降りさせたかっただけだ。いわゆる心理戦だな。おまえがキャリックの受付係とデキたのは予定外だったがね」

リンゴは目を開けて、ドナテッリの声に意識を集中しようとした。部屋がぐるぐるとまわり出し、まぶたの裏で爆発する。なにかの薬を打たれたにちがいない。混乱させて意識を失わせるような薬を……。

「もうちょっとだ、スミス」

リンゴは声にならない悲鳴をあげた。体のなかをかきまわされ、ぎりぎりと締めつけられ、切断されるようだった。

「そうだ、もういいだろう。今度は女の番だ。とどめを刺してやれ。ここはわたしが片づける」

ボディガードが手を離すと、リンゴはやわらかなものの上に落ちた。そのあと大きな音とともにカーペットにたたきつけられ、頭蓋骨ががたがたと鳴る。彼の下にあったケルシーの体が引き抜かれたのだ。リンゴは体を動かしたかった。抵抗したかった。けれども蜘蛛の巣にかかった蠅《はえ》のように、ドナテッリの意のままになるしかなかった。

あたたかなものが口に流れ込んでくる。ぴりっとして鉄のような味のする液体が、干からびた唇を湿らせ、上顎に張りついていた舌を解放した。

「おまえの能力は買おう。だが、その女をかばうとは……そんなことをする男とは思わなかった」

リンゴはしたたり落ちてくる液体を夢中で飲んだ。不思議な味をした液体は、ひと口ごとにリンゴの苦痛をやわらげ、抵抗心を失わせた。懸命にまぶたを開けて状況を確認しようとしたが、自分の上にのしかかっている男のシャツの生地と肌しか見えない。

これほどの喉の渇きを覚えるのは初めてだった。脱水した体に水がしみ込んでいく。リンゴはむさぼるように飲んだ。腕や脚に体温が戻ってきた。

「あと少しだな」ドナテッリがリンゴの額をなでた。

感覚が戻ってくると、リンゴは自分がイタリア人の腕を……その血を吸っていることに気づいた。本能は今すぐ立ち上がって逃げろと警告していたが、リンゴの口は、肉体は、もっと血が欲しいと懇願していた。ついにドナテッリが腕を引いたときは、不満の声がもれたほどだ。

「飲みすぎはよくない」

リンゴは混乱してドナテッリを見上げた。体が満たされて熱いのに、氷のように冷たくもある。彼は朦朧《もうろう》としたまま、ドナテッリの目尻に寄ったしわを目でたどっていった。鋭い目つきだ。黒曜石のように黒く、醜い秘密でいっぱいの目……。

「もうわかっただろう？　そう、わたしはヴァンパイアだ。今やおまえもわたしたちの仲間、わたしのしもべだ」

リンゴは海兵隊時代、グレナダで地獄を見たと思っていた。しかしドナテッリの空っぽの魂は、その一〇倍も恐ろしい地獄を映していた。

アレクシスは髪をとかし、鏡に向かって顔をしかめた。一人前の女性というよりは、母親のイヴニングドレスを勝手に着た一二歳児みたいだ。だいたい、胸まわりは緩いのにヒップがきついのはどういうわけだろう？

「すごくきれいよ」ブリタニーが言った。「『こんな着こなしにご用心《ホワット・ノット・トゥー・ウェア》』に出演できそう。体にぴったり沿ったAラインのドレスを着ている洋梨体型の女だわ。最低！」

ブリタニーはベッドの上で寝返りを打った。ジャケットと靴を脱いでいる。妹の首にきっちりと巻かれたスカーフを見て、アレクシスは寒けがした。自分がヴァンパイアとセックスして微妙な場所を噛まれるのはよくても、妹がそうするとなると話は別だった。まさしくぞっとする。詳しく想像しなくてすむように、バケツに放り込んで蓋《ふた》をしてしまいたい。

ただし、姉妹のあいだに秘密がなくなったことはうれしかった。なんであれ、妹に隠しごとをするのは気が重い。それにブリタニーは、ヴァンパイアが父親かもしれないという事実を抵抗なく受け入れたように見える。

「アレックス、本当にすてきよ。身長のことばかり気にするのをやめたら、自分の魅力に気づくのに。みんながみんな、ひょろりとしたモデル体型の女を好むわけじゃないのよ」

「知らないの？」アレクシスは耳に髪をかけ、それから元に戻した。「男はみんなモデル体型の女が好きなのよ」

「嘘よ。大きな胸が好きな男だってたくさんいるわ」

「ツーストライク！」アレクシスはさほど大きくもない胸を指さした。「わたしの場合、大きいのはヒップであって胸じゃないわ」

そしてブラシをドレッサーに放った。「だいたい、どうしてカクテルドレスを着なきゃならないの？　今夜はパーティーじゃなくて討論会でしょう？　スーツを着るべきよ」

「イーサンがカクテルドレスを着るようにって言ったんでしょう？　ここはラスヴェガスよ。どこだってスパンコールのついたドレスで通用するんだから」

「二日前はバーバラ・ブッシュで、今度はヒラリー・クリントン。なんだか怖くなってきたわ。次は誰かしら？　ファーストレディになる前はダンサーやファッションモデルをしたこともある、ベティ・フォード？」

ブリタニーがころころと笑った。背が高くてモデル体型の妹にとっては笑い話なのだろう。

「ともかく、イーサンは討論会の準備中だし……化粧なんかされていないといいんだけど。ねえ、あなたとコービンのことを教えて」アレクシスはシャンデリアのようなイヤリングをつけた。縦長のラインが背を高く見せてくれるかもしれない。

「なんのこと？」

「彼の話題をふると、必ずもじもじして、虎《とら》の母親みたいにむきになるくせに」

ブリタニーは頬杖《ほおづえ》をついた。「姉さんはわたしの性格を知っているでしょう？　困った人を放っておけないの。正直に言って、コービンのことをどう思っているのかは自分でもわからない。セックスなんて予定外だったし、そのあとすごく決まりが悪かったわ。あれから彼を見ていないの。もう会えないかもしれない。コービンは人づき合いが苦手だから」

アレクシスは靴に足を入れた。「知ったかぶりをして助言なんてしないわよ。男の人の考えていることなんかわからないもの。あまたいる女のなかから、イーサンがなぜわたしを選んだのかさえわからない」

「姉さんが彼に無関心だったからじゃない?」

「そんなことはないわ。会った日の夜に、急所を膝蹴りしてやったのよ」アレクシスは楽しげに話した。「ブリタニー、あなたはラスヴェガス一のやさしい子よ。あなたが傷つくところは見たくない。でも、どうしてもコービンといたいなら、いつだって力になるからね」

妹がヴァンパイアを根絶もしくは一〇倍の数に増殖させるかもしれない科学者とつき合うなど、ちっともめでたくはない。しかしアレクシスは、なんでも自分の思いどおりにできるわけではないことを学んでいた。

ブリタニーが眉を上げる。「驚いた。姉さんがそんなやさしいことを言うなんて、本気でイーサンと恋に落ちたのね。これまではわたしがつき合う男の九割は不合格だと言って、素行調査の結果を見ながら欠点をあげつらっていたくせに」

「何度かはわたしの言うことが正しかったでしょう?」

突然、背後からブリタニーが抱きついてきたので、アレクシスは息が詰まりそうになった。

「苦しい！　なにをしているの？　髪がぐちゃぐちゃになるじゃない」文句を言いながらも、彼女は妹の手首をつかんだ。

　鏡に映るブリタニーの瞳には涙が浮かんでいる。「愛しているわ。姉さんはわたしのすべてよ。幼かったわたしの面倒を見るのは大変だったでしょうに、見捨てないでくれてありがとう」

「泣くもんですか。一日に一回泣けばじゅうぶんだわ。今日の水分はイーサンの前で出し尽くした。それでも涙は込み上げてくる。「ああ、ブリタニー。あなたと過ごした時間はなにごとにも代え難いわ。あなたを育てられて幸せだった。どんなに誇らしく思っているか言葉にできない。あなたが幸せになるためなら、わたしはなんでもするわ」

　一四歳のときに姉の背丈を追い抜いて以来、ブリタニーはアレクシスに抱きつくときに必ず身をかがめる。今もそうしていた。アレクシスが背の低さを残念に思う最大の理由はこれだ。慰めを必要としている妹をすっぽり包み込んでやれるくらい身長があったらと思わずにいられない。

「アレックス、わたしにとってなにがいちばんうれしいかわかる？　それはね、姉さんがいい人を見つけて幸せになることよ。男性を、結婚を信じてみて。イーサンと真剣な恋をしてみてよ」

　アレクシスは一歩踏み出して、ブリタニーの抱擁から逃れた。ブリタニーのなにげない言葉が、牙をむいた猛獣のごとく彼女を脅かした。「イーサンのことは愛しているわ。でも、長くつき合えるほど信じられるかどうか……。自分の気持ちすらわからないんだもの。結婚について考えると、パニックに襲われるの。そんな無防備な立場に身を置くことが、わたしにできると思う？」

「このチャンスを逃したら、とても貴重なものを失うはめになるわ。一〇〇〇年近くも生きてきた男性が、たくさんの女性のなかから姉さんを魂を分かち合う相手《ソウルメイト》に選んだのよ。これ以上ロマンティックなことってある？　わたしだったら飛びつくわ」

　妹の声があまりに悲しげなので、アレクシスはブリタニーに向き直ってその手を取った。

「もしかするとコービンが……」

「あれはただのセックス」ブリタニーが肩をすくめる。「大したことじゃないわ。わたしなら別の人を見つけるから大丈夫よ。イーサンによると、一〇〇歳まで生きるんだもの」彼女は先ほどまでの憂鬱さを振り払ってにっこりした。

「ブリタニー……」アレクシスはなんと言えばいいかわからず口ごもった。

「もう行くわ。昨日は寝ていないし、明日は本当に忙しいの。午前中に電話をちょうだい。討論会の様子を教えて」ブリタニーは投げキスをした。「本当にきれいよ。自慢の姉さんだわ」

「ありがとう。電話をかけるわね」

　妹が部屋を出ていくと、アレクシスはへなへなとベッドに腰を下ろした。ブリタニーの言葉が頭のなかで渦巻いて気持ちが沈んだが、なぜそんな気分になるのかわからなかった。

再びドアが開く。「ぼくだ、蹴らないでくれよ」イーサンが呼びかける。

アレクシスはベッドの上に座ったままだった。これからの数日間に将来がかかっている気がした。いつものようになにもなかったふりをして、安全な道を選ぶこともできる。その場合、人生は愛のない退屈なものになるだろう。一方、危険を承知でチャンスに賭けてみることも可能だ。最悪の結果に終わるかもしれないが、イーサンと満ち足りた数年間を分かち合えるかもしれない。

グレーのスーツにブルーのネクタイを締めたイーサンがベッドルームの入口に現れた。「準備はいいかい？ 少し顔色が悪いね」

気が変わる前に、アレクシスは彼を見据えて早口で言った。「一緒に住むわ」

イーサンが立ちどまる。「なんだって？」

言えた！ アレクシスは重荷から解放された気分だった。「あなたと一緒に住むわ」「本気かい？」

「アレクシス！」イーサンは彼女に歩み寄り、身をかがめて唇を押しつけた。「ぼくはなにを言っているんだ。考え直すチャンスなどあげないよ。信じられないほど幸せな気分だ」

そう言ったあと、笑いながらかぶりを振る。

アレクシスも怖いくらい幸せだった。イーサンのネクタイをつかんで引き寄せ、もう一度唇を合わせる。「一週間より一〇年のほうがいいでしょう？ つまり、いずれにしろ傷つくのなら、一緒に過ごしていいセックスをしてからにする」

イーサンが唇を合わせたままにっこりした。「合理的に考えてくれてうれしいよ」

アレクシスはイーサンの下唇に素早く舌をはわせた。なんておいしいんだろう。彼のもとを去るなんて想像もできない。イーサンはわたしという人間を理解し、わたしの強さを尊敬して、弱さを補ってくれる。保護者ぶったり、女だからといって軽くあしらったりしない。

深く息を吸うと、さわやかなアフターシェーブローションとミントの歯磨き粉の香りがした。イーサンは歯を磨くことに異常なほどこだわるので、いつも歯磨き粉の香りがするのだ。

「合理的……まさにわたしだわ。でも、合理的に考えられないくらいあなたに首ったけのわたしもいるの」

イーサンは彼女の前に膝をつき、脚のあいだに体を入れた。「それを聞いてうれしいよ」

彼はアレクシスの香りを吸い込み、体を密着させて自分がどれほどうれしく思っているかを伝えようとした。彼女が大きな犠牲を払ったことはわかっている。別れの苦しみを味わうことを承知のうえでこの先一〇年近くの時間を他人に預けるのだから、相当な覚悟が必要だ。

「九〇〇年以上も待ってようやく愛する女性を見つけたんだ。きみに後悔させないようできるだけの努力をする」あと一〇分程度しか時間がないが、討論会などどうでもよかった。アレクシスと一緒にいるときほど心が満たされることはない。

ひとりが寂しいと思ったことなんてなかったのに、今はアレクシスのいない人生が地獄に思える。彼女と一緒に過ごす時間を存分に味わうつもりだった。

イーサンはアレクシスのドレスをたくし上げて腿を親指でたどり、首筋に唇をはわせた。

「大統領選挙に出馬するのは取りやめようかな。ほかのやつに任せてしまえば、もっとたくさんの時間をきみと過ごせる」

「頭がどうにかなってしまったの?」体にぴったりしたドレスの上から乳房を噛まれたアレクシスが、引きつるように息を吸う。「これから一五年間、ぼうっとお互いに見とれて過ごすわけじゃないのよ」

一〇年が一五年に延びた。「ちがうのかい?」シームレスブラの薄い生地の内側で胸の頂が立ち上がるのがわかる。イーサンはそこに舌をはわせた。

「ちがうわ。お互い責任のある仕事についているんだもの。だいいち別れたとき支えになるものがないと、呆然自失のままになってしまうでしょう? できるだけ普通の生活を送るの。ヴァンパイアの大統領と地方検事補のカップルに可能な限りの普通の生活をね」

「きみの言うとおりにするよ」言い争いはしたくなかった。イーサンの望みはアレクシスを愛することだけだ。結婚式を執り行う教会を決め、彼女の指に目の玉が飛び出るほど高価な指輪をはめることだけ。合理的に考えて、次のステップは結婚なのだから。

イーサンはアレクシスの乳房に吸いつき、切ないあえぎ声と肩に食い込む彼女の指の感覚を楽しんだ。ドレスの裾を腿までめくり上げ、鮮やかな色の伸縮性のあるショーツに指をはわせる。

「さわり心地がいいね。なにもつけていないみたいだ」

潤った場所を親指でかすかに押してから引き抜くと、布地に濡れた跡が残った。牙がうずき、愛と欲望が脳を支配する。アレクシスの鼓動が速くなり、濃厚な血液のにおいが立ちのぼった。イーサンは乳房に牙をすりつけた。

アレクシスが脚を開いた。大胆な誘いに、イーサンは抗《あらが》えなかった。彼女のショーツを足首から引き抜き、ふくらはぎを伝って膝へと鼻をこすりつける。それからアレクシスの肌に吸いついた。

「吸うならもう少し上にしてくれないと」アレクシスが肘をついて上体を起こす。

「上？」イーサンは腿の内側に唇を移動させた。「ここかな？」

「そこも悪くないけど、もう少し上よ」

腿に鼻をこすりつけながら、イーサンは親指でひそやかな部分を開いてまじまじと見つめた。欲望に潤い、期待と不安に震えるアレクシスは本当に美しかった。「ここかい？」彼はふくらみきった芯を吸った。彼女が腰を引こうとすると、すかさず自分のほうへ引き寄せる。

「そ、そうよ。わたしが言っていたのはそこ……」アレクシスは息をのんでベッドに崩れ落ちた。

イーサンが吸い上げ、甘い突起はさらに硬さを帯びた。部屋のなかには高ぶった女性特有の麝香《じゃこう》のような香りが立ち込め、新鮮な血液のにおいとまじってイーサンの鼻孔を満たした。欲望に牙がずきずきして、体が引きつる。彼の情熱の証はすでにスラックスのなかでこわばっていた。

「そうよ」アレクシスが色っぽい声とともにベッドカバーをつかんだ。それから上体を起こし、切羽詰まった表情を浮かべた。「嚙《バイト・ミー》んで、イーサン。そうしたいんでしょう？　わかるの。やって」

イーサンは苦しげに体を引いた。一度だけで我慢する自信がない。アレクシスの体じゅうを噛んでしまいそうだ。目の前の魅惑的な丘に始まって全身を……。「アレクシス……」

彼女はイーサンの頭をつかんで下に押した。「お願い、達してしまいそうなの。奪って」

イーサンの目つきが鋭くなり、うめき声がもれた。そこまで言われては抵抗できない。抵抗したいとも思わなかった。彼は敏感な丘の両側に舌をはわせ、まず右側のやわらかな肌に牙を立てた。

甘美な血液がイーサンのなかに流れ込む。アレクシスは快感に叫び、激しい絶頂に体をそらした。彼女が感じている歓びが波となって押し寄せてくるのを感じて、イーサンは目を閉じてうねりに身を任せた。アレクシスのなかにゆっくり指を沈めると、小さなあえぎが耳を襲った。

やめなければと思いながらも、彼は強く吸った。血液がアレクシスの本質を――彼女の強さと愛の深さをイーサンの全身に伝える。

膝をついていなければ、その場にへたり込んでしまったかもしれない。イーサンは体の芯を揺さぶられていた。

そのとき、大きな音がふたりの意識に割り込んできた。どちらの鼓動の音ともちがう。

シーマスがドアをノックしているのだ。「イーサン！　まったくどこにいるんだ？　なかにいるなら今すぐ下へ来い！　遅刻なんてしようものなら、ドナテッリから散々ののしられるぞ！」

ぐったりと横たわったままアレクシスが小さく笑った。ドレスは腿の上までめくれ上がっている。「大変だわ。最悪のタイミングね」

イーサンはベッドの端に一回、二回、三回と頭をぶつけた。「ぼくは今、欲望と責任の板挟みだ。ここできみを抱かなければ死んでしまう」

アレクシスは膝を閉じてスカートを直した。「仕事の邪魔はしたくないわ」

彼女の顔にからかいの笑みが浮かぶのを見て、イーサンはぼやいた。「きみはいいよ、クライマックスに達したんだから」

「あら、噛んでと言ったのはあなたのためよ。わたしにはなんの得にもならなかったわ」アレクシスが澄ました顔で言う。

「シーマスにあと数分待ってもらおう。たった数分でいいんだ」イーサンはスラックスのファスナーに手をかけた。

再びノックの音が響いた。「イーサン！　そこにいるな？　声が聞こえるぞ」

「ちくしょう！」イーサンは苦しげな顔でアレクシスを見た。こわばったもので彼女を満たし、激しく愛したいのはやまやまだが、ドアの外でシーマスが聞いているという状況はどうにもいただけない。

アレクシスは気遣うような表情で上体を起こした。「心配しなくても、あとで埋め合わせをしてあげるから。焦ってしたくはないでしょう？　好きなだけ時間をかけるほうがすてきじゃない？」

「その前に死んでしまうよ」イーサンはまじめな顔で言った。

アレクシスがにっこりする。「死なないわ。あなたはヴァンパイアだもの。さあ、ぶつぶつ言うのはやめて。討論でライバルをこてんぱんにぶちのめしてきてよ。そのあとでお祝いをしに抜け出しましょう」

彼はため息をついてスラックスのファスナーを上げた。「きみにこの苦しみはわからないだろうな」まともに歩けるかどうかも定かでない。

「肝心のところで、シーマスがドアを突き破って入ってきたら困るもの。待つしかないわ。そうすれば、わたしが口でする時間もあるでしょう？」

イーサンはうめいた。視界が揺らぎ、緊張で体がこわばる。「アレクシス、これじゃあ拷問だよ」

「本当の拷問はこれからよ」彼女は立ち上がってドレスを下ろし、ドアのほうへ歩いていった。

アレクシスがハイヒールを履いたままだったことに気づき、再びイーサンは身もだえした。靴を履いて愛し合うなんて……刺激的だ。

「こんにちは、シーマス。待たせてごめんなさい」

ちくしょう！　イーサンは髪をかき上げて恐る恐る足を踏み出した。脚のあいだのものは割れて落下こそしなかったものの、ひどく傷む。

なにか別のことを考えなければ。どこかほかの部分に血をめぐらせなければ。

「病人みたいだぞ」リビングルームに現れたイーサンを見て、シーマスが言った。

「興奮状態にあるだけだ」

アレクシスが声をあげて笑った。

シーマスの頬が赤黒くなる。「いいか、きみはもはや選挙なんてどうでもいいのかもしれないが、ぼくにとっては大事なんだ。ぼくはこの選挙に全力を注いできた。きみも少しは協力してほしいね」

シーマスの叱責に、イーサンは身勝手な言動を悔いた。

「シーマス、すまなかった。きみが一生懸命やってくれているのはわかっている。すぐに下へ行くよ。だが、その前に祝ってくれないか？　アレクシスと婚約したんだ」

シーマスが目を細める。「本当に？　それはよかった」

アレクシスは頬を染めている。イーサンはにやりとした。彼女ときたら、いちゃついているところは見つかっても平気なのに、婚約を知られるのは恥ずかしいらしい。

「おめでとう」シーマスの声は険しかった。

それを聞いたイーサンは、シーマスがブリタニーとの婚約を勧めていたことを思い出した。これでシーマスとの友情にひびが入らなければいいが……。

「わたしたち、婚約したわけじゃないわ」アレクシスが言った。

さっきとは一転して、アレクシスは青白い顔で肩をこわばらせている。まずい。「でも、きみは……イエスと言ってくれたじゃないか」

「一緒に住むことに対してよ。結婚じゃないわ。結婚してくれなんて言われていないもの」

ちゃんと言葉にしてほしいということだろうか？　「プロポーズするつもりでいるよ」

「そんなことがもしあるとしたら、おそらくイエスと答えるわ」

迷いのない声だった。「本当かい？　イエスと言ってくれるのか？」イーサンはアレクシスを見て大きな笑みを浮かべた。彼女はぼくと結婚してもいいと思っている！

アレクシスが返事の代わりにくるりと目をまわした。「たぶんかなりの確率でね。あなたがわたしを怒らせなければの話だけど」

それからアレクシスはほほえんだ。その瞬間、イーサンは愛についてこれまでに書かれたすべての表現を理解した。ぼくはアレクシスを愛している。セリーヌ・ディオンに歌詞を提供できるほどに。

シーマスがいらだった様子でさえぎった。「もう下に行けるかな？」

「もちろん」アレクシスが答えた。「早く下りれば、それだけ早く戻ってこられるわ」そう言ってウインクをする。

イーサンはうめきそうになった。なんて色っぽいんだろう。彼はアレクシスの腕を取ってシーマスのあとに続いた。

「そういえば、狙撃犯の身元はまだわからない。それに、ケルシーが行方不明だ」シーマスが言った。

めた。

「行方不明？」イーサンはなまめかしい妄想を振り払ってシーマスのほうを向き、眉をひそめた。

「昨日から誰も姿を見ていない。仕事にも出てこなかった。まあ、ケルシーの夜更かしとパーティー好きは有名だけれどね。ただ、あの夜、狙撃犯と一緒にいたのが彼女だったことが引っかかる」

三人はエレベーターに乗り込んだ。「なんだか悪い予感がするな」イーサンは言った。「ケルシーは心底怯えていた。彼女が犯人についてなにか知っていたとは思わないが、相手がそう考えていなかったとしたら？　ぼくが思うに、犯人は全財産を失って自暴自棄になったギャンブラーだ。そいつはケルシーに危害を加えるだろうか？」

「危険に巻き込まれたら、ケルシーは助けを呼ぶんじゃないかな？」シーマスが言った。

「確かに」他人の心を読むのが苦手なケルシーも、仲間にSOSの念を飛ばすことはできるはずだ。イーサンはアレクシスの手を握った。「きみも必要に応じてぼくを呼ぶ方法を覚えないと」

「きみは彼女の考えが読めないのか？」シーマスが驚いて尋ねる。

「まったく読めない」

シーマスがこれまでとはちがった目でアレクシスを見た。

「きみは本当に選ばれた相手なんだな」

アレクシスは体臭がきつい人でも見るような目つきになって鼻にしわを寄せた。

「彼はわたしを選んだかもしれないけど、あくまでわたしが合意したから関係がなりたつのよ」

「そういうことじゃなくて……いや、気にしないでくれ」シーマスは腕組みをした。「彼女に念を飛ばす方法を教えるといい」

「本気で覚えなきゃだめだぞ、アレクシス。必要なときにだけ心を開けばいいんだから。そうすれば、非常時にぼくを呼ぶことができる」

「いいわ、携帯電話みたいなものだと思えばいいのね。便利だわ。だけど、勝手にわたしの思考に割り込んでこないでよ」アレクシスがいかにも我慢がならないとばかりに言った。

「そんなことは夢にも思っていないよ。まずはきみが自らを解き放たなければどうにもならない」

アレクシスの笑みが大きくなる。「その言い方って、なんだかいやらしいわね」

シーマスが不快そうに咳払いをする。堅物な男には遊び心が足りない。

「オーケー。なにか強い感情を呼び覚ますことを考えるんだ。嫌いなものとか」イーサンはアレクシスをエレベーターの外へ導いた。

「スーパーマーケット」

「そんなものが嫌いなのか？」シェービングクリームとシャンプーを買うためにイーサンも何度か足を踏み入れたことがあるが、それほどひどい場所とは思わなかった。きちんと整頓され、食べ物は小分けされてあとは調理をするだけになっている。イーサンが子供のころ、料理人といえば家畜を殺して調理するので、いつも汚い爪をしていたものだ。

「大嫌いよ。肉体的にも精神的にも拷問だわ。まずは買い物へ行く時間を捻出《ねんしゅつ》しなきゃならないでしょう。それから店に入ると、一〇〇万もの品物のなかから選べと迫られる。しかもあらゆる棚の商品が要求を突きつけてくるのよ。包丁で切れとか、ゆでろとか、軽く炒《いた》めろとか、箱から出して電子レンジに入れろとかね。脂肪分の多い食べ物は魅力的だけど罪の意識に駆られるし、体にいい食べ物はごみみたいな味がして、朝いちばんに測っても身長が一五七センチしかなくて、基礎代謝が悪くて、運動する時間はまったくないことを思い出させてくれる。極めつけは、はるばる砂漠を越えて空調のききすぎたスーパーマーケットに運ばれてきた食べ物は、どれもとんでもなく値段が高いということよ。レジの順番を待っているあいだに、気に入らない長椅子を新しいものに買い替える夢は泡と化すんだわ」

イーサンはアレクシスの論理についていけなかった。

「よし。スーパーマーケットに対する思いを頭の一点に集めるんだ」

ふたりはシーマスのあとについて並んで廊下を歩いていた。そもそも相手に念を送るときに、視線を合わせる必要はない。

「さあ、見せてくれ」

「スーパーマーケットを？」

「そうだ。その頭にある考えを言葉以外の手段で伝えるんだ。ぼくのほうへ押し出すようにしてごらん」

イーサンの頭にはなんのイメージも浮かばなかったが、なにかが聞こえた。アレクシスの喉がごろごろと奇妙な音をたてている。「返事がないわね」

「なにも送られてこないからだよ」イーサンは、アレクシスが張りめぐらせた精神的な壁を通り抜けようとしてみたができなかった。

彼女がくすくす笑った。

「なにがおかしい？」

「はしたないことばかり考えてしまうの。とまらないのよ」

三人は討論会が行われる広間の入口に到着した。イーサンは足をとめてアレクシスをにらんだ。

「お行儀よくしているんだぞ。討論の最中に関係ない雑念を送ってこないでくれよ」

「そんなことはしないわ」アレクシスはばかにしないでというように彼を見返した。「わたしは政治家の恋人なのよ。合理的な思考をする法律家なんだから。いつまでも愛想笑いを浮かべているだけのつもりはないの。選挙資金の調達方法とか不浄《インピュア》の者の権利拡大とか、いつかなにかで貢献してみせるわ。まずは全体像を把握しなければならないけど」

「楽しみにしているよ」イーサンは彼女の手を自分の腕にかけた。「さて、ヴァンパイアたちに笑顔を振りまく準備はいいかな？」

「もちろん」アレクシスは深く息を吸い、真っ白い歯を見せた。

シーマスがドアを開ける。混雑した広間へ足を踏み入れると、三人は拍手に出迎えられた。

イーサンは空いたほうの手を上げ、にっこり笑ってピースサインをした。アレクシスが隣にいてくれることが誇らしかった。

正直なところ、パートナーがいたほうが選挙はずっとおもしろい。

19

アレクシスはいちばん前の席に陣取った。両隣をイーサンのボディガードが固めている。まるで見張っていなければ誘拐される危険性があるとでもいうように。

シーマスはふたつ離れた席にいたが、冷や汗をかいているのは一目瞭然だった。彼に余計な心労をかけたのが心苦しい。少なくとも一週間前まで、彼女自身も仕事人間だった。膨大な時間を注《つ》ぎ込んだプロジェクトがうまくいかないとき、どんな気持ちになるかはよくわかる。

そう、まさにどん底だ。仕事における失敗は肉体的苦痛と同じで、典型的なA型行動様式――競争意識が旺盛で完璧主義――を取るアレクシスにとっては恐怖だった。だからこそシーマスの心境がわかるのだ。アレクシスは右に座っている体格のいいボディガード越しに、シーマスにささやきかけた。

「イーサンの気を散らしてごめんなさい。彼が選挙に勝つためなら、わたしはどんな協力も惜しまないわ。だからあなたの選挙戦略を教えて。明日にでも打ち合わせをして、状況を把握できたらうれしいんだけど」

シーマスがアレクシスを見つめた。「それは名案だ。きみに公の場でのふるまいを教えるとしよう。〝討論会のあいだは私語を慎む〟とかね」

嫌みな男！　アレクシスは椅子に座り直してステージを見つめた。候補者たちの話し声はよく聞こえない。「ここって音響が悪いのね」アレクシスはボディガードに話しかけた。

黒っぽい髪に青白い肌をした男が彼女を見下ろす。「わたしたちはあなたより聴覚が鋭いので、これでじゅうぶん聞こえます」

「あら、そう」そういうことなら、グレーのスーツを着たイーサンに見とれているしかなさそうだ。ライバル候補のドナテッリとやらは薄気味悪い男だった。高価な服を着ているが、やせぎすで柔弱に見える。しかし、演台を握りしめ、イーサンを激しく非難する口調にやわらかさはまったくなかった。

ドナテッリが司会者を指さし、自分のネクタイを引っぱる。怒っているようだ。それから尊大に聴衆を見渡した。アレクシスの耳にもようやくその声が聞こえてきた。「恐れながら大統領、そんな見え透いた嘘は聞いたこともありませんな。あなたの言うことは信じられない。みなさん、そうじゃありませんか？」彼は聴衆に向かって腕を広げた。「今こそ真実を語ってもらうときです」

アレクシスの胸に怒りが込み上げてきた。「いやなやつ！」

「静かに」シーマスが注意する。

そうだ。ここには二〇〇〇人のヴァンパイアがいて、その誰もがアレクシスの悪態を聞き分けられるのだ。なんとも気味が悪い状況だが、慣れるしかない。これからおよそ一〇年は彼らと多くの時間を過ごすことになるのだから。

ヴァンパイアたちはごく普通の外見をしていた。完全に文明化されていて、ほかの民主主義国家の選挙と変わりない。

イーサンはドナテッリの批判に平然とした笑いで返した。「過去四〇年間、この国が繁栄してきたことこそが真実だ。人間に迫害されることなく、貧困もなく、犯罪率も低い。血液バンクを通じて一定の血液も確保してきた。嘘をつく必要などまったくない。真実がすべてを物語っているのだから。あなたの犯罪歴をも含めて」

その調子よ、イーサン！

ドナテッリが演台をたたいた。「わたしは悪党ではない！」

それってニクソン大統領のまね？　アレクシスはあきれてくるりと目をまわしそうになった。

「よく聞いてください」ドナテッリは聴衆に体を向けた。「わたしはあなた方の味方です。新しい法律や規制などいりません。税金もしかりです」

アレクシスは眉をひそめ、シーマスに目をやった。ドナテッリが過去のアメリカ大統領の演説を盗用していることに気づかないのだろうか？

「わたしの目標は、すべての冷蔵庫に血液を供給することです」

彼女は小さく噴き出した。

「キャリック、わたしがあなたを葬ってあげましょう」

今度は冷戦時代のソ連の独裁者、フルシチョフの引用だ。アレクシスは手で口を押さえ、ふがふがと鼻を鳴らした。

シーマスがアレクシスをにらむ。

イーサンは眉をつり上げ、ドナテッリに冷たい視線を注いだ。それから司会者に向き直る。

「次の質問をどうぞ」

三〇分もするとお尻の感覚がなくなってきたが、アレクシスはじきに共同生活者になるヴァンパイアの恋人について、新しい一面を発見した。イーサンは終始、自信に満ちて知的な受け答えをした。討論が終わって候補者がステージを下りるとき、ご満悦のシーマスはアレクシスに笑いかけたほどだ。

「上出来だ」シーマスがほっと肩の力を抜いた。

アレクシスもにっこりする。「すばらしかったわ。あなたの周到な準備のたまものね」

今度はシーマスがくるりと目をまわす番だった。「きみはおべっかが下手だな」

「ブリタニーのほうがうまいの。たぶんわたしには妹みたいな誠実さがないんでしょうね」

シーマスが声をあげて笑う。「人間だというのはともかく、少なくともイーサンは地方検事補を恋人に選んだわけだ。地方検事補なら政治的駆け引きについても知っているだろう?」

「ええ。おまけに妹にはヴァンパイアの血が流れているわ。それって有利に働くんじゃない？」

「そのとおりだ」

「少しならスペイン語も話せるし」

「少し？」

「あなたよりはね」

「ぼくは英語とゲール語とフランス語ができる」

「それはそれは」広間を見渡したアレクシスは、聴衆が席を離れて立ち話をしていることに気づいた。「今はなんの時間？　もう帰っていいの？　イーサンの夜のスケジュールは？」

「ピンマイクを外して政治アナリストにコメントしたら、今日の仕事は終わりだ。部屋へ戻って休める。有権者の反応については明日の夜、検討することになる。きみも参加するなら、今後の役割について話し合えるんだが」

「了解」

それまではヴァンパイアの大統領を誘惑するのがわたしの役割だ。先に部屋へ戻って、イーサンを出迎える準備をしよう。

大統領を口で歓ばせるのだと思うとぞくぞくした。今、考えていることをイーサンに伝えられないのが残念だ。もうステージを下りたのだから、みだらな思念を飛ばしても怒られないのに。

「じゃあ、わたしはこれで」

「ボディガードを連れていけよ」

「もちろん」

ドナテッリはキャリックが用意した控え室に戻り、ピンマイクを放り投げた。討論会など大嫌いだ。有権者と一対一になれば、うまく丸め込む自信があるのに。やつが不浄の者《インピュア》の姉と仲睦まじげに広間へ入ってくるのを見て、すっかり動揺してしまった。

ふたりを見守る聴衆のほほえましそうな表情が気に入らなかった。

こんなことなら再婚しておけばよかった。だが、未来永劫《えいごう》ヴァンパイアの妻に縛られるくらいなら、首をちょんぎられるほうがまだましだ。人間の女は浮気を楽しむには最適だが、たとえ短期間であっても求婚したいと思う相手はいなかった。

本気で人間の女とつき合っているとしたら、キャリックは愚か者だ。まあ、やつが愚かなのは今に始まった話ではないが……。だからこそわたしは、やつと、やつの政治理念を覆そうとしているのだ。ヴァンパイアは永遠の命を持ち、尋常ならざる機敏さと超人的能力を備えている。それなのにどうだ？　今では人間どもに紛れ、民主主義のまねごとをしている。

ドナテッリの目標は強大なヴァンパイア国の復活だった。人間どもは永遠の命を前に恐怖を抱き、ヴァンパイアはその能力に見合う絶大な権力を手にするのだ。わたしはそこに君臨する。キャリックを選挙で負かすことさえできれば。

控え室にはあらゆるものがそろっていた。光沢のある革製のソファに、血液バッグの入った小型冷蔵庫もある。キャリックはいつも寛大だ。

しかし、自分の部屋に死体が転がっているのを見ても寛大でいられるだろうか？

その場面を想像する楽しみがなかったら、ドナテッリはガラス製のコーヒーテーブルを壁に投げつけていただろう。


エレベーターが二四階に到着すると、アレクシスはボディガードを下がらせた。

「部屋までエスコートするのが仕事だってことはわかっているけど、ミスター・キャリックの部屋へ入れることはできないの」

「ですがミス・バルディッチ、ミスター・フォックスの指示で、ミスター・キャリックが戻るまであなたと一緒に待つことになっています」

「わかっているわ。でも、ミスター・フォックスはミスター・キャリックじゃない。ミスター・キャリックはどちらを喜ぶと思う？　あなたたちと綴り《スクラブル》ゲームをするわたしか、ひとりベッドで一糸まとわぬ姿になって彼を待つわたしか？」

ボディガードたちが口をぽかんと開け、頬を赤く染める。その様子はかわいらしいとさえ言えた。アレクシスは物静かで頼りがいのある彼らのことを好きになりかけていた。だが、付き添いはエレベーターまでにしてもらわなければならない。

「やっぱりそう思うでしょう？　送ってくれてありがとう。また明日の夜ね」アレクシスは廊下でにこやかに手を振ると、エレベーターのボタンを押した。扉が閉まってエレベーターが下降し始める。「やれやれだわ」

彼女はカードキーを使ってイーサンの部屋へ入った。自分の部屋に戻って着替える時間はない。ドアを開けると同時に、アレクシスはドレスのファスナーを下ろした。イーサンがつまずかないように床に落ちたドレスを拾い上げ、ほっとため息をつく。ずっと腕まわりが窮屈でしかたがなかったのだ。

ブラインドが閉まっていることを祈りながら、アレクシスは手探りで照明のスイッチを探した。彼女が身につけているのはただのブラジャーとショーツではない。セクシーな赤のバストアップブラジャーはごく薄い生地からなり、肌が透けていた。同じような布地でできたTバックのショーツは、大事な部分をかろうじて覆う程度の面積しかない。

この悩ましげなショーツは、珍しく女らしい気持ちになったときに購入したものだった。うまくいけばあと一〇分ほどで、イーサン相手に威力を発揮してくれる。

アレクシスの手がスイッチにふれた。簡易キッチンの照明がつき、彼女はまぶしさに目をつぶった。ドアの正面に鎮座している犬の置物に敬礼をしてからリビングルームへと向かい、ハイヒールを脱ぐかどうか思案しながらミニバーにドレスを放る。

次の瞬間、すべての思考が吹き飛んだ。バルコニーへ続くガラス張りのドアに人が寄りかかっていたからだ。アレクシスは悲鳴をあげた。恐怖に声がかすれ、最後にはごろごろと喉が鳴った。

「なんてこと！」ケルシーだ。イーサンの受付係で、シーマスが行方不明だと言っていた女性だった。

アレクシスの胃はもんどり打った。ケルシーの顔は血の気がなく、手足は投げ出され、肩からドレスの肩ひもがだらしなく垂れている。アレクシスは首を絞められたように息が苦しくなった。

恐怖に塗り込められた長い時間が経過した。ようやく吐き気を克服した彼女は、地方検事補としての思考を取り戻した。殺人現場の写真を見たこともあるし、現場に赴いたこともある。ひどく暴行されたレイプ被害者の診察に立ち会ったことも、義父に頭を撃たれた五歳の少女を見たこともあった。目の前の状況となにがちがうというの？　ちがいがあるとすれば、イーサンを誘惑することばかり考えていて、心の準備ができていなかったという一点だけよ。

アレクシスは急いで室内を見まわした。ショックのあまり、部屋のどこに電話があったか忘れてしまったのだ。テレビの横に目当てのものを発見したが、遺体から近すぎた。現場保存のためには、いったん廊下に出て、自分の部屋の電話を使ったほうがいい。

震える指で床を探ってから、ドレスをミニバーに投げたことを思い出す。快活だった女性の変わり果てた姿を凝視していたアレクシスは、あることに気づいた。呼吸だ。この部屋で、自分以外の誰かが呼吸をしている。ひょっとしてケルシーはまだ生きているのだろうか？

しかし、どう見ても息をしているようには見えない。

アレクシスは立ち上がり、不安げに部屋のなかを見渡した。わたし以外の誰かが、この部屋にいる。

そのとき、彼女の目が男の姿をとらえた。ケルシーの遺体から一メートルも離れていないところ、濃いグリーンの革張りの椅子のうしろに、ひとりの男がしゃがんでいた。簡易キッチンからもれる白っぽい光のなかで、アレクシスの目と男の目が合う。次の瞬間、男はアレクシスの正面にいて、彼女の頭を押さえた。その動作はあまりにも素早く、アレクシスは相手が動いたことさえ気づかなかった。男が飛び出しナイフを取り出し、その刃がきらりと光る。

アレクシスの喉に苦いものが込み上げた。

「行け」男は命令した。「おまえはわたしを見なかった」

アレクシスはあとずさりしようとしたが、男はバスケットボールをつかむように彼女の頭をしっかりとつかんでいた。アレクシスは本能的に手の腹で男の脇腹を突き、とがったヒールで足の甲を踏みつけた。

男がうなり声をあげて、彼女から手を離す。「このくそあま!」

アレクシスはたちまち自らの過ちに気づいた。男は彼女の記憶を消そうとしていたのだ。混乱したふりをすれば、見逃してもらえたかもしれないのに。

まだ間に合うかもしれない。アレクシスはうめき声をあげて頭を抱え、よろよろと後退した。演技の才能などまったくないが、試してみる価値はある。男は彼女とドアのあいだに立っていた。男をうまくかわすことができれば、逃げられるかもしれない。

しかし残念なことに、アレクシスは催眠状態の人がどういう反応を示すのか知らなかった。

ケルシーに催眠状態にされた狙撃犯が、涎を垂らして寝そべっているところを見たきりだ。そのケルシーは死んでしまった。反射的にアレクシスの目は、人形のように脚を投げ出して座っているケルシーへと吸い寄せられた。

アレクシスの体ががたがた震え出した。

目の前にいる男が鋭く息を吸う。男を見たアレクシスは相手がなにを考えているか悟り、煌々《こうこう》と照らされているキッチンへあとずさりした。男の視線が、彼女の胸や膝や首にまつわりつく。

最高だわ。下着姿のまま、股間を硬くした見知らぬ男に殺されるなんて。

こうなっては、催眠状態になったふりをしている場合ではない。そんなことをしても、気持ちが悪い行為をされるだけだ。

いちばんいいのは相手の不意を突くことよ。

「はっ!」勇気《ヨンギ》を奮いたたせるように気合いをかけて、アレクシスは空手の攻撃を仕掛けた。

ドナテッリに仕えて二〇〇年、スミスは多くの異常事態に遭遇してきた。だが、半裸のブロンド女性に膝と胸を蹴られたのは初めてだった。

女は見た目よりずっと素早く、力も強かったが、取り押さえるのは決して不可能ではなかった。彼女の体に目を奪われさえしなければ……。女が体をひねったり、回転したり、脚を上げたりするたびに、悩殺的な部分が見え隠れする。

スミスは、女が下着姿でいる理由について考えることができなかった。透け透けの赤いブラジャーから見える乳首に気を取られて、突きや蹴りを防ぐのがやっとだ。側頭部を強く蹴られたときも、彼は夢見心地だった。蹴られたおかげで、毎晩ラスヴェガスの男たちが大金を払って拝もうとする場所が見えたからだ。

もはや気が散るなどというレベルを通り越して、スミスはすっかり魂を抜かれ、催眠状態に陥っていた。相手がケルシーの死体につまずいたことで、ようやくなにをするつもりだったのかを思い出す。

ハイヒールがかしいで、下着姿の女がスミスのほうに覆いかぶさってきた。スミスはここぞとばかりに相手を押さえ込もうとした。

手にしていたナイフが偶然、相手の脇腹に突き刺さる。女が息をのみ、がくんと膝をついた。彼女の目が苦痛にゆがむのを、スミスは呆然として見つめた。

しまった！　まずいことになった。

スミスは慌ててナイフを引き抜こうとしたが、筋肉か骨に引っかかってびくともしない。力いっぱい引っぱると、女が苦しげにうめいてしがみついてきた。スミスはナイフをあきらめ、女の手を振りほどいた。彼が運んできた死体のすぐ手前に女が倒れる。スミスはとっさにバルコニーへ向かった。外へ出ようとしてレールのところでつまずく。

ちくしょう！　キャリックの恋人を刺してしまった。ミスター・ドナテッリはきっと不機嫌になるだろう。

たとえ事故だとしても。

アレクシスは、イーサンに呼びかける方法を真剣に学ばなかったことを後悔した。心のなかで必死に名前を叫んでみても、真っ暗で空っぽの静寂が返ってくるだけだ。傷の痛みが遠のき、全身がどんどん冷たくなっていく。手の先やつま先から順に、氷に覆われていくみたいだ。

彼女は床に横たわって、時計の針が時を刻む音に耳を澄ました。このままでは出血多量で死んでしまう。体を動かそうとしたが、筋肉は脳の指令に従ってくれなかった。ブリタニーやイーサンのことが頭に浮かんだ。これまで無駄にしてきた時間や、見過ごしてきたこと、やらずにすませてきたことのすべてを後悔した。

〝イーサン！〟アレクシスは叫んだ。〝助けて！〟

部屋へ向かうエレベーターのなかで翌日のスケジュールに目を通していたイーサンの脳に、アレクシスの声が響いた。

〝アレクシス？〟空耳かもしれないと思いながらも、彼は呼びかけてみた。アレクシスの声は切羽詰まっていた。

返事はない。もう一度呼んでみたが、返ってくるのは沈黙だけだ。いやな予感がした。パニックに襲われつつも、イーサンはエレベーターの速度があがるよう念じた。シーマスによると、アレクシスはふたりのボディガードとともに部屋へ戻ったはずだ。それでもこの目で無事な姿を見るまでは安心できない。

エレベーターの扉が開くと同時に、イーサンは廊下へ飛び出した。カードキーが見つからないので体当たりしてドアを開ける。そして戸口で立ちどまり、部屋のなかを見まわして耳を澄ました。

しかし、彼を待っていたのは声ではなく血のにおいだった。むせ返るほどの血のにおいだ。

「なんてことだ!」

リビングルームに飛び込んだイーサンはすぐにアレクシスを見つけた。

彼女はコーヒーテーブルの脇に横向きで倒れ、目を閉じていた。脇腹から流れ出た血が腹部を伝ってカーペットに大きな円い血だまりを作っている。大量の血だ。イーサンは膝をつき、痛々しい傷口を手で圧迫した。脈を確かめるのが怖い。答えを知りたくなかった。

「アレクシス、いったいなにがあった?」なぜショーツとブラジャーしか身につけていないんだ? 誰に脇腹を刺された?

「イーサン?」アレクシスがまぶたを震わせて目を開けた。

「そうだよ、ぼくだ」イーサンはかすかに安堵して、アレクシスの顔にかかった髪を払った。

「大丈夫だよ。ぼくがついている。そばにいるからね」

「下着姿で死ぬのは気に入らないわ」

涙をこらえるのに苦労していなかったら、声をあげて笑うところだ。「下着姿で死んだりしない」イーサンはポケットに手を突っ込んで携帯電話を探した。「救急車を呼ぶよ。すぐに治療してもらおう」

そう言いながらも、血の気のない肌や流れ出た血の量からして、助かる見込みがほとんどないのは容易にわかった。喉が詰まって息苦しくなる。イーサンは彼女を膝にのせ、体に腕をまわした。アレクシスの体温と、弱々しい鼓動が伝わってきた。脇腹に刺さったナイフは奇妙な角度にねじれている。部屋を見渡すと、行方不明だったケルシーが血まみれになってガラス戸に背中をつけて座っているのに気づいた。

いったいここでなにが起こったんだ?

イーサンのなかに熱く激しい怒りがわき上がった。ようやく愛する女性を見つけたというのに、まばたきもしないうちに奪われようとしている。ぼくにはアレクシスと一緒に暮らし、彼女を妻にするチャンスも与えられないのか? 携帯電話はポケットに入っていなかった。ちくしょう! たとえあったとしても、彼女は助からないだろうが……。

「イーサン、泣いているの?」アレクシスが驚いて言った。

「ヴァンパイアは泣かない」しかし、イーサンの頬は濡れていた。目から血の涙が流れている。イーサンはアレクシスを抱きしめ、自分の命を分け与えたいと思った。「絶対元気になるから心配はいらないよ」

アレクシスの頭がぐらぐらと揺れた。「無理よ。転生させて。このままでは死んでしまうわ」彼女の声は小さく、痛みのためにかすれていた。

「転生……させる？」イーサンはアレクシスの頬をなでるのをやめ、期待を抑え込んで彼女を見た。「でも……きみはヴァンパイアになりたくないと言っていたじゃないか。血を飲むのもいやだし、仕事も辞めたくないし……ほかにも……」アレクシスがほかになにを言ったか思い出せない。転生させられるなら願ってもないが、彼女の気持ちをはっきり確認しておきたかった。

都合のいいように解釈したいという誘惑は絶大だ。だからこそ、理性的になる必要があった。アレクシスは転生を望んでいなかった。彼女が無防備な状態で苦しんでいるのをいいことに、自分勝手なまねはできない。

「頭がどうかしたの？」アレクシスがいつもの強気な口調で言った。「あのときは死にかけていなかったわ。死ぬくらいなら、ヴァンパイアとして生きるほうがいい」彼女はまぶたを震わせて目を開け、しっかりとイーサンを見返した。「やってちょうだい。あなたとブリタニーを残しては逝けない」

イーサンの胸に希望が満ちた。彼はアレクシスを抱き寄せた。「本当にいいんだね？」頼むからイエスと言ってくれ。アレクシスが転生すれば、一〇年や一五年で我慢する必要もなくなる。

あと一〇〇〇年、自分が長老ヴァンパイアとして命をまっとうするまで一緒にいられるのだ。運命の相手と永遠に一緒にいられる。

「もちろんよ」ひび割れた青白い唇がゆっくりと動く。ささやきにも満たない声だったが、イーサンの耳にははっきりと聞こえた。「愛しているわ。あなたの妻になりたい」

それ以上、聞く必要はなかった。

「ぼくも愛しているよ。アレクシス、永遠に」

20

イーサンは頭のなかでシーマスに助けを求め、アレクシスのほうへ身をかがめて耳元でささやきかけた。

「痛むだろうが許してくれ」アレクシスを催眠状態にすることはできないし、この傷では快楽を与えて感覚を麻痺《まひ》させることもできない。新たな苦痛が、すでに感じている痛みにのまれてしまうことを祈るしかない。

人間をヴァンパイアにするのは、一八世紀にシーマスを転生させて以来だ。しかも、その成否がこれほど重要だったこともない。イーサンは目を閉じて頭を下げ、アレクシスのぐったりした体を抱き上げた。冷たくなった肩から首へ、その肌に唇をすべらせて、脇腹に刺さったナイフを引き抜く。アレクシスの体には死のにおいがしみついていた。重く苦しげな呼吸の合間に、喉の奥からごろごろと奇妙な音がする。

「もう苦しみは終わりだ。きみは強大な力を手に入れて、ぼくの妻になるんだ」

イーサンは彼女の首筋に牙を立て、わずかに残った血を吸い上げた。アレクシスはかすかに身震いしただけだった。ものの一分もしないうちに吸い終わる。ほとんどはカーペットと彼女の脇腹、そしてイーサンの手に流れたあとだったからだ。

　続いてイーサンは自分の手首を牙で裂いて、二センチほどの傷をこしらえた。アレクシスの唇を開かせ、血のにじんだ手首をその上にあてがう。イーサンの血液が彼女の唇に垂れ、舌の上に血だまりができるのと同時に、アレクシスが手首にむしゃぶりついてきた。彼女は体をこわばらせて夢中で吸い、イーサンの命を自分のなかに取り込んだ。

　イーサンは目を閉じ、内臓を引っぱられるような感覚に耐えながら、愛する人に自らの血を与えた。彼の下腹部が反応を示す。それはセックスと同じくらい親密な行為だった。転生の最中に性欲を感じるなんて初めてだ。イーサンはアレクシスを愛しており、その体に欲情するとともに気遣ってもいた。そうした相手から貪欲に求められると、魂を揺さぶられる歓喜と高揚がわき上がった。

　彼はアレクシスの乳房をつかんで先端を刺激し、硬くとがらせた。彼女の顔が歓びに輝く。ふたりはぴったりと抱き合ったまま、心を開き、魂を交わらせた。希望が死の苦痛と恐怖に取って代わる。アレクシスの体から期待と興奮と愛情が押し寄せてくるのを感じたイーサンは、自分のなかにある思いを彼女に返した。

　イーサンから流れ込んできた思いで、彼が運命の人を求めて長く孤独な日々を過ごしてきたことを知ったアレクシスは、自分が彼にとって唯一無二の存在だと確信した。

　イーサンがアレクシスの唇から手首を離すと、彼女は抗議の声を上げてしがみついてきた。その体にはあたたかさが戻り、瞳に生命の灯が宿っている。アレクシスはイーサンをまっすぐに見てにっこりした。

「あなたの思いが聞こえたわ」

「そうだね」イーサンは彼女の脇腹に目をやって、傷が癒えていることを確認した。「気分はどうだい？」

「ずっとよくなったわ。痛みもないし、力がわいてくる感じがするの。それに五感が冴《さ》えて、世界が鮮やかになったみたい。なにが言いたいかわかる？」

イーサンはうなずいた。安心のあまり、胃液が逆流しそうだった。アレクシスが無事だとわかって初めて、自分がどれほど怯えていたかを痛感した。恐怖を悟られないよう笑顔を繕う。「よくわかるよ。慣れるのに数日かかるだろうが、きっと新しい力を気に入るだろう。空手キックがどのくらいスピードアップしたか想像してごらん？」

アレクシスは声をたてて笑い、指先で唇についた血をぬぐった。その指を口に入れてなめ取り、欲望に瞳孔が大きくなる。「あなたの味が好きよ」

イーサンは彼女のひと言で一気に硬くなった自分にショックを受けた。アレクシスほどすんなりと転生に順応した人間は見たことがない。

「あとで、少し休んでから好きなだけ味わうといい」

アレクシスは二本の指をイーサンの胸の上で行進させるように動かした。「わたしとしたかったんでしょう？　あなたの高まりを感じたの」彼の情熱の証をなでる。「わたしにいろいろなことをしたいと思っているのが伝わってきたわ」

「転生させるときにこんな気分になったのは初めてだ。きみにはほかの人とちがう影響力があるんだな」イーサンは性的に興奮したことを恥ずかしいとは思わなかった。いちばん強く感じたのは安堵と喜びで、次がショックと興奮だ。

これで彼女はぼくのものになった。永遠に。

アレクシスがにっこりした。グリーンの瞳がエメラルドのように輝く。「いいわ。一緒にシャワーを浴びて、ほかの人とはちがう影響力とやらを分析しましょうよ」そう言って笑みを浮かべたまま指を遊ばせ続けていたが、むせて咳《せ》き込んだ。

「休まなければだめだ」イーサンは欲望に負ける前にアレクシスの手をとめた。「あんなにたくさん血が流れたんだよ、安静にしていないと」

イーサンの体は痛いほど張りつめていた。全身の細胞が、彼女と激しく交わりたいと叫んでいる。愛を交わすことによって、アレクシスが血を流して死にかけているところを目の当たりにした恐怖を追い払いたかった。だが、それはあとでもできる。

「いいわ」アレクシスが答えた。「でも少し眠ったら、ヴァンパイアのセックスのいろはを教えて。わたしは健全な好奇心の持ち主なの。わたしの考えていることが聞こえない？ヴァンパイアについてすべてを理解したいのよ」

イーサンはアレクシスの額にキスをした。「きみの考えが聞こえたのはぼくたちの血がまじったときだけだが、心配しなくてもヴァンパイアのことは残らず教えるよ。まずは結婚式を挙げないと」アレクシスが自分のものだと世界中に知らしめ、これからずっと彼女を自分のベッドに迎え入れたかった。「きみもそうしたいと言っていただろう？」

それとなによりも先に、哀れなケルシーを弔ってやらなければ。アレクシスの体から手を離すことができたらすぐに。

アレクシスはイーサンの腕のなかで身動きした。「約束を破ったりしないわ」彼の唇に指を走らせ、ため息をつく。「助けてくれてありがとう」

「光栄だ」イーサンが上体をかがめ、愛情と情熱と献身のすべてを込めてキスをした。歯と舌がぶつかり、血と欲望が交換される。アレクシスは驚きに息をのんだ。

ヴァンパイア同士となったふたりのあいだに、電流のような衝撃と安堵、そして迷いのない愛情が行き交う。

「いったいなにごとだ？」シーマスの動揺した声が聞こえた。

「そろそろ来てくれると思っていたよ」イーサンは友人を振り返った。

シーマスは髪をかき上げ、携帯電話を握りしめて惨状を見まわした。「ちくしょう。なにが起きたかは知りたくないな」

「気持ちはわかる。だが、避けて通るわけにもいかない。最初に発見したのはアレクシスなんだ」イーサンはケルシーを指さした。「きみはケルシーを頼む。彼女がこんなふうになった理由を探らなければならない。ヴァンパイアに血を吸われている」

「なんてことだ」シーマスが愕然とした。「なぜだ？」

「わたしを刺したのもヴァンパイアだったわ」アレクシスはそう言って、髪をうしろに払った。

シーマスが息をのむ。

イーサンは下着姿のアレクシスに目をやった。スーツのジャケットを脱ぎ、彼女の肩にかけてやる。「シャワーでも浴びてきたらどうだい?」

「名案ね」アレクシスは立ち上がった瞬間こそ顔をしかめたものの、試すように足首をぶらぶらと振ると、血のついた腹部をジャケットで隠し、瀕死《ひんし》の重傷を負ったのが嘘のようにバスルームへ向かった。

「失血死するところだったんだ」イーサンはシーマスに言った。「救急車では間に合わなかった」

シーマスはケルシーに目をやり、首から肩にかけての肌に残る嚙み跡を見た。「ぼくに言い訳をする必要はない」濃いブルーの瞳をイーサンに向ける。「きみの判断を信じているから」

「ありがとう、シーマス。そう言ってもらえてとてもうれしい」イーサンはアレクシスのいない人生について考えてみた。「正しいことをしたのはわかっている。それには自信があるんだ」

彼はシーマスの横にひざまずいて顎をさすった。「ケルシーはどのくらい前に血を抜かれたんだろう?」

「八時間か、それ以上だな」シーマスは嫌悪感もあらわにかぶりを振った。「誰がこんなことを？　単独犯のようだな。歯形がひとつしかない」

「犯人にも動機にも心当たりはない。ケルシーはまったく無害だったのに」死はいとわしいものだ。人間のそれには慣れているが、ヴァンパイアとなると……死ぬことがめったにない分、ショックも大きかった。ケルシーのように若くて快活なヴァンパイアとなるとなおさらだ。

彼女の死に方は残酷で悪意に満ちていた。「誰かがぼくに濡れ衣を着せようとしている」

「そうはさせない」シーマスがケルシーの首筋に指を当てた。「心配はいらない。きみは転

生したアレクシスの面倒を見ていてくれ。ケルシーはぼくに任せろ」

イーサンは立ち上がってふと尋ねた。「そういえば、例のフランス男を見たか？」

「いいや。なぜだ？」

「ちょっと気になったんだ」イーサンはブリタニーの肌に残された歯形について思案した。

アトゥリエが研究している救済の方法に関しても。

そして彼が追放された理由と、それが今後どういう意味を持ってくるのかについても。

21

アレクシスは自分の姿を確認したかった。これまでのところ、ヴァンパイアに転生して残念に思うのは鏡に映らないことだけだった。今夜はイーサンとの結婚式だ。体にぴったり沿った白いドレスをまとった彼女は、ヒップが大きく見えるのではないかと不安でしかたがなかった。

考えようによっては、わからないままのほうがいいのかもしれない。

「本当におかしくない？」アレクシスは妹に念を押した。これで二回目だ。「結婚式は一生に一度だし、ヴァージンロードを歩くわたしを見て花婿が悲鳴をあげたらいやだわ」

「すごくすてきよ」ブリタニーはドレスのうしろをなでるアレクシスの手をどかした。「いじりまわさないの。ドレスにしわが寄って、ラインが崩れるわ」

アレクシスは手を脇に下ろして深いため息をついた。「わかった、大丈夫よ。大したことじゃないわね。ひとりの男に永遠の愛を誓おうとしているだけ。一カ月前は想像もしていなかったけど」

ブリタニーはにっこりして耳に手をやり、真珠のイヤリングの留め金がきちんとはまっているのを確認した。「昔から姉さんは永遠の愛を貫くタイプだと思っていた。一途《いちず》だもの。いったん関係を結んだら、ずっと大事にするでしょう？　わたしはきっと三回離婚するタイプね」

「そんなことを言わないの」アレクシスは妹を見つめた。ヴァンパイアに転生したせいで五感が鋭くなり、ブリタニーの肌や血のにおいから、シャンプーやマスカラ、グロスやデオドラントスプレーのにおいまでかぎ分けられるようになった。まだ、押し寄せるにおいに対処するすべがよくわからない。聴覚も鋭くなって、相手の考えていることだけでなく、感情までが聞こえてくる。

ブリタニーは姉の幸せを喜びつつも、自分の立場を憂えていた。妹の混乱や孤独、ひとりで残されることへの不安が、アレクシスに痛いほど伝わってきた。ブリタニーはコービンがケルシーの死に関与しているのではないかと恐れてもいるようだ。

「あれからコービンに会った？」

アレクシスは気軽な口調を装い、鏡に映らないまま口紅を塗り始めた。だが、実際は口のまわりに土星の輪を描いていたのかもしれない。

ブリタニーが手を伸ばして姉から口紅を奪い、慣れた手つきで塗り直す。「いいえ、会っていないわ。もう二度と会えないと思うの。あの人はわたしの血を欲しがっていて、それを手に入れたんだもの。弾みで体の関係を持ったけど、別に責任を取ってほしいなんて思っていない。体を交えるように仕向けたのはわたし自身だから。それから、コービンがケルシーの件に関与しているとは思わないわ。あの人はそういう人じゃないのよ。さあ、上唇と下唇をこすり合わせてぱっと口を開いて」

アレクシスは言われたとおり、べたつく唇をこすり合わせた。「シーマスはコービンのしわざだと思っているわ」

「だったら、なぜイーサンの部屋に遺体を運んだの？　筋が通らないじゃない」

「自分がつかまらないためよ」

ライムグリーンのサンドレスを着たブリタニーが肩をすくめる。アレクシスの知る限り、肩をすくめて魅力的に見える女性はブリタニーくらいだ。

「信じて、アレックス。コービンはそんなことをする人じゃない」

「イーサンはヴァンパイア・スレイヤーのことはたちの悪い冗談だと思っているの」アレクシスはハイヒールに足を入れた。「でも、昨日の夜、わたしのもとに除名するというEメールが届いたのよ。ヴァンパイア・スレイヤーの資格がなくなったからって。偶然にしては出来すぎだと思わない？　わたしを見つけたこともそうだけど、彼らがわたしが転生したことに気づいたとしたら？」

心配ごとが多すぎて、アレクシスはイーサンと過ごす時間を心から楽しめなかった。ヴァンパイアに転生して一週間、けがの治療と結婚を理由に職場に長期休暇を申請したことをはじめとして、小さな変化がたくさんあった。あと一〇年くらいは部外の法律コンサルタントとして地方検事局に籍を置くつもりだが、まずは新しい自分に慣れる時間が必要だ。

家は売りに出し、家具は一時的に倉庫に預けた。この先ずっと〈アヴァ〉の客室で同棲するつもりはない。イーサンとはふたりの家を買うことで合意していた。

結婚前の男女が話し合うべきさまざまな問題の合間に、夜型の生活へ移行し、血への渇望を抑制することや、毎回ドアをもぎ取らずにすむよう力を加減するこつを学んだ。ヴァンパイアになってもっとも心躍るのは強大な力を手に入れたことだ。まるで『地上最強の美女バイオニック・ジェミー』みたいだ。身長は足りないけれど……。

「彼らがどうやって姉さんを見つけたのかはわからない。だけど本物のヴァンパイア・スレイヤーたちだったと仮定して、ケルシーを殺した犯人と関係があるのかしら？」ブリタニーはサンドレスの身ごろを直した。「イーサンとシーマスはわたしたちの話を本気にしてくれないし……そうなると、自分たちで調べるしかないわ。コービンがやったんじゃないと証明しなきゃ。わたしに男を見る目がないだけかもしれないけど、仲間外れのコービンがやってもいない罪で罰せられると思うと耐えられないのよ。彼の研究は本当に意義のあるものだし、途中で投げ出すわけにはいかない」

「でも、わたしとしてはあなたを危険に巻き込みたくないわ。だからこそ、ヴァンパイア・スレイヤーのことが気になるの。あなたの言うとおり、自分たちで調べてみたほうがよさそうね」なんといってもアレクシスは地方検事補だ。捜査のノウハウがある。

「コービンに呼びかけてみたけど、向こうはわたしの声を遮断しているみたい」

「それって声を出さずに呼んだっていうこと？　テレパシーみたいに？　そういうのってど

うもなじめなくて」

「そうよ。すごく集中して遮断しない限り、コービンにはわたしの考えが筒抜けらしいの。前に呼んだときは来てくれたのに、今はなんの応答もないわ」

アレクシスは顔をしかめた。「もしかすると返事ができないだけかもしれない」けがをしたとか、問題に巻き込まれているとか。「ところで、イーサンはまったくわたしの考えを読めないのよ。わたしが強情だからですって」

ブリタニーはアレクシスが期待したようには笑ってくれなかった。アレクシスは妹の手を握った。

「心配しなくても、コービンはきっと見つかるわ。とりあえず今は、イーサンの用心棒にこから担ぎ出される前に結婚しなきゃ」

ブリタニーは無理に笑みを浮かべた。

「姉さんのボディガードときたら本当に怖いものね。でも、大統領の婚約者なんだからしかたがないわ」

「イーサンはあの夜、わたしがエレベーターのところでボディガードを帰らせたことをいまだに怒っているの」そのあとの痛みと恐怖を思い出して、アレクシスは身震いした。「でも、わたしがイーサンを誘惑するアイデアに夢中になっていなかったら刺されることもなかったし、そうしたらヴァンパイアにもなっていなかったでしょう？　終わりよければすべてよしだって言っているんだけどね」唇を嚙み、口紅の味に顔をしかめる。「わたしがヴァンパイアになったことを怒っていないの？　あなたはイーサンを永遠の地獄から救おうとしていたでしょう？」

ブリタニーは姉を抱きしめた。「それはヴァンパイアが地獄の苦しみを味わっていないことを知る前の話よ。今ではヴァンパイアにも魂があるってわかったから。それに、姉さんを失うくらいなら、ヴァンパイアになってでもそばにいてくれたほうがずっといいわ。頼りになる姉さんがいなかったら、わたしは途方に暮れちゃう」

「あなたに危害を加えようとするやつがいたら……」アレクシスは妹を抱き返した。「今のわたしならそいつのお尻を蹴飛ばしたうえに、恐怖で失禁させてやれるわ。未来の恋人に、〝わたしを泣かすと怖いわよ〟って警告しておいて」

ブリタニーはくるりと目をまわすと再び笑顔になった。「冗談ばっかり」彼女はドアへ向かった。「さあ、花嫁さん、準備はいい？」

アレクシスはどちらかというと花嫁だの結婚式だのをばかにしていたが、当事者になってみるとわくわくしていることを否定できなかった。一生結婚しないだろうと思っていたのに、イーサンの妻になれるのがひどくうれしい。

イーサンはわたしにとって……すべてだわ。彼は信じられないくらいすばらしい人だ。思いやりがあって、知的で、公正で、セクシーで、セクシーで、もうひとつおまけにセクシーで……。

ヴァンパイア同士のセックスは極上だ。決してひいき目ではない。どの絶頂感も人間だったときの二〇倍はすばらしかった。イーサンになめられ、噛まれたときのことを思い出すと、下腹部が熱くなる。牧師の前に立つのだから、慎まないと。

まだ食欲と性欲がうまく区別できないので、下手をすると牧師に噛みつきかねない。自分の結婚式でそんなみっともないまねはしたくなかった。

ドレスを着る前に二杯も血液を飲んだとはいえ、気持ちだけは清らかなつもりでいたほうがいい。

「オーケー、行きましょう」

イーサンは正体不明の恐怖に襲われていた。アレクシスの気が変わって、結婚したくないと言い出したらどうすればいい？　ぼくが誓いの言葉を言うときにつっかえて、式の進行を台なしにしてしまったら？

シーマスがイーサンの肩をたたく。

「力を抜けよ。アレクシスは待ちぼうけを食らわせたりしない」

シーマスに心を読まれないようにすることすら忘れていたなんて、緊張している証拠だった。もしかすると、ここにいる全員に向かってもろもろの不安を発信していたのかもしれない。格好のいい花婿だ。

新郎の付き添いを務めるシーマスは、イーサンとともに屋上庭園の奥で待機していた。ふたりの前に立っているのは、カジノの屋上で、それも夜に、略式の結婚式を挙げることを承知してくれた牧師だ。ラスヴェガスの魅力のひとつは、どれほど変わった結婚式を希望しても、牧師がまばたきひとつしないで引き受けてくれることだろう。牧師は招待客を前に、黒い革装丁の聖書を持ってこつこつとかかとを踏み鳴らしている。

招待客といっても、イーサンのごく親しい友人と政府閣僚、そしてアレクシスの同僚が数人いるだけだった。花嫁のおばと称する泥酔した中年女性もいる。イーサンはその女性の身元を怪しんでいたものの、身分証を見せろとまでは言えなかった。女性が招待状を持っていたからだ。

彼はさりげなく屋根の端から離れた。みっともないことをしでかしそうで、心臓が早鐘を打っている。屋上から足を踏み外すようなまねはしたくない。きちんと式をやり終えることが今日の至上命題だ。イーサンはアレクシスとの結婚を心から望んでいた。ヴァンパイアに転生した直後、人間に戻って普通の生活ができるならなんでもすると思った以上に。

彼女はイーサンの未来そのものだ。ヴァンパイアに嘔吐《おうと》する習慣があったら、今ごろ自分は緊張で吐きまくっていただろう。

「イーサン」シーマスがイーサンの腕をつかんだ。

「なんだ？　アレクシスは来るんだろうな？」イーサンはネクタイを引っぱった。

「ちがう」

「来ないのか？」ああ、長年、浮き名を流してきた罰だろうか？　ようやく愛する人を見つけたというのに、これでは拷問だ。

「そういう意味じゃない。アレクシスのことじゃないんだ。入口を見ろよ」

イーサンは入口に目をやった。アーチ状の門はたっぷりした白い布で覆われている。ブリタニーが取り仕切って、招待客の椅子にカバーをかぶせ、庭園全体に花を配し、ただのアーチを〝グランド・エントランス〟とやらに変貌《へんぼう》させたからだ。イーサンにしてみれば、向こう側が見えにくいだけだった。

門の奥を見ようと移動したイーサンは、奇妙な感覚に襲われた。頭のなかに懐かしい脳波が入り込んでくる。

「グウェナ?」イーサンはささやいた。

次の瞬間、妹の姿が見えた。華奢《きゃしゃ》な体にアイボリーのドレスをまとった優美な女性がアーチの下に現れ、吸い込まれるように大きく寂しげな瞳でイーサンを見つめた。

〝来てくれたのか〟

〝もちろんよ。兄さんが生涯連れ添う相手を見つけるなんて、しょっちゅうあることじゃないもの〟

〝うれしいよ、グウェナ〟

妹が来てくれるとは思ってもみなかった。彼の知る限り、妹は三〇〇年もイギリスから出ていない。それどころか、家の外にも出ていないはずだ。イーサンはグウェナのほうへ足を踏み出そうとしたが、彼女は首を振った。

〝そこにいて。わたしは席につくわ。話ならあとでもできる。結婚に踏みきった理由を教え

てちょうだいね〃

イーサンはジャケットの袖を引っぱった。〃理由はふたつある。中年期の焦り《ミッドライフ・クライシス》の到来と、完璧な女性を見つけたことだ〃

グウェナの口角がわずかに上がった。

「きれいだな」シーマスは、ほかの客から離れて後列に着席するグウェナを見守った。

「ああ」アレクシスと同じだ、とイーサンは思った。

そのとき、夕暮れ時の屋上庭園に花嫁が現れ、イーサンは息をのんだ。体にぴったりとした白いドレスが、なだらかな曲線をさらに魅力的に見せている。あの高さのヒールなら、ぼくと並んでも肩くらいまでは届くだろう。ハイヒールなんて履かなくても、文句なくかわいいのに。イーサンにはアレクシスのコンプレックスが今ひとつ理解できなかったが、下手なことは言わないほうがいいと学んでいた。とくに彼女の牙が、敏感な部分の近くにあるときは……。

今夜のアレクシスはかわいいというより目が覚めるようにあでやかだ。瞳を輝かせ、満面に笑みをたたえている。イーサンはアレクシスの気持ちが変わらなかったことを神に感謝した。

鮮やかなライムグリーンのドレスでヴァージンロードを歩くブリタニーに続いて、アレクシスがしずしずと……というより自信に満ちた、いかにも彼女らしい足取りで近づいてくる。これでこそアレクシス、ぼくの選んだ女性だ。

彼女がイーサンの隣に並んで目配せをした。「セクシーなあなた、待った？」

「いや」アレクシスの足元にひざまずきたい気持ちをこらえて、イーサンは彼女の手を握った。「信じられないほどきれいだよ」

「ありがとう。あなたもなかなかよ」

ふたりは仲よく手をつないで牧師に向き直った。

ふくろうのような目をした牧師は、前置きを述べたあとで励ますようにほほえんだ。「人生をギャンブルにたとえると、結婚は究極の勝利だということを心にとめておかなければなりません」

イーサンは目をしばたたいた。ラスヴェガスだから、ギャンブルを引き合いに出したのだろうか？

アレクシスも一瞬身を硬くしたあと、笑いを咳でごまかした。

「新郎はカジノのオーナーですから、リスクがあっても最終的にはディーラーが勝つことを理解しているでしょう」

イーサンはアレクシスをちらりと見て眉をつり上げた。アレクシスはイーサンのその顔を見て、噴き出さないよう強く唇を嚙みしめた。

いつまで笑いをこらえられるだろう？　一生に一度の結婚式だというのに。イーサンは腿に爪を食い込ませた。

「大きく勝つためには、あらゆる手を使わなければなりません。口論になったときは引き際を見極めなければならないし、テーブルを去るときに金を数えてはいけません」

イーサンは牧師がなにを言いたいのかまったくわからなかった。笑いをこらえるのも限界に近い。このままでは大統領として、新郎としての威厳が……。

彼はやけになって言った。「誓います！」

牧師が驚いて話をやめた。

「なんですと？」

「誓います。アレクシスを法律上の妻とし、富めるときも貧しいときも、病のときも健やかなるときも、死がふたりを分かつまで連れ添うことを誓います」イーサンは最後まで言えたことにほっとして、プラチナの指輪をポケットから取り出した。

「わたしも誓います」アレクシスが続ける。「イーサンを夫とすることと、それから彼が言ったほかのことについても」

牧師が口を開く前に、イーサンはアレクシスのほうを向き、彼女の手を取って指輪をはめ、その目をのぞき込んだ。

「ぼくの愛はこの指輪と同じだ。決して途切れはしない」

ミッドライフ・クライシスは去った。愛と情熱を手に入れ、イーサンは満ち足りていた。

アレクシスの顔が神妙になり、まなざしがやわらぐ。

彼女が妹のほうへ手を出すと、ブリタニーがその上にイーサンの結婚指輪を置いた。アレクシスはそれを指に引っかけてくるくるとまわし、ひんやりとした金属の感触を楽しんでから、自信に満ちた手つきでイーサンの指にはめた。

「この指輪はわたしの愛と誠実の証よ」

イーサンは彼女が言い終わるのも待たずにキスをした。アレクシスは瞳を閉じて身を任せ、彼との結婚は人生でいちばん賢い選択だと思った。

陳腐なたとえではあるが、牧師の言うとおり結婚はギャンブルだ。それでもアレクシスは勝利を確信していた。

イーサンが彼女の耳元でささやく。「式は終わった。ハネムーンに出発だよ、ミセス・キャリック」

「ミズ・バルディッチよ」アレクシスがささやき返す。

イーサンは体を引き、厳しいまなざしで彼女を見据えた。「ミセス・バルディッチ・キャリックじゃないのか？」

「ミズ・バルディッチ・キャリックね」永遠に連れ添うのだから、主張すべきところは主張しなければならない。

「ミセスだろう」

「ミズよ」

「殴り合いでもするかい？　攻撃が相手の体に当たった数の多いほうが勝ちということで」

「いいわね」

急にイーサンに抱き上げられたアレクシスは、弾みでシーマスを蹴りそうになった。

「イーサンったら！」アレクシスは笑い、ブリタニーに向かってブーケを投げた。「みっともないわ」

「みっともなくて結構」

アレクシスも気にしなかった。愛する人と結ばれた幸せに、まわりの目などどうでもよかった。イーサンが彼女を鉢植えのレモンの木の陰に引っぱり込む。

「どこへ行くの？」

イーサンはアレクシスを抱いて、ビルの端からジャンプした。

「きみに完璧な結末をプレゼントするんだよ」

風がアレクシスのスカートを巻き上げ、ヒップから背中があらわになる。アレクシスはドレスを元に戻そうと奮闘した。

「これが完璧な結末？」

イーサンは笑い、ラスヴェガスの街の上を一直線に飛んだ。

「夕日はあげられないが、夜景をプレゼントすることはできる」

アレクシスは心を動かされつつも、かすかな疑念を覚えた。

「それって、シーマスが用意したせりふ？」

「ちがうよ。ぼくのオリジナルだ。あいつは政治には詳しいけど、女性に関してはからっきしだめなんだ」

イーサンがキスをした。風がアレクシスのむき出しの肌をなで、髪をあらぬ方向に巻き上げる。

「だったら夜をちょうだい」アレクシスはつぶやいた。

「喜んで」

そう言うとイーサンは彼女の首筋に牙を立てた。

訳者あとがき

　ようこそ、エリン・マッカーシーの世界へ。ライムブックスから出版された『きっと甘いくちづけ』や『そばにいるだけで』などをお読みになった方にはすでにおなじみでしょうが、オハイオ州出身のエリンは、キュートでコミカルなラブストーリーの名手です。とりわけ本書は、アメリカの大手書店〈バーンズ&ノーブル〉のトレイド・ロマンス・リストで堂々一位を獲得した作品で、ラスヴェガス・ヴァンパイア・シリーズとして全四作が発表されています。夜も眠らない街ラスヴェガスで、ヴァンパイアたちが人間に紛れて生活し、独自の政府まで樹立しているなんて、なんだか妙に説得力のある話だと思いませんか？

　第一作のヒーローを務めるイーサンは、ヴァンパイア国の現大統領で、表向きはカジノホテル〈アヴァ〉のオーナー。四〇年に一度の大統領選挙で再選を狙う彼は、親友のきまじめ男シーマスを選挙対策マネージャーに指名するのですが、選挙をともに戦う条件として、プレイボーイを卒業し、妻をめとることを約束させられます。九〇〇歳をとうに超えているのに一度も真剣に恋をした経験がないイーサンは、美人で気立てのいい歯科医師のブリタニーに白羽の矢を立てるのですが、事態は思わぬ方向へ……。

一方、ヒロインのアレクシスは小学生並みの身長がコンプレックスのやり手の地方検事補。職業柄、口が達者なのはもちろんですが、テコンドーの有段者でもあり、筋金入りの負けず嫌いです。ただ、素顔は愛情深く、最愛の妹ブリタニーをイーサンの毒牙《どくが》から守ろうと奮闘するうちに、ミイラ取りがミイラになってしまうというかわいい一面も。

すでに邦訳が決定している第二作では、イーサンに修道士呼ばわりされていたシーマスが、長い冬眠を経てついに恋の花を咲かせます。三作目は美人ながら天然で正義感の強いブリタニーと、フランスのヴァンパイア、コービンの恋の行方を追い、四作目では四〇〇年間家に閉じこもっていたイーサンの妹、グウェナがセンター・ステージに登場します。

ラスヴェガス・ヴァンパイア・シリーズはパラノーマルらしい奇抜な設定のなかにも、家族の絆や、運命の恋を求めて右往左往する男女の奮闘ぶりが生き生きと描かれており、パラノーマルはちょっと苦手という方にも抵抗なく楽しんでいただける作品です。登場人物はみなひと癖あって個性的で、かけ合いの軽妙さは、最近読んだロマンス小説のなかでも群を抜いていました。個人的には、殺し屋のリンゴとIQが不足気味のケルシーのコンビが好きだったのですが……。脇役ながら、これからリンゴの運命がどうなっていくのか楽しみです。みなさんもラスヴェガスに住む、気のいいヴァンパイアたちの世界をのぞいてみませんか？

二〇一一年四月

ライムブックス

眠《ねむ》らない街《まち》で恋《こい》をして

著　者　エリン・マッカーシー
訳　者　岡本三余《おかもとみよ》

2011年5月20日　初版第一刷発行

発行人　成瀬雅人
発行所　株式会社原書房
〒160-0022東京都新宿区新宿1-25-13
電話・代表03-3354-0685　http://www.harashobo.co.jp
振替・00150-6-151594
ブックデザイン　川島進（スタジオ・ギブ）
印刷所　中央精版印刷株式会社

落丁・乱丁本はお取り替えいたします。
定価は、カバーに表示してあります。
 ISBN978-4-562-04409-2　Printed in Japan